LOS
NIÑOS
DE LA ESTRELLA AMARILLA

MARIO ESCOBAR

LOS NIÑOS

DE LA ESTRELLA AMARILLA

La esperanza encontrada en Le Chambon-sur-Lignon

UNA NOVELA

HarperCollins *Español*

© 2017 por Mario Escobar
Publicado por HarperCollins Español, Estados Unidos de América.

Editora en Jefe: *Graciela Lelli*
Edición: *Juan Carlos Martín Cobano*
Diseño: *Grupo Nivel Uno*

ISBN: 978-0-71809-191-0

Impreso en Estados Unidos de América
17 18 19 20 21 DCI 6 5 4 3 2

EL LIBRO *LOS NIÑOS DE LA ESTRELLA AMARILLA* ME HA DADO LA oportunidad de regresar a los misteriosos territorios de la infancia. Al crecer perdemos la perspectiva de aquel magnífico descubrimiento que significa nacer y contemplar lo que nos rodea con los ojos de un niño. Cada centímetro que nos aleja del suelo nos separa irremediablemente del mundo que soñábamos cambiar, pero que en la mayoría de los casos nos conformamos con soportar. Este libro trata sobre ese tema: la capacidad que tenemos los seres humanos para transformar el mundo en cada generación, cuando la cuenta se pone de nuevo a cero y, para bien o para mal, todo vuelve a comenzar.

Los niños de la estrella amarilla es un canto al poder de la gente corriente para cambiar la realidad. Desde hace siglos, se nos ha dicho que el pueblo es únicamente un elemento pasivo en el devenir de la historia, pero la resistencia civil ha sido, en muchos casos, la única capaz de resistir la tiranía o la opresión. Desde la rebelión de la «plebe» en la antigua Roma, pasando por la Revolución Americana hasta los movimientos pacíficos para la independencia de la India o el fin de la segregación racial en Estados Unidos, el poder de la gente corriente ha logrado siempre transformar el mundo.

La primera vez que entré en los frondosos y verdes valles que rodean Le Chambon-sur-Lignon creía que me encontraba en el paraíso. Pequeñas aldeas de piedra granítica con contraventanas de madera de diferentes colores, hoteles vetustos con sus fachadas ennegrecidas por cien inviernos despiadados, bucólicas granjas dispersas entre bosques frondosos de hayas y abetos, que parecen absorber la intensa luz del estío. Allí había sucedido algo que cambió la historia y que, de alguna manera, sabía que también a mí me transformaría interiormente.

La historia de los niños salvados por los vecinos de Le Chambon-sur-Lignon y muchos pueblos limítrofes fue ignorada mucho tiempo. Después de la Segunda Guerra Mundial, los franceses preferían olvidar el Régimen de Vichy y la persecución de aquellos a quienes los colaboracionistas denominaban «parias» e «indeseables», pero, en el año 1989, el documental *Les Armes de l'Esprit* trajo de nuevo a la luz esta hermosa historia basada en hechos reales.

Los niños de la estrella amarilla es la emocionante historia de Jacob y Moisés Stein, los inolvidables protagonistas de esta novela, que se convertirán en pequeños héroes con la única arma de la inocencia para vencer al mal.

Madrid, 1 de julio de 2016.

A Elisabeth, Andrea y Alejando, mi maravillosa familia,
que me acompañó a Le Chambon-sur-Lignon, para vivir
junto a mí la experiencia transformadora de este libro.

A los hombres y mujeres de Francia que salvaron
decenas de miles de judíos, refugiados políticos y
apátridas de las garras del Tercer Reich.

«*Quien salva una vida salva al mundo entero*».

Talmud

«*Un hombre honesto refresca el aire viciado por un millar de falsarios*».

Memorias, Isaac Asimov

«*Una historia extraordinaria, que eleva asombrosamente el espíritu*».

Newsweek (refiriéndose a lo sucedido en Le Chambon)

«*We also remember the number 5,000 —the number of Jews rescued by the villagers of [the area of] Le Chambon, France— one life saved for each of [its] 5,000 residents [of the area]. Not a single Jew who came there was turned away, or turned in. But it was not until decades later that the villagers spoke of what they had done —and even then, only reluctantly. The author of a book on the rescue found that those he interviewed were baffled by his interest. «How could you call us.*»

President Barack Obama speaks about Le Chambon
Yom Hashoah/Holocaust Remembrance Day
United States Capitol, April 23, 2009.

«*También recordamos el número 5.000, el número de judíos rescatados por los aldeanos del área de Le Chambon, en Francia, una vida salvada por cada uno de sus 5.000 residentes. Ni un judío que llegó allí fue rechazado. Pero no fue hasta décadas más tarde que los aldeanos hablaron de lo que habían hecho — y aún entonces, sólo de mala gana. El autor de un libro sobre el rescate encontró que aquellos a los que entrevistó se sentían confundidos por su interés. «¿Cómo podría usted llamarnos buenos?»: dijeron. «Nosotros hicimos lo que había que hacer».*

Presidente Barack Obama habla ante El Capitolio sobre
Le Chambon-sur-Lignon el 23 de abril de 2009.

«Ici, dans l'épreuve, s'est affirmée l'âme de la nation. Ici, s'est incarnée la conscience de notre pays. Le Chambon-sur-Lignon est un lieu de mémoire. Un lieu de résistance. Un lieu symbole de la France fidèle à ses principes, fidèle à son héritage, fidèle à son génie. Sur ce haut plateau, aux hivers rudes, dans la solitude, parfois le dénuement, souvent dans l'adversité, des femmes et des hommes portent depuis longtemps les valeurs, des valeurs, qui nous unissent. Dans ce qui fut l'une des régions les plus déshéritées de notre pays, bravant tous les périls, ils ont fait le choix du courage, de la générosité et de la dignité. Ils ont fait le choix de la tolérance, de la solidarité et de la fraternité. Ils ont fait le choix des principes humanistes qui rassemblent notre communauté nationale…».

«Aquí, en la prueba, se confirmó el alma de la nación. Aquí, se encarnó la conciencia de nuestro país. Chambon-sur-Lignon es un lugar de memoria. Un lugar de resistencia. Un lugar símbolo de Francia fiel a sus principios, fiel a su herencia, fiel a su genio. Sobre esta alta meseta, en inviernos duros, en la soledad, a veces la indigencia, a menudo en la adversidad, mujeres y hombres llevan desde hace tiempo los valores, los valores, que nos unen. En lo que fue una de las regiones más desheredadas de nuestro país, desafiando todos los peligros, eligieron el coraje, de la generosidad y de la dignidad. Eligieron la tolerancia, la solidaridad y la fraternidad. Eligieron principios humanistas que reúnen nuestra comunidad nacional».

Jacques Chirac, presidente de la República,
Le Chambon-sur-Lignon (8 de julio de 2004)

Prólogo

París, 23 de mayo de 1941

«CADA GENERACIÓN ATESORA LA ESPERANZA DE QUE EL MUNDO vuelva a comenzar». Aquellas fueron las últimas palabras de su padre en la estación de tren. Se había puesto en cuclillas con su traje gris recién planchado hasta quedar a la altura de su hijo Moisés. El niño le había mirado con sus grandes ojos negros y había suspirado, sin comprender del todo lo que su padre quería decirle. La estación se llenó de un humo blanco con un extraño perfume dulzón. Su madre los miró con los ojos inflamados por las lágrimas y los pómulos enrojecidos, como si acabara de realizar un esfuerzo sobrehumano. Moisés aún recordaba sus guantes blancos y finos, el tacto frío y húmedo de aquella pasada primavera y la sensación de que su pequeño mundo se desgarraba por completo. Su padre intentó esbozar una sonrisa bajo su fino bigote castaño, pero al final su rostro se torció en una mueca dolorosa. El más pequeño se aferró a las piernas de su madre, su falda de lana verde se pegó a su nariz empapada por las lágrimas. Jana pasó la mano por el pelo rubio y se agachó, aprisionó los dos mofletes rosados de su hijo pequeño y le besó con sus labios púrpuras, mientras sus lágrimas se unían a las del pequeño.

Jacob tiró de su hermano, el tren dio el último bufido y el vapor comenzó a salir de los pistones como si aquel inmenso armazón de hierro y madera estuviera suspirando por las almas que tenía que separar. Su tía Judith los abrazó por el pecho, con un gesto mezcla de protección e inquietud. A su alrededor, los soldados alemanes se movían como polillas atraídas por la luz y, aunque aquella mañana no se habían puesto las estrellas amarillas sobre el pecho, en algunos momentos la mujer pensaba que los nazis podían detectarlos solo repasándolos con sus miradas azuladas y pétreas.

Eleazar y Jana se giraron, sus abrigos comenzaron a revolotear entre el gentío que comenzaba a sacudir sus manos en señal de despedida. En medio de aquel interminable océano de brazos en alto, Jacob y Moisés vieron a sus padres hundirse en la nada hasta desaparecer por completo. Moisés agarró la mano de su tía, la apretó con fuerza, como si quisiera asegurarse de que al menos ella se quedaría a su lado. Judith giró la cabeza y observó el pelo cortado a tazón de su sobrino; sus mechas rubias brillaban bajo el sol que se colaba por los tragaluces de la estación. Después miró al otro niño. Jacob parecía impasible, con el pelo castaño oscuro, rizado y sus ojos negros y grandes. Su expresión era de enfado, casi de ira. La noche anterior había suplicado a sus padres que se los llevaran de París, que se portarían bien, pero Eleazar y Jana no podían cargar con ellos, al menos hasta que tuvieran un lugar seguro en el que esconderse. A los niños no les harían nada y tía Judith era demasiado vieja para huir. Ella los había acogido seis años antes, cuando ya no aguantaron más la presión en Berlín. En cierto sentido, la tía Judith era más francesa que alemana, nadie la molestaría.

Salieron de la estación cuando el cielo comenzó a ponerse de un azul plomizo y las primeras gotas frías empezaron a derramarse sobre el empedrado. La mujer abrió su paraguas verde y los tres se cobijaron en silencio, intentando resguardarse de un chaparrón tan intenso que nada podría evitar que llegaran empapados a su pequeño apartamento al otro lado de París, justo donde la ciudad perdía su belleza para convertirse en un escenario desconchado y gris en el que el *glamour* de los cafés y los hermosos restaurantes parecía un espejismo lejano. Tomaron el metro, después un trolebús oxidado y ruidoso. Los dos chicos se acomodaron en el sillón de madera delantero, mientras su tía se sentó justo detrás, dejando que sus ojos intentaran desahogarse del esfuerzo por no llorar. Moisés miró a su hermano, que aún permanecía con el ceño fruncido; sus pecas se mezclaban con las gotas de lluvia y sus labios rojos fruncidos parecían a punto de estallar. Él no entendía el mundo, su hermano siempre le llamaba el «inconsciente», pero sabía que lo que había sucedido era lo suficientemente malo para que sus padres tuvieran que dejarlos. Nunca habían estado solos. Para él, su madre era una extensión de sí mismo. Por las noches, a pesar de las protestas de su padre, dormía pegado a ella, como si el simple contacto de su piel le tranquilizase. Su olor era el único perfume que soportaba y sabía que en sus hermosos ojos verdes siempre estaría a salvo. El pequeño miró por los cristales sucios, las figuras fantasmagóricas de los transeúntes se confundían con los camiones de reparto y las viejas carretas que dejaban las calles inundadas de la pestilencia de sus caballos de carga. Aquel era su mundo, él había nacido en Alemania, pero no recordaba nada de su país. Su madre aún le hablaba en su idioma, aunque él siempre respondía en francés, como si de alguna manera quisiera dejar atrás aquel lugar del que habían tenido que escapar. ¿A dónde irían ahora? Sentía que el mundo comenzaba a cerrarse tras sus pasos, como cuando en el patio del colegio los compañeros le evitaban, como si la estrella amarilla de su pecho les produjera algún tipo de temor o náusea. «Los niños de la estrella amarilla» los llamaban, pero él siempre había pensado que las estrellas eran las luces que Dios había creado para que la noche no llegara a devorarlo todo. Sin embargo, el mundo ahora parecía un firmamento huérfano de estrellas, oscuro y frío como el armario en que siempre se escondía para gastar una broma a sus padres y del que deseaba salir lo antes posible, para que la inmensa negrura no terminara por engullirlo para siempre.

PRIMERA PARTE

1

París, 16 de julio de 1942

JACOB AYUDÓ A SU HERMANO A PREPARARSE, LLEVABA TANTO tiempo haciéndolo que sus movimientos eran mecánicos. Apenas hablaban mientras le quitaba el pijama, le colocaba los pantalones, la camisa y los zapatos. Moisés permanecía quieto, con la mirada perdida y una expresión de indiferencia que a su hermano a veces le producía cierta angustia. Sabía que ya tenía edad para vestirse por sí mismo, pero de alguna manera Jacob quería demostrarle que no estaba solo. Que permanecerían juntos hasta el final y que regresarían con sus padres a la primera oportunidad.

La primavera había pasado rápidamente, pero el verano, caluroso y sin clases, parecía interminable. Su tía Judith salía muy temprano a trabajar, pero ellos debían prepararse el desayuno, ordenar y limpiar el apartamento, comprar algunos comestibles en el mercado y asistir a la sinagoga para recibir la preparación para el *bar mitzvá*. Su tía Judith les había insistido mucho, Jacob ya tenía casi la edad para convertirse en un buen judío. A él todo aquello le parecía una estupidez. Sus padres nunca los habían llevado a la sinagoga, ni siquiera ellos habían sabido prácticamente nada del judaísmo hasta llegar a París. Su tía era muy devota, sobre todo tras la muerte de su marido en la Gran Guerra.

Jacob terminó de vestirse y ayudó a su hermano a lavarse la cara; luego los dos se dirigieron a la pequeña cocina de azulejos blancos, que habían perdido el brillo de tanto frotarlos. La mesa desconchada, pintada de un color azul cielo, ya tenía en una cesta unas rebanadas de pan negro y algo de queso. Jacob tomó un poco de leche, la hirvió en el humilde hornillo de gas y la sirvió humeante en dos cuencos blancos.

Moisés comió con avidez, como si alguien fuera a robarle el pedazo de pan. A sus ocho años, no pasaba ni un segundo en el que no sintiera un hambre devoradora. Su hermano también era capaz de comerse todo lo que cayera a su alcance, por eso la tía guardaba las provisiones bajo llave en una pequeña despensa que daba a la cocina. Cada día les sacaba una pequeña ración para el desayuno y la comida; por las noches les preparaba una cena frugal, que solía consistir en una sopa con muy pocos fideos o una crema de verduras. Aquella era poca comida para dos jovencitos en pleno crecimiento, pero la ocupación alemana, cada vez más opresiva, estaba esquilmado las reservas del país.

Los franceses, sobre todo los parisinos, habían escapado en masa en el verano de 1940 hacia el sur del país, pero unos meses más tarde habían regresado a sus hogares, al ver que la barbarie alemana no era tan terrible como habían imaginado. La familia de Jacob no se había movido de la ciudad en aquel momento, a pesar de ser exiliados alemanes, pero su padre había tomado la precaución de refugiarse en casa de su hermana, con la esperanza de que los nazis no dieran fácilmente con ellos.

Jacob sabía que para los seguidores de Hitler su familia era doblemente maldita: su padre había militado en el partido socialista, durante años había escrito varias obras satíricas contra los nazis, por no hablar de que tanto su mujer como él eran judíos, una raza maldita para los nacionalsocialistas.

París se encontraba bajo el dominio directo de los alemanes, representados por el mariscal Wilhelm Keitel. Los nazis esquilmaban al pueblo. En aquella primavera de 1942 era casi imposible encontrar café, azúcar, jabón, pan, aceite o mantequilla. Afortunadamente, su tía Judith trabajaba para una familia aristocrática que, gracias al mercado negro, siempre estaba bien abastecida y le daba algunos alimentos básicos que habría sido imposible conseguir con las cartillas de racionamiento.

Tras el frugal desayuno, los dos hermanos salieron a la calle. La noche había sido muy bochornosa y la mañana presagiaba un calor infernal. Los dos niños corrieron escaleras abajo. En sus camisas desgastadas y zurcidas por su tía destacaban las estrellas de David relucientes con su intenso color amarillo.

El patio interior distribuía el edificio en cuatro portales, los más lujosos daban a la calle y los más pobres al inmenso patio de luces empedrado. En cuanto llegaron a él, supieron que algo marchaba mal. Corrieron hacia la calle. En un lado de la acera había aparcados más de una veintena de autobuses oscuros con los techos blancos. La gente se arremolinaba alrededor de ellos, mientras unos gendarmes con guantes blancos y porras los empujaban hacia dentro.

Jacob sintió un escalofrío que le recorrió toda la espalda y agarró fuerte la mano de Moisés, hasta que este se quejó e intentó soltarse.

—¡Maldita sea, no te sueltes de mi mano! —gritó Jacob mientras fruncía el ceño y tiraba de su hermano hasta el edificio de nuevo.

Apenas habían comenzado a entrar en el edificio cuando la portera, apoyada en su escoba, los miró con desprecio y comenzó a gritar a los gendarmes.

—¿No se van a llevar a esas ratas judías?

Los dos chicos se miraron y comenzaron a correr hacia su portal. Tres de los gendarmes escucharon la voz estridente de la portera y vieron a los chicos correr hacia el otro lado del patio. El cabo hizo un gesto con la mano y sus dos hombres le siguieron, mientras no dejaba de tocar un silbato negro y sacudir una porra por el aire.

Los hermanos corrieron por el suelo de madera sin barnizar, de escalones desgastados y tablas rotas, sin poder evitar que sus zapatos crearan un estruendo difícil de no percibir. Los gendarmes levantaron la vista al llegar al hueco de la escalera. Mientras el cabo subía por el ascensor, los otros dos agentes comenzaron a correr escaleras arriba.

Jacob y Moisés llegaron jadeantes hasta la puerta de su casa, el pequeño se aferró al pomo, pero el mayor tiró de él y siguieron ascendiendo hasta la azotea. Los dos habían pasado muchas horas en los tendederos, escondiéndose entre las sábanas colgadas, cazando palomas con sus tirachinas o contemplando la ciudad al otro lado del Sena.

Cuando llegaron a la puerta de madera jadeaban, se pararon unos segundos tras atravesar el umbral y apoyaron sus manos en las rodillas, como si intentasen lamer el aire de aquel lugar negro y sucio. Después, Jacob se dirigió hacia el fondo del edificio. Los tejados se sucedían en una fila casi interminable de azoteas, tejas y grandes terrazas que algunos parisinos aprovechaban para plantar hortalizas. Subieron por una escalera de hierro oxidado pegada a la pared y caminaron inseguros entre las tejas.

Los gendarmes los miraron desde la azotea. Entonces el cabo, que, a pesar de haber subido por el ascensor parecía agotado, comenzó a tocar el silbato de nuevo.

Jacob se giró un instante, tal vez para comprobar la distancia que los separaba de aquellos hombres vestidos de negro, o simplemente de manera instintiva, como un cervatillo que, perseguido por una jauría de perros, duda si estos ya le han dado alcance.

Los dos gendarmes más jóvenes ascendieron por la escalera torpemente, después le siguieron, rompiendo media docena de tejas a su paso, y en pocos segundos parecían haberle casi alcanzado.

Jacob pisó entre dos tejas y sintió un chasquido, su pierna se introdujo por un hueco y sintió un dolor insoportable en su espinilla, cuando logró sacarla del agujero, la sangre le corría por la pierna hasta los calcetines blancos. Moisés le ayudó a ponerse de nuevo en pie y continuaron corriendo hasta el último edificio de la manzana. Un abismo de algo más de dos metros separaba el tejado de la fachada de enfrente.

Moisés miró a sus perseguidores y luego al abismo iluminado por la intensa luz del verano. Al fondo, la oscuridad parecía absorber todo lo que osara caer en su interior. Después se giró hacia Jacob con el rostro desencajado, sin saber qué hacer.

Su hermano reaccionó con rapidez. Justo a sus pies había una pequeña terraza. Desde allí, una cornisa rodeaba la fachada hasta la calle principal. Tal vez podrían acceder a una casa y desde allí regresar a la calle, para intentar confundirse entre la multitud. Saltó sin pensarlo dos veces y extendió los brazos para ayudar a su hermano pequeño, pero, cuando este ya estaba flotando en el vacío, unas manos le agarraron con fuerza las piernas. El niño se derrumbó sobre el tejado con un fuerte impacto.

—¡Jacob! —gritó el pequeño, atrapado.

Por unos instantes, el hermano mayor no supo qué hacer. No podía abandonar a Moisés, pero, si subía de nuevo al tejado, los dos caerían en manos de la policía. Desconocía sus intenciones, pero sus padres ya les habían advertido que los nazis los estaban enviando a campos de concentración en Alemania y Polonia.

El cabo se asomó al abismo y vio al niño judío intentando alcanzar la cornisa.

—¡Maldito crío! —bramó mientras arrebataba al pequeño de manos de su subalterno y lo agarraba de un tobillo, balanceándole sobre el tejado.

—¡No! —gritó el chico.

El rostro de su hermano pequeño estaba amoratado por el temor y se agitaba como un pez recién sacado del agua.

—Sube aquí. ¿No querrás que tu hermano se caiga? —dijo el hombre, con una sonrisa siniestra, mientras sacaba al niño fuera del tejado.

El corazón de Jacob comenzó a palpitar con fuerza, podía sentirlo en las sienes y en la yema de los dedos mientras apretaba los puños. Su respiración se agitó, levantó las manos e intentó gritar, pero su voz no le respondió.

—¡Sube aquí, ahora! Ya nos habéis hecho perder suficiente tiempo. ¡Maldita raza del demonio!

El pequeño observó en los ojos hundidos del cabo un odio que no entendía, pero que ya había visto en otras muchas personas en los últimos meses. Subió por la pared hasta el tejado y se colocó delante del cabo.

El tipo era alto y gordo, su barriga parecía a punto de estallar la chaqueta del uniforme. Tenía la gorra ladeada y la corbata con el nudo medio desatado. Su rostro estaba rojo, su bigote moreno se movía sin parar, mientras sus labios se fruncían como si escupiera las palabras.

En cuanto el joven puso los pies en el tejado, los otros dos gendarmes le agarraron por los brazos y le llevaron en volandas hasta el primer edificio. Después bajaron en ascensor hasta la planta baja y los sacaron de nuevo al patio.

Al pasar al lado de la portera, esta sonrió, como si la captura de los dos hermanos le hubiera alegrado el día. Al pasar enfrente vieron como la vieja les escupía.

—¡Escoria extranjera comunista! ¡No quiero ni un judío más en este edificio!

Jacob la miró desafiante, la conocía muy bien. Era una cotilla y una mentirosa. Su tía le había ayudado unos meses antes a pedir las cartillas de racionamiento. La portera no sabía leer ni escribir y tenía un hijo impedido que apenas salía de la casa. Por las tardes, en contadas ocasiones, le subía trabajosamente hasta el patio y le sentaba en una silla, mientras el joven mal formado, cojo y ciego se limitaba a zarandearse sin parar.

Moisés, que apenas se había recuperado del susto, miró sorprendido a la mujer. A pesar de que siempre les echaba la bronca al entrar corriendo o molestar a los vecinos con sus gritos o el estruendo que formaban al subir o bajar las escaleras, nunca le habían hecho nada.

Cuando salieron a la calle repleta de gente, los autobuses ya estaban medio llenos. Los gendarmes empujaban a las mujeres, golpeaban a los críos y apremiaban a los ancianos a darse prisa. No había muchos hombres jóvenes, la mayoría llevaban meses escondidos. Aquel ejército de desamparados se movía impulsado por el temor y la incertidumbre, como un rebaño de corderos silenciosos a punto de ser sacrificados, incapaces de imaginar que aquellos gendarmes del país más libre del mundo los llevaban al matadero, ante la mirada impasible de sus vecinos y amigos.

Los autobuses comenzaron a arrancar mientras Moisés miraba absorto por la ventanilla. Sintió algo parecido a la emoción de una excursión. A su lado, Jacob contemplaba los rostros asustados del resto de pasajeros, que evitaban posar sus miradas en sus ojos, como si se sintieran invisibles ante el desprecio de un mundo del que ya no formaban parte.

2

París, 16 de julio de 1942

LOS AUTOBUSES FUERON DETENIÉNDOSE ENFRENTE DE UN gigantesco edificio, los gendarmes salieron de sus camiones y se situaron en una larga fila para impedir que los judíos pudieran escabullirse por las calles cercanas. En ese instante, el sol comenzaba a agobiar a los desdichados pasajeros de aquel viaje siniestro, pero Jacob y Moisés no dejaban de mirar la Torre Eiffel, que podía verse a sus espaldas, como si no quisieran reconocer la realidad que los rodeaba.

Los gendarmes golpearon con sus porras la chapa de los autobuses para que los conductores abrieran las puertas. Los pasajeros se miraron indecisos, nadie quería ser el primero en bajar. En silencio durante el trayecto, la incertidumbre se había apoderado de sus almas de tal forma que la resignación parecía la única respuesta ante su inesperado arresto. La mayoría eran judíos extranjeros, aunque también algunos franceses habían caído en la tela de araña tejida sobre toda su raza. Un hombre mayor vestido con una bata de trabajo se puso en pie y se dirigió a los pasajeros asustados.

—Tenemos que actuar con calma. Seguramente los franceses nos traen aquí para protegernos. Nunca este país permitiría que nos deportaran a Alemania. Puede que estemos ocupados y que la horda alemana rija nuestras vidas, pero los valores de la República permanecen intactos.

Uno de los pocos hombres jóvenes que había en el vehículo empujó al anciano y miró desafiante al resto de pasajeros.

—¿Sois corderos o personas? ¿Acaso no habéis visto que desde la ocupación el gobierno francés nos ha obligado a registrarnos en sus archivos, que ha prohibido que trabajemos en casi todos los oficios, que tenemos que llevar estas malditas estrellas como en Alemania? Lo que nos espera ahí dentro es una prisión, para después enviarnos en trenes hacia el norte.

Una mujer vestida con un traje elegante y un sombrero azul se dispuso a bajar del autobús, el hombre se interpuso y ella le empujó con fuerza.

—¡Déjeme pasar, por Dios! No intimide a esta pobre gente. No sabemos cuál será nuestro destino, pero ¿acaso no hemos sido siempre perseguidos y hemos logrado sobrevivir?

El resto de los pasajeros comenzaron a inundar el pasillo y a empujarse unos a otros, inquietos. Fuera de los autobuses, una larga línea de hombres, mujeres y niños marchaba con paso lento hasta unas inmensas puertas. Sobre ellas se podía leer en un cartel con letras estilizadas: **VEL' D'HIV**.

Jacob y Moisés conocían aquel lugar, una vez había asistido con su padre a una carrera de ciclismo. El velódromo servía para disfrutar de competiciones ciclistas en invierno y en él se organizaban todo tipo de celebraciones.

Un chico que había estado sentado detrás de los hermanos se inclinó hacia ellos y les preguntó:

—¿Sois los hermanos Stein?

Los dos chicos se volvieron. Era un alivio conocer a alguien entre esa multitud de desconocidos.

—Sí —respondió Jacob mientras se ponían en pie. Eran los últimos de la fila que se había formado en el pasillo del autobús.

—Soy Joseph, el hijo del plomero. Estudiábamos juntos en la sinagoga, pero en el verano mi padre me ha llevado a trabajar en unas obras. ¿Le habéis visto?

—No, eres la primera persona conocida que hemos encontrado —contestó Jacob.

—Esta mañana aporrearon la puerta de nuestra casa, mi padre salió con una llave inglesa en la mano, pero al ver que eran los gendarmes la dejó en el recibidor. Nos dijeron que tomáramos una manta por persona, una camisa y nada más. Cuando bajamos hacia los autobuses, los perdí de vista.

—A nosotros no nos fueron a buscar, pero la portera comenzó a gritar y unos gendarmes nos siguieron. Intentamos escapar por los tejados, pero nos dieron caza —le explicó el hermano mayor.

Un gendarme se asomó por la puerta y les gritó:

—¡Malditos críos! ¡Salid inmediatamente de ahí!

Los chicos caminaron temerosos hasta la puerta, Moisés observó por unos segundos al conductor, este le miró directamente a los ojos, pero después agachó la cabeza. Aquel había sido el trabajo más duro que había tenido que realizar en toda su vida. No sabía qué querían hacer con toda esa gente, pero se sentía avergonzado de que los franceses colaboraran con los nazis. Desde la ocupación, había intentado pasar desapercibido; cualquiera que hubiera militado en un partido o un sindicato era sospechoso de alta traición a Francia.

Jacob bajó el primero y miró desafiante al gendarme, el policía frunció el ceño y les señaló el camino con la porra. En aquel corto intervalo, la mayoría de la gente había entrado en el edificio. Moisés se aferró a su hermano y Joseph los siguió por un amplio pasillo. A medida que se acercaban al final, comenzó a oírse un murmullo que crecía hasta convertirse casi en ensordecedor. Entraron en la gigantesca cúpula y miraron a los graderíos; después, sus ojos se detuvieron en la pista inclinada para las competiciones y el alargado rectángulo central en el que se habían colocado unas pocas carpas de la Cruz Roja.

—¡Dios mío! —exclamó Moisés. Tenía la boca abierta, sus ojos eran incapaces de abarcar aquel inmenso espacio, apenas se acordaba de la vez que visitaron el velódromo con su padre.

—Hay miles de personas —comentó Joseph algo angustiado, sabía que no sería fácil encontrar a su familia.

Un funcionario sentado en una mesa de madera vieja y desgastada les hizo un gesto. Los tres niños caminaron en fila hasta él.

—Nombre y apellido —dijo el hombre sin mirarles a la cara. Llevaba unas gafas redondas atadas en un cordel a la chaqueta; su pequeña nariz sujetaba las lentes en un equilibrio casi imposible—. ¿Estáis sordos, muchachos?

—¿Por qué nos han traído aquí? —preguntó Jacob.

El funcionario se sorprendió de la osadía del chico, dejó la pluma sobre la mesa y se cruzó de brazos.

—¿Dónde están tus padres? ¿Es que no te han enseñado un poco de educación? —preguntó el funcionario con su voz estridente.

—¿Educación? Nos sacan de nuestras casas en mitad de la noche, nos traen a rastras hasta aquí y nos encierran como animales. ¿De verdad quiere que le muestre más educación? —contestó Jacob elevando la voz.

El gendarme se aproximó al escuchar el tono del joven, sacó su porra y, con el ceño fruncido, se aproximó a los chicos.

Moisés tiró de la manga de la camisa de su hermano y este se volvió justo a tiempo. La porra golpeó la mesa y, antes de que el policía la levantase de nuevo, los tres muchachos comenzaron a correr en dirección a la multitud. El gendarme los siguió, pero, cuando los chicos se escondieron entre la multitud, varios hombres comenzaron a rodearle.

—¿Algún problema, gendarme?

El policía comprendió que no era buena idea soliviantar más los ánimos, ya tendría tiempo de encontrar aquellos mocosos. No podrían salir de allí de todas formas.

Jacob miró hacia atrás, el gendarme se alejaba de nuevo hacia la puerta. En ese momento se arrepintió de haberse alterado, tal vez le hubieran informado de dónde estaba su tía Judith o se podrían haber puesto en contacto con ella de alguna manera.

—¿Qué vamos hacer? —preguntó Moisés, jadeante.

—No lo sé —contestó el hermano mayor.

El niño le abrazó y comenzó a llorar. Sus pequeños sollozos eran un susurro en el incesante murmullo de la gente. Jacob levantó la vista. La luz entraba por los inmensos cristales del techo, se encontraban al pie de la pista. Recordó aquella mañana de domingo con su padre hacía un par de años en el velódromo, justo antes de que los nazis ocupasen Francia. Los corredores sudaban mientras la gente los jaleaba sin cesar. En aquel momento, el estadio le había parecido un lugar mágico; ahora, aquella jaula se asemejaba demasiado a una tumba de la que no se podía escapar.

—Tengo que encontrar a mis padres —dijo Joseph, y se puso a andar.

—Espera, te ayudaremos. Puede que nuestra tía también se encuentre aquí.

Los tres comenzaron a caminar al borde la pista. La gente se reclinaba en ella e intentaba ponerse cómoda. El calor ya empezaba a ser sofocante; por la tarde, aquel lugar se convertiría en un verdadero infierno.

Moisés miró a una mujer sola con dos gemelos. La joven no dejaba de llorar mientras contemplaba a los dos niños a su lado. Unos metros más adelante, un anciano en ropa interior se ría mientras su esposa intentaba volver a ponerle la ropa. Unos chicos corrían de un lado a otro explorando el terreno. El mundo parecía haberse trastornado, como si la guerra los hubiera convertido a todos en un esperpéntico reflejo de sí mismos.

Jacob puso su mano en el hombro de su hermano, no quería que se extraviara, no estaba seguro de poder volver a encontrarle.

La multitud comenzó a sosegarse, como un campo de trigo que, tras ser sacudido por la tormenta, vuelve poco a poco a una quietud inquietante. El murmullo desapareció en parte. La gente había perdido las ganas de hablar, de quejarse o reclamar ante los gendarmes. Únicamente buscaban un sitio en el que descansar, los más fuertes echaban a los más débiles de los mejores lugares. Las primeras enfermeras aparecieron por una de las puertas bajas, se dirigieron a las carpas y se encerraron hasta evaluar la situación.

De repente se escuchó el primer golpe. Los tres chicos miraron a su espalda, no sabían de qué se trataba. Un murmullo de horror se transformó en gritos de pánico. La gente comenzó alejarse de algo o alguien. Jacob se apoyó en la baranda y estiró los pies para ver mejor. El cuerpo ensangrentado de una mujer se agitaba en la tarima de madera y comenzaba a deslizarse hacia abajo dejando un rastro de sangre.

—¿Qué pasa? —preguntó Moisés.

Antes de que el niño pudiera ver lo ocurrido, Jacob le empujó hacia dentro. Moisés se quejó e intentó acercarse de nuevo. Su hermano le tapó los ojos con una mano, mientras con la otra tiraba de él hacia dentro.

Entonces se escucharon otros golpes secos, los gritos de horror se extendieron como un viento huracanado, mientras el velódromo comenzaba a teñirse de rojo. En ese momento, Jacob comprendió que debía sacar a su hermano de allí cuanto antes. Aquel lugar era lo más parecido al infierno en la tierra que había visto jamás. Se introdujeron por los pasillos que comunicaban las diferentes plantas. Tenían una misión, buscar a la familia de Joseph e intentar averiguar qué había sucedido con su tía, para escapar de allí antes de que fuera demasiado tarde.

3

París, 16 de julio de 1942

EL DÍA PARECÍA INTERMINABLE. SE SENTÍAN SEDIENTOS, HAMbrientos y cansados. Los bebés gritaban y lloraban por el calor, las enfermeras intentaban repartir la poca leche que tenían a las madres que se peleaban y gritaban angustiadas. El sofoco era tan intenso que la mayoría de los hombres estaban en camiseta interior, las mujeres abanicaban a los niños con sus sombreros o con papeles. Algunos intentaban buscar a sus seres queridos extraviados y gritaban sus nombres en una cadencia tan monótona y triste que sus voces se confundían con las de las familias que intentaban comer con bocados pequeños la poca comida que les quedaba.

Los tres muchachos caminaban sin cesar. A las cuatro horas ya se conocían casi todas las escaleras, habían visitado el hospital de emergencia y habían ascendido hasta la parte más alta del edificio. Los gendarmes se conformaban con controlar las salidas y no se atrevían a cruzar las puertas. Varios camilleros habían sacado los cuerpos de los suicidas, pero sus regueros de sangre continuaban secándose sobre el circuito de madera.

—Hemos mirado por todas partes, creo que tu familia no está aquí —dijo Jacob a su amigo. El rostro de Joseph se apagó de repente y dejó escapar unas lágrimas silenciosas, se las limpió con la mano y agachó la cabeza.

Jacob sabía exactamente cómo se sentía. La partida de sus padres hacía más de un año le había provocado una sensación de soledad e inseguridad tan grandes que se despertaba a media noche envuelto en sudor y gritando el nombre de su madre.

—Ánimo, puede que eso sea una buena noticia —dijo el chico, apoyando sus dos manos en los hombros del niño.

—Sí no están aquí, ¿dónde se encuentran?

Un hombre mayor, vestido con un impecable traje cruzado, se puso en pie y se aproximó a los chicos. Lo había escuchado todo. Se quitó sus gafas y se agachó un poco.

—A algunos los han llevado al Campo de Drancy, a doce kilómetros al noreste de París, puede que tu familia esté entre ellos. Deberías decírselo a los voluntarios de la Cruz Roja o a algún funcionario.

El pequeño intentó aguantar el llanto, pero tenía un nudo en la garganta y la respiración entrecortada.

—Muchas gracias, señor —contestó Joseph.

En cuanto los tres niños dejaron al hombre, Jacob le dijo en voz baja a su amigo:

—Ni se te ocurra. Puede que tu familia esté en ese sitio, pero no podrás ayudarles si te llevan con ellos.

—No te entiendo. ¿Qué otra cosa podemos hacer?

—Escapar —le soltó Jacob casi en un susurro.

Aquella idea ni se le había pasado por la cabeza a Joseph. Durante las últimas horas habían recorrido casi todo el velódromo. Las salidas estaban vigiladas, no podían escapar por el tejado, intentar huir de allí era una verdadera locura.

—¿Por dónde vamos a escapar? —preguntó Moisés.

—Seguro que hay una manera de salir de aquí sin levantar sospechas —dijo Jacob con tono firme, como si estuviera muy seguro de lo que decía.

—Aunque la hubiera, ¿dónde iremos? —preguntó Joseph, encogiendo los hombros.

—Buscaremos a nuestra tía Judith, ella sabrá qué hacer —contestó Jacob. Sabía que aquella era una respuesta simple. Él era del tipo de persona que prefería enfrentarse a cada problema después de haber solucionado el anterior.

El muchacho levantó la vista. Contempló el estadio con otros ojos. Debía encontrar su punto débil y salir cuanto antes de allí.

—Jacob, tengo sed —dijo insistentemente Moisés.

La cara de su hermano pequeño estaba muy pálida y sus labios completamente secos. Luego miró hacia las carpas de la Cruz Roja.

—Será mejor que consigamos algo de agua y comida —dijo, mientras bajaba por la rampa para ir más deprisa.

—En los baños hay grifos —comentó Joseph, siguiéndole.

—¿No has pasado al lado de los baños? El olor a orín es insoportable, no entraría allí ni por todo el oro del mundo —apuntó Moisés, muy serio.

—Ellos nos darán agua —dijo Jacob señalando las carpas.

Cuando llegaron a la parte más baja vieron a los gendarmes. Parecían custodiar a los voluntarios de la Cruz Roja, pero más bien se preocupaban de que la gente no robara la poca comida que había en el estadio.

—¿Dónde vais? —preguntó uno de los policías cuando vio aproximarse a los tres chicos.

—No hemos bebido nada ni comido en todo el día —dijo Jacob intentando poner su cara más triste.

El gendarme era muy joven, su uniforme nuevo y reluciente parecía recién sacado de la tintorería. Primero frunció el ceño, como si le importunara la presencia de los tres chicos, pero después, cuando comprobó que sus compañeros no le miraban, sacó de uno de sus bolsillos un poco de pan y se lo dio a los muchachos.

—En el sótano hay unas mangueras antiincendios, allí podréis beber algo de agua fresca. Se va por allí.

El gendarme señaló una pequeña puerta disimulada en el suelo de hormigón. Descendieron unas escaleras y abrieron con cuidado, no querían llamar demasiado la atención. La sala estaba a oscuras, Jacob estuvo tanteando la pared húmeda y fría hasta dar con el interruptor de la luz. Se encendió una bombilla de poca potencia, cubierta de suciedad, que proyectaba una apagada luz polvorienta.

Desde su llegada al Velódromo, era la primera vez que no sentían el sofocante calor de julio. En las tripas del estadio, la temperatura se mantenía baja y la sensación era casi de frescor. Caminaron por un largo pasillo, encendieron varios interruptores y llegaron a lo que parecían dos bocas de riego.

Joseph abrió con dificultad una tuerca gigante y comenzó a salir agua por la manguera. Moisés se agarró a ella y comenzó a beber con avidez. Cuando estuvo completamente saciado, le sustituyó Joseph y, por último, Jacob.

Los tres muchachos se sentaron en unos cascotes de alguna posible avería anterior y comenzaron a repartir el pan que les había dado el gendarme. No era mucho, pero al menos pareció calmarles el hambre por un poco de tiempo.

—Creo que hemos descubierto el mejor sitio del Velódromo —dijo en tono triunfal Joseph.

Jacob observó el lugar, era un horroroso sótano, oscuro y maloliente, pero, comparado con el infierno que se estaba viviendo en la parte de arriba, era lógico que les pareciera el paraíso.

—Esto no altera nuestros planes. Tenemos que salir de aquí cuanto antes. Tú debes buscar a tu familia y nosotros a nuestra tía Judith. En el caso de que estén en ese otro campo de detención, sería mejor que te quedaras con nosotros. Seguramente, cuando termine la guerra los alemanes los devolverán a todos a casa. Dicen que Hitler nos quiere como mano de obra barata mientras sus soldados luchan en el frente, pero después ya no les serviremos para nada.

—Prefiero estar con mi familia, aunque sea en un campo de internamiento —contestó Joseph muy serio.

Jacob le entendía a la perfección. Él también recorrería el mundo entero para estar con sus padres, aunque eso supusiera meterse en las mismas entrañas del infierno. Los echaba mucho de menos. Sus sonrisas, los juegos, el recorrer juntos una senda para disfrutar de un hermoso día de campo. El niño comenzó a sentir un nudo en la garganta. Llevaba doce años junto a sus padres, nunca se habían separado y ahora debía enfrentar una situación como aquella solo. ¿Qué podía hacer? ¿Cómo podía mantener a sus hermanos a salvo? Esas eran las preguntas que se hacía mientras los otros dos chicos comenzaban a charlar despreocupados, como si aquella situación no fuera ya realmente difícil.

—Lo entiendo, si al final esa es la única solución, te llevaremos al Campo de Drancy, esté donde esté, pero también podrías quedarte con nuestra tía.

—¿Qué te hace pensar que ella no está encerrada en otro lugar? —preguntó Joseph algo molesto. No entendía la seguridad de su amigo, tenía la sensación de que prefería negar la realidad.

—Mi tía no estaba inscrita como judía, ya te he comentado que nos apresaron porque nuestra portera comenzó a gritar.

—Pero lleváis la estrella amarilla —dijo el muchacho.

—Sí, para poder asistir a la escuela y por si nos paran por la calle, pero estamos registrados en otra vivienda, por eso creemos que nuestra tía está libre —comentó Jacob.

Los tres chicos se quedaron un momento en silencio. Las tripas se Moisés comenzaron a sonar y se echaron a reír.

—Creo que debemos buscar más comida de forma urgente —bromeó Jacob, intentando cambiar de conversación.

Salieron del sótano con el mismo cuidado con que habían entrado. Después cerraron la puerta sin hacer ruido. La noche había llegado precipitadamente al Velódromo. Caminaron alrededor de las carpas, a esa hora apenas había un par de policías fumando en uno de los lados del estadio. Aprovecharon para entrar en una de las carpas. Las cajas de comida se acumulaban a medio abrir. Latas de comida, pan de molde, varias cajas de frutas.

—¿Por qué dejan pasar hambre a la gente teniendo tanta comida? —preguntó Moisés algo enfadado.

—Imagino que no saben cuánto tiempo nos tendrán aquí y prefieren que la gente se coma primero su propia comida —dijo Joseph.

—Nosotros no tenemos nada. Será mejor que nos hagamos con algunas provisiones —aconsejó Jacob.

Los chicos se llenaron los bolsillos de comida, luego salieron con sigilo de la carpa y regresaron a su escondite.

Jacob sacó la navaja que solía usar para pelar palos o hacer figuras de madera y abrió la primera lata de judías. No tenían cucharas y tuvieron que comer con los dedos. Les pareció tan divertido que se pasaron la mayor parte del tiempo riendo a carcajadas.

Se quedaron dormidos después de cenar, pero Jacob se despertó a las pocas horas. Decidió explorar un poco los túneles; no le hacía mucha gracia la oscuridad, pero prefería saber qué había debajo de las tripas del Velódromo y buscar una posible salida. Las bombillas únicamente llegaban hasta una parte de los largos pasillos, por donde pasaban las tuberías, pero la oscuridad le impedía seguir más adelante. Retrocedió de nuevo hasta la entrada y abrió con cuidado la puerta de un pequeño cuarto, encendió la luz y encontró colgado sobre la pared y en los cajones de un mueble de carpintero algunas herramientas y una lámpara de aceite. Buscó cerillas por los pequeños cajones hasta que descubrió una caja de fósforos medio vacía. La encendió nervioso y después contempló la llama que crecía en el interior de la lámpara. Se sorprendió de la intensidad que reflejaba una mecha tan pequeña. Pensó que a veces la esperanza era como esa llama, algo casi insignificante, pero capaz de guiarle en el camino.

Salió en silencio de la habitación, pero antes de que pudiera regresar al túnel escuchó la voz de su hermano.

—¿Dónde vas? —le preguntó inquieto, si algo temía Moisés era separarse de la única persona que conocía en el mundo.

Jacob le hizo un gesto para que le siguiera. Aún recordaba cuando vino al mundo, con su piel rosada y sus mofletes regordetes. No dejaba de llorar todo el rato. Cuando aprendió a caminar le seguía a todas partes y le imitaba, ahora se había convertido en su verdadera sombra.

No era sencillo servir como ejemplo a nadie y, en ciertos momentos, era incómodo, pero también se sentía orgulloso. No creía que fuera tan importante como para que alguien le imitase y admirara, pero para su hermano pequeño él era un héroe.

Los dos hermanos caminaron con paso vacilante por la galería. Cualquier sonido los alertaba. Vieron a dos o tres ratas corriendo a esconderse y a unas cucarachas trepar por las tuberías. No tenían miedo a ese tipo de bichos. Solían jugar a pisarlas en las partes oscuras del patio por la noche o cazaban ratones con sus tirachinas, pero verse rodeados de ellas en medio de la oscuridad era otra cosa.

Llevaban unos diez minutos recorriendo túneles cuando Moisés comenzó a alarmarse.

—¿Sabes regresar? Hemos dado tantas vueltas que ya no sé cómo volver.

—No te preocupes, he estado calculando los giros que hemos hecho. Nos encontramos más cerca de lo que parece —le contestó para tranquilizarle un poco, aunque él tenía también sus propias dudas.

Continuaron caminando sin saber bien qué estaban buscando. Tras media hora, regresaron a la entrada del sótano. Joseph les esperaba sentado con las manos en los mofletes y envuelto en sollozos.

—¿Qué sucede? —preguntó Jacob al ver a su amigo.

El niño levantó ligeramente la cara, tenía los ojos rojos y una expresión de tristeza que estuvo a punto de contagiar a sus compañeros.

—Pensé que me habíais abandonado. Tenía miedo de estar solo de nuevo.

Jacob se agachó y abrazó a su amigo. Sintió su cuerpo frío y sudoroso, escuchó los sollozos junto al oído y experimentó algo parecido a la ternura. Siempre había recibido las atenciones de los demás. Sus padres debían cuidarle, animarle y abrazarle, pero comenzaba a experimentar lo que significaba preocuparse por el otro, ser el que daba a los demás un poco de consuelo.

En los últimos meses había tenido que cuidar a su hermano, pero no le había sabido expresar lo que sentía, tal vez estaba demasiado preocupado intentando ocultar sus sentimientos y no quería desmoronarse delante de Moisés. Debía hacerse el fuerte, de alguna forma pensaba que su hermano necesitaba seguridad, cuando lo que realmente buscaba en el fondo era cariño.

—Nunca nos iremos sin ti. Tienes mi palabra. Nosotros también estamos solos, pero ahora nos tenemos los unos a los otros. Nada podrá detenernos, no tengo miedo a esos «boches», tampoco a los gendarmes. Volveremos a ver a nuestras familias, te lo prometo.

Moisés se unió al abrazo y los tres se quedaron de nuevo dormidos, soñando con su anterior existencia, con los días buenos en los que se amodorraban tumbados al lado de sus padres mientras la vida tenía la eterna cadencia de la felicidad.

4

París, 17 de julio de 1942

EL SONIDO DE LAS PISADAS LOS DESPERTÓ. JACOB SE QUEJABA del cuello, que había mantenido en una postura incómoda durante todas esas horas. Moisés tenía ganas de orinar y Joseph se moría de hambre.

—Vete al fondo y orina allí, será más sano que hacerlo en los apestosos baños de arriba —le dijo su hermano mayor.

Moisés fue dando saltitos hasta el principio de la oscuridad, nunca iría más allá, soltó un chorro fuerte y suspiró aliviado.

Los tres muchachos salieron a la superficie y los sorprendió comprobar que la multitud del día anterior había aumentado considerablemente. Las gradas parecían tan saturadas como colmenas de abejas sacudidas por un apicultor. De hecho, el eco de las voces parecía un zumbido atronador.

Un hombre joven vestido con una bata blanca se acercó hasta ellos y los detuvo extendiendo el brazo.

—¿Dónde vais? ¿Estáis solos?

Los tres chicos alzaron la vista. Un joven moreno con el pelo engominado y un cuidado bigote los observaba con el ceño fruncido.

—Sí, señor.

—Llamadme doctor Michelle. ¿No están vuestros padres con vosotros? —preguntó de nuevo el médico.

—No, doctor Michelle.

—Es increíble. Esta gente es salvaje, esto es indignante. ¿Dónde han quedado los valores y los derechos humanos? Ese mariscal fanático y senil es lo peor que le podía suceder a Francia.

Los chicos le miraban boquiabiertos. Nadie se atrevía a hablar de aquella forma del mariscal Pétain, el salvador de la patria y el presidente de la Francia Libre.

—No se preocupe, intentamos apañárnoslas lo mejor que podemos —comentó Joseph, alejándose del hombre.

—Hay una sección para niños extraviados, os llevaré hasta allí —dijo el médico, tomando la mano de Moisés.

—No hace falta, nosotros podemos ir solos —contestó Jacob, con la idea de escabullirse en cuanto los perdiera de vista. Nadie había registrado su llegada, todavía tenían una oportunidad de huir y pasar desapercibidos.

En ese momento pasaba cerca de ellos el gendarme que los había llevado hasta la mesa del funcionario y del que se habían escapado por los pelos.

—Gendarme, lleve a estos niños a la sección de niños extraviados.

Jacob contempló los ojos furibundos del gendarme, que los había reconocido de inmediato. El gendarme sonrió, dejando que su enorme papada se estirara y permitiera mostrar los botones dorados de la guerrera.

—Sí, doctor. Los dejaré a buen recaudo.

El gendarme agarró del cuello de la camisa a los dos mayores y el pequeño los siguió asustado.

—No hace falta que los lleve de esa manera, no son delincuentes— dijo el médico frunciendo el ceño.

—No quiero que se pierdan entre la multitud —contestó cínicamente el policía.

Jacob pensó en comentarle algo al médico, pero sabía que era mucho peor que supiera que ni siquiera estaban registrados.

El gendarme los llevó por las escaleras principales hasta la primera planta, pero, antes de dirigirse a la sección de niños perdidos, los introdujo en unos viejos vestuarios utilizados por los policías.

—Ahora me las vais a pagar todas juntas.

Los tres muchachos estaban realmente asustados, pero Jacob sabía que debían hacer algo para librarse de aquel hombre. A nadie le importaría qué les podía pasar a tres menores abandonados. La gente ya tenía suficiente con pensar en sus propios problemas.

—Sentimos lo que pasó ayer. Estábamos muy asustados. Le pedimos disculpas —se adelantó a decir el hermano mayor.

El tipo cerró la puerta con llave y soltó a los chicos, que se fueron de inmediato a una de las esquinas más apartadas. Estaban apretujados, como si el simple contacto unos con otros ya pudiera ponerlos a salvo. El hombre sacó la porra y una navaja.

—Nadie echará de menos un poco de escoria judía. Es algo de lo que tenemos en abundancia en estos momentos —dijo sonriente el policía.

—Señor, hágame lo que quiera, pero ellos son inocentes —pidió Jacob, adelantándose unos pasos.

—¿Crees que voy a negociar contigo, mocoso? Cuando salgáis de aquí será para ir al cementerio de cerdos judíos o al hospital.

Jacob recordó su navaja y miró en el bolsillo del pantalón, la sacó y comenzó a blandirla frente al policía.

—¿Qué piensas hacer con esa cosita? He tenido que enfrentarme a hombres más duros que tú.

—Se ve que es muy valiente, pegando a unos niños indefensos —dijo Jacob, con el ceño fruncido y tomando una chaqueta del suelo, para envolverla en su mano izquierda como protección.

—A las alimañas hay que exterminarlas —sentenció el gendarme, acercándose a él.

La porra pasó rozando la mano del muchacho, el joven logró desgarrar parte de la manga del policía y este bramó furioso. Se lanzó contra él con tal ímpetu que Jacob tuvo tiempo de agacharse y escabullirse hacia la puerta; intentó forzarla, pero fue inútil.

El gendarme atrapó a Moisés con la mano en la que llevaba la navaja, el niño comenzó a llorar y gemir asustado.

—Será mejor que no te resistas, si no quieres que el gordito lo pase mal.

—¡Suelta a mi hermano, cerdo! —gritó, rabioso, Jacob.

Moisés aprovechó para morder la mano del policía y este le soltó con un bramido. Joseph saltó sobre su espalda intentando derribarle, pero este comenzó a dar vueltas como un loco con el crío colgado de su cuello. Moisés aprovechó para darle una patada en sus partes al hombre, que cayó al suelo bramando de dolor. Jacob le dio con la rodilla en la cara, mientras los otros dos críos no dejaban de golpearle.

En unos minutos, el policía estaba reducido en el suelo. Jacob buscó la llave de la puerta, la abrió y los tres salieron despedidos de la habitación. No pararon de correr hasta encontrarse lo más alejados posible del gendarme. Ascendieron hasta la última planta e intentaron mezclarse con lo que parecía un grupo de niños que unas mujeres intentaban entretener para que soportaran mejor el encierro.

—¿Qué vamos a hacer? —preguntó Joseph en voz baja a su amigo.

—Tendremos que tener más cuidado, no dejarnos ver mucho, salir por la noche y acelerar nuestros planes de fuga —contestó el chico.

—Tengo miedo —dijo Moisés, que aún estaba pálido por el susto.

—No te preocupes, no dejaré que te haga nada —le consoló Jacob, y sonrió de repente—. ¿Viste qué cara puso cuando le diste, Moisés? Eres un verdadero guerrero.

Los tres sonrieron, al menos habían escapado de la situación ilesos, cuando se sintieron lo suficientemente seguros bajaron hasta su escondite en los sótanos del velódromo.

Cuando se hizo de noche y las voces por fin se calmaron, volvieron a salir de su escondite. Estaban casi seguros de que el gendarme ya no estaría a esas horas, y mucho menos después de la paliza que había recibido, pero también eran conscientes de que al día siguiente los policías removerían todo el estadio para buscarlos. Por eso querían hacerse con algo de comida antes de intentar escapar.

Jacob se acercó con cautela a la carpa de las provisiones, se aseguró de que nadie le veía y entró mientras los otros dos niños vigilaban. Joseph, a la izquierda, observaba la entrada principal y las gradas, cualquier señal de alarma podía dificultarles mucho las cosas. Moisés no quitaba ojo de la entrada inferior y de los guardas que rodeaban el complejo.

De fondo se escuchaban los gemidos, toses y lloros de los miles de prisioneros hacinados por todas partes. Las luces principales estaban apagadas, pero las de emergencia y algunas de las de la pista principal continuaban encendidas.

Joseph contempló con cierto estupor a toda aquella masa de gente rendida por el hambre, el calor y el miedo. Pensó que por unas horas al menos podrían refugiarse en sus sueños, abrazarse como náufragos a los últimos restos que quedaban de sus vidas. Se imaginó a sus padres y hermanos en algún lugar parecido a aquel, pero intentó borrarse esa imagen de la cabeza.

Escuchó un gemido y vio a una niña de corta edad desnuda, sucia y lloriqueando alrededor de su madre. Los pelos rubios y despeinados le cubrían en parte el rostro, tenía los ojos hinchados y las lágrimas emborronaban su cara. La madre parecía dormida, pero, cuando la niña se agachó y comenzó a zarandearla, Joseph comprendió que estaba muerta. Alrededor había una multitud que dormía indiferente. En cierto sentido, el trato despiadado de los gendarmes y los alemanes conseguía su propósito de deshumanizar a aquella multitud asustada y humillada.

Un hombre colocó una mano sobre su hombro y Moisés notó cómo un escalofrío le recorría todo el cuerpo. No quería mirar hacia el costado, pero el color oscuro del uniforme no dejaba lugar a dudas.

—Sabía que las ratas no tardarían en salir de su guarida.

Los dedos gordos y sudorosos agarraron con fuerza la ropa y el niño sintió como un zarpazo atravesando su fina camisa. Gritó con todas sus fuerzas, pero lo único que consiguió fue que otros dos policías se acercaran. Joseph se giró y vio la cara de su amigo, sus ojos desprendían verdadero terror. No podía hacer nada por él. Corrió hacia las gradas e intentó esconderse en la oscuridad.

Jacob notó cómo se le aceleraba el corazón al escuchar el grito de su hermano. Dudó por unos instantes. Si corría a socorrerle, sin duda le atraparían, pero tampoco podía dejarle solo. Miró por una de las argollas de la tela y observó a los policías corriendo y al gendarme arrastrando a su hermano. Se escondió detrás de las cajas y un par de minutos más tarde salió de la carpa. Todo estaba en silencio, no había rastro de los gendarmes. El pecho comenzó a dolerle, se acordó de la promesa que había hecho a sus padres de que nunca dejaría a Moisés, que le mantendría a salvo. Se arrodilló y comenzó a llorar.

Unos pasos se acercaron sigilosos hasta él, la figura se agachó y esperó a que el rostro de Jacob se levantara poco a poco.

—¿Qué sucede?

El niño reconoció la voz del médico que el día anterior había hablado con ellos. El hombre tenía el ceño fruncido y las gafas se incrustaban en su nariz larga y curvada.

—Se lo han llevado —contestó entre sollozos.

—¿A quién?

—A mi hermano —dijo el niño volviendo a agachar la cabeza.

—Los gendarmes recogen a todos los menores abandonados, no podemos teneros vagabundeando sin control. Este sitio es peligroso —señaló el médico, con una voz tan calmada que el pequeño comenzó a tranquilizarse.

—Ese hombre, el gendarme, nos trajo al velódromo, nos escapamos y nos ha estado buscando. Esta mañana nos intentó pegar, pero logramos huir. Ahora no sé qué le hará a mi hermano.

—Los gendarmes son meros instrumentos. El Estado los ha enviado para realizar el trabajo sucio, pero sé que muchos de ellos detestan lo que está pasando —dijo el médico, tocando el mentón del chico.

—Usted dice eso porque no es judío. Nos odian, los franceses nos odian.

El médico se quitó la solapa de su bata y ante los ojos de Jacob apareció la estrella de David. El niño comenzó a llorar de nuevo y se aferró al hombre, que sintió un nudo en la garganta. Él era un judío francés, pero se había presentado voluntario para ayudar a sus desgraciados correligionarios.

—Mi familia vive en este país desde el siglo XVI. Soy más francés que la mayoría de la gente que me escupe por la calle al verme pasar. Nos expulsaron de España hace siglos, como si fuéramos apestados, pero este país nos acogió, no fue fácil al principio, pero mi familia se instaló en París y se dedicó a regentar varias boticas, hasta que mi abuelo se convirtió en médico. Hemos luchado y muerto por la República, creemos en sus valores eternos y estamos seguros de que esta hora oscura pasará. Es en los momentos difíciles cuando un pueblo demuestra de qué está hecho. La prueba que estamos pasando no logrará destruirnos, nos convertirá en una mejor nación. Puede que yo no lo vea, ni ninguno de ellos —dijo levantando la mano hacia las gradas—, pero Francia se sacudirá este yugo de barbarie y maldad, para comenzar de nuevo.

Las lágrimas cubrieron el rostro del médico, que de repente pareció envejecer. Sus finas arrugas se humedecieron y los dos permanecieron unos instantes en silencio, como si dos desconocidos hubieran logrado obrar el mayor milagro del mundo, hermanarse con un completo extraño.

—Te ayudaré a encontrar a tu hermano —dijo el médico, poniéndose en pie y recuperando la energía que parecía impulsarle en aquel yermo de desánimo y resignación.

Joseph apareció por el fondo y miró preocupado a su amigo. Creía que el médico le había atrapado y que le entregaría a los gendarmes, pero, cuando observó su rostro aún empapado por las lágrimas, se acercó confiado.

—Conozco a un sargento de los gendarmes que nos echará una mano. Seguidme, pero manteneos a cierta distancia.

Los tres se dirigieron hacia las escaleras y caminaron despacio hasta la segunda planta, después se dirigieron a una de las salas del fondo.

—Quedaos aquí —les pidió el doctor, mientras se metía las manos en los bolsillos y se alejaba en la oscuridad.

—¿Podemos fiarnos de él? —preguntó Joseph en cuanto el hombre desapareció de su vista.

—Tendremos que hacerlo. Nuestros padres nos enseñaron que no nos fiáramos de los desconocidos, pero ahora estamos rodeados de desconocidos. Tendremos que aprender a distinguir los que son de fiar de los que no —comentó Jacob encogiéndose de hombros.

Los dos chicos se quedaron mirando al pasillo oscuro y afinaron el oído para intentar escuchar algo. El médico no regresaba y comenzaron a impacientarse. Joseph repiqueteaba los dedos en la pared y Jacob jugueteaba con su navaja, cuando les llegó el sonido de unas voces. Después, unos pasos, y más tarde la luz fue mostrando dos figuras que se aproximaban lentamente.

Jacob y su amigo se pusieron en guardia. Uno de los hombres era un gendarme.

—Te dije que no podías confiar en él…

El médico levantó las manos como si intentase tranquilizarlos. Los galones en la guerrera del gendarme brillaron y el niño comprendió que se trataba del sargento.

Cuando los dos hombres se pararon enfrente de ellos, los pequeños se pusieron rígidos, como dos estudiantes justo antes de recibir una reprimenda.

—No han llevado a tu hermano con los niños perdidos —dijo el médico con la voz algo apagada.

—¿Qué?

—El sargento piensa que lo han llevado en un transporte a la comisaría, pero yo creo que todavía está en el edificio. Hay que encontrarle antes de que puedan hacerle algún daño —comentó el médico mientras miraba al sargento.

—No puedo emplear a mis hombres en esa labor, pero sí pedirle a un par de amigos personales que nos ayuden. El velódromo es muy amplio, pero no hay tantas salas privadas —explicó el sargento.

Jacob sintió cómo el corazón se le partía en mil pedazos, el pecho le dolía de una manera tan profunda que casi se quedó sin aliento.

—Le encontraremos —dijo el médico, intentando animar al niño, pero Jacob se rompió delante de los tres. Sabía que el odio era la fuerza más poderosa en el corazón de un hombre mezquino. Cada minuto que pasaba, su hermano corría más peligro. Se puso en marcha y corrió por los pasillos del estadio mientras notaba los latidos de su corazón en los oídos, como el zumbido de un centenar de abejorros furiosos.

5

París, 18 de julio de 1942

LA OSCURIDAD PARECÍA ALIARSE CON EL MIEDO AQUELLA noche. Jacob corría de un lado al otro, se detenía al ver a un niño parecido a su hermano entre la multitud, para después continuar su marcha imparable. El médico intentaba seguirle el paso, pero era casi imposible. Al final llegaron a la última planta. Los graderíos estaban repletos de gente, a pesar de que aquella era la zona más calurosa del velódromo, apenas corría un poco de brisa por la noche y la cercanía del Sena parecía aumentar la sensación de humedad.

El chico observó los rostros oscurecidos por la falta de luz y el agotamiento, luego se dirigió a los aseos y a un par de locales vacíos, y terminó sentado en un poyete que sobresalía en el pasillo principal.

—No está —dijo al ver al médico acercarse jadeante.

—Tiene que encontrarse en alguna parte —insistió el hombre.

A pesar de que aquel estadio era enorme, tampoco había tantos lugares en donde esconderse.

—El único lugar que no hemos mirado... ¡Claro! —gritó el niño mientras se ponía de nuevo en pie.

—¿Dónde vas?

—Al sótano. El gendarme lo ha llevado al sótano.

Jacob corrió escaleras abajo, en el camino se cruzó con Joseph y el sargento de los gendarmes. El estruendo de las escaleras se intensificó cuando el resto del grupo comenzó a seguirle. Diez minutos más tarde, todos se encontraban en la planta baja. Jacob intentó abrir la puerta del sótano, pero no pudo. Lo intentaron los gendarmes, pero estaba atrancada desde dentro.

—Tiene que haber otra entrada —dijo Jacob, frotándose el pelo nervioso.

Miraron por toda la pista, pero no vieron ningún lugar por el que acceder a los sótanos.

—Tal vez por la zona de los baños —señaló uno de los gendarmes.

Todos corrieron de nuevo hacia la primera planta, después entraron en los baños y registraron palmo a palmo todo el lugar. El olor era nauseabundo, pero a Jacob no le importaba lanzarse al suelo para intentar mirar hasta el último resquicio de aquel lugar.

—¿No se habrá llevado al niño fuera del edificio? —preguntó el médico al sargento.

—No, debería haber presentado un formulario de traslado; además, es demasiado temprano.

Uno de los gendarmes levantó los brazos y comenzó a gritar:

—¡Miren aquí!

Todos corrieron hasta él. En el suelo podía observarse perfectamente una plancha de metal con dos asas. Entre dos hombres lograron levantarla. Parecía dar a un túnel. Uno de los gendarmes encendió su linterna y apuntó hacia la oscuridad.

—No sabemos si se comunica…

Apenas había terminado de hablar cuando Jacob le arrebató la linterna y se tiró al vacío. Su amigo Joseph le siguió sin pestañear. Los dos cayeron sobre un suelo húmedo y frío, después se pusieron en pie y Jacob enfocó la luz hacia el túnel.

—Parece como el que estuve recorriendo la noche pasada —dijo el niño.

Los dos muchachos caminaron a toda prisa, giraron varias veces hasta casi perderse, pero Jacob observó unos tubos que se parecían a los que había visto en su anterior inspección de los túneles. Caminaron durante veinte minutos antes de llegar a lo que parecía un largo pasillo, vieron luz al fondo y comenzaron a acercarse con sigilo.

Se escuchaban voces y unos gemidos de dolor. Jacob temía lo peor; sacó su pequeña navaja y, pegado a la pared, se acercó hasta el cuarto, Joseph le seguía un par de pasos por detrás.

El muchacho se giró un momento e indicó a su amigo que hiciera el menor ruido posible.

Los dos niños se agacharon y miraron por la puerta entreabierta. Observaron la espalda del gendarme, pero ni rastro de Moisés. El gendarme dio unos pasos hacia atrás colocándose a la altura de la puerta, Jacob empujó con todas sus fuerzas, la hoja de madera le golpeó en la espalda y el hombre se tambaleó. Los dos chicos entraron en el cuarto. Vieron a Moisés con el pantalón bajado y marcas de un cinturón en la espalda. El gendarme intentó ponerse de pie, pero Joseph comenzó a golpearle para ayudar a su amigo a escapar con Moisés. En cuanto estuvieron fuera del cuarto, intentó salir, pero notó cómo el gendarme le atrapaba la pierna. Comenzó a sacudir la pierna y después le pegó con el pie en la cara. Los tres muchachos corrieron en la oscuridad. Cuando estuvieron lo suficientemente lejos, encendieron de nuevo la linterna.

Tras quince minutos de marcha, se pararon para recuperar el aliento.

—Tenemos que irnos de aquí. Los gendarmes nos ficharán y nos enviarán a otro lugar —dijo Jacob con la voz agitada.

Moisés miró a su hermano mayor. Tenía el pantalón descolocado, la camisa por fuera y el rostro completamente rojo. Los dos se abrazaron hasta que el pequeño comenzó a llorar.

—Ya ha pasado lo peor. Lo más importante es que volvemos a estar juntos —le consoló Jacob, mientras le acariciaba el pelo.

—Tenía mucho miedo, ese policía parecía medio loco. Pensé que me iba a matar.

—Tranquilo —dijo Jacob, intentando calmarle un poco.

Moisés respiró hondo y comenzó a sosegarse. Notaron cierto fresco, estaban completamente cubiertos de sudor y, por primera vez en las últimas horas, comenzaban a recuperar la calma.

—¿Piensas que estos túneles se comunican con el exterior? —preguntó Joseph.

Jacob le enfocó con la linterna. El pequeño parecía más pálido que unas horas antes, sudaba por la frente y tenía la camisa completamente empapada. Antes de aquella desgracia, apenas se habían visto en unas cuantas ocasiones en la sinagoga, pero aquellos últimos días los habían unido como a hermanos.

Jacob agarró la estrella de David que tenía cosida en la camisa y tiró con fuerza, después la lanzó al suelo y comenzó a pisarla. Los otros dos niños no tardaron en imitarle. Los tres sonreían mientras saltaban sobre aquel símbolo de opresión y vergüenza. La sociedad los había marcado como si fueran reses, meros animales a los que se podía maltratar o encerrar en una cuadra.

—No volveré a llevarla jamás —dijo Jacob, con un tono tan decidido que los otros dos chicos le contemplaron con verdadera admiración.

El niño enfocó la linterna hacia la oscuridad. Aquel foco de luz conseguía atravesar en parte la negrura, aunque no lograba disiparla. Pero, así como la esperanza era capaz de destruir la incertidumbre, aquella linterna sería suficiente para guiarlos hasta la libertad.

Caminaron por varios pasillos hasta que comenzaron a escuchar el ruido de las cisternas.

—La gente se está levantando —comentó Joseph.

Una fuerte corriente de agua comenzó a escucharse por los túneles.

—Esa agua irá a las alcantarillas —dijo Jacob—, si seguimos el sonido del agua nos llevará hasta la salida.

Los tres niños caminaron con paso acelerado. Cuando les surgía alguna duda, se quedaban parados intentando que la fuerza del agua les indicase el camino. Al fondo se escuchaban algunas voces lejanas, pero intentaron ignorarlas, para no dejar de escuchar el sonido del agua que les desvelase la salida.

Jacob vio unos minúsculos puntos de luz en el techo del túnel y unos hierros en la pared a modo de peldaños.

—Parece una alcantarilla —comentó.

Los tres miraron unos instantes antes de decidirse a subir por la escalera.

—¿Qué pasará si salimos demasiado cerca y nos ve un gendarme? —preguntó Joseph.

—Tendremos que correr. Es de día, seremos visibles enseguida, pero también podremos confundirnos con la multitud —contestó Jacob.

—Nuestra ropa está demasiado sucia. Llamamos mucho la atención. Además, se nota la marca que ocupaba la estrella amarilla —dijo Joseph tocándose el pecho.

—Iremos por calles poco transitadas. Primero intentaremos localizar a mi tía en su casa, después iremos a la tuya por si necesitas cambiarte y luego te acompañaremos, como te había prometido.

El niño miró a su amigo. Apenas le distinguía en la oscuridad, pero su voz parecía tan decidida que volvió a insuflarle una fuerza interior que nunca había experimentado.

—¿No te parece extraño que tu tía no haya intentado buscaros?

—No olvides que nadie nos registró, tampoco estábamos en ninguna lista —dijo Jacob.

—Ya, pero hubo testigos que os vieron montar en los autobuses. Alguien le habrá informado de lo sucedido —insistió Joseph.

—Atraparon a miles de personas y los llevaron a varios lugares, seguramente no ha podido encontrarnos, pero iremos a buscarla. Ella nos dirá qué hacer —señaló Jacob.

—La tía Judith es muy valiente, nos cuidará —dijo Moisés, algo más tranquilo. Aún tenía dolorido el cuerpo, pero al menos había recuperado en parte la calma. Mientras aquel policía le golpeaba, en lo único que pensaba era en que su hermano mayor le salvara y le llevara junto a sus padres.

Jacob ascendió el primero, llegó hasta la tapa redonda y la empujó levemente. Era mucho más pesada de lo que pensaba, necesitaba más ayuda para moverla.

—Sube —dijo a Joseph.

Los dos chicos se pusieron a empujar la tapa de la alcantarilla. No era fácil, el único punto de apoyo que tenían era la escalera y apenas entraban los dos a la vez. Al final levantaron un lado y lograron desplazarla con cuidado.

Afortunadamente, la alcantarilla no se encontraba en mitad de la calle o en algún lugar visible. Apartaron la tapa y miraron al otro lado, la fachada del Velódromo estaba justo enfrente. Movieron despacio la tapa redonda y salieron. Moisés los observó desde la parte baja, la luz le cegaba, pero el aire fresco le recordó lo que era estar de nuevo al aire libre.

—Sube rápido —dijo Jacob, mientras su amigo vigilaba.

Los tres niños caminaron por la acera de enfrente del edificio. Varios gendarmes custodiaban la entrada, pero no parecían prestarles mucha atención. En cuanto doblaron la esquina, comenzaron a correr. No sabían dónde se encontraban, pero, cuando vieron la Torre Eiffel en el horizonte, la siguieron como un faro que les indicaba el camino de vuelta a casa.

6

París, 18 de julio de 1942

LA CIUDAD PARECÍA HABER SUFRIDO UNA TRANSFORMACIÓN EN los últimos días. Los parisinos se mostraban aún más indiferentes que antes de la redada, como si el observar que el triste sino de la desgracia volvía a pasar de largo sin apenas tocarlos los inmunizara contra el dolor y el sufrimiento. Los paseantes apenas se fijaban en los tres pequeños vagabundos. Desde la ocupación, no era extraño ver niños solos por la calle. La pobreza y el hambre se extendían poco a poco tanto por la zona ocupada como por la zona libre, pero la mayoría de los franceses intentaba pensar que vendrían tiempos mejores. La Gran Guerra había sido más dura y difícil, pero Francia había salido reforzada de aquella lucha.

Los tres niños avanzaban por las calles limpias y solitarias, se dirigieron a su barrio a pie, no se atrevieron a tomar el tren o algún autobús. La policía continuaba deteniendo judíos y ellos no llevaban ningún tipo de documentación.

Después de tres horas de agotadora caminata, vieron la calle donde habían pasado la mayor parte de su existencia, aquel pequeño mundo personal donde las fronteras de la imaginación parecían seguras y estables. Dejaron a un lado su escuela, caminaron junto a la sinagoga.

Tenía las puertas abiertas, la madera quemada aún olía a humo y en el interior se observaba un gran desorden. Jacob se acordó del rabino Ezequiel, un hombre joven de barba rizada y rostro bondadoso. Sabía que era de origen alemán como ellos, por eso no se hacían muchas ilusiones de que se encontrara en el edificio. Si no le habían atrapado, estaría escondido en algún lugar más seguro.

Pasaron la panadería, que estaba cerrada, la carnicería y varias tiendas antes de llegar a su domicilio. Los grandes portalones que comunicaban con el edificio estaban abiertos de par en par. Intentaron correr el estrecho paso delante de la portería lo más rápido posible, no querían que aquella bruja volviera a advertir a la policía de su presencia.

Subieron las escaleras lentamente, no sabían en qué vecinos podían confiar. Todos los de origen judío habían huido o se encontraban atrapados. «De los gentiles era mejor no esperar ayuda», se dijo Jacob mientras subía los escalones desgastados de madera. Por un instante, se hizo a la idea de que todo lo sucedido había sido una pesadilla, que en su casa los estarían esperando sus padres y su tía Judith, que los viejos tiempos habían regresado para quedarse.

Cuando llegaron a la puerta, Jacob se revisó los bolsillos: aún conservaba la llave. Abrió lentamente, como si tuviera temor de despertar a alguien, y se introdujo en el pasillo. El apartamento se encontraba algo oscuro; en verano, el sol únicamente iluminaba el salón y la habitación de su tía por la tarde. Caminaron por el suelo de madera, los largos listones crujían a su paso, delatando a los vecinos que había alguien en la casa. Decidieron quitarse los zapatos. En el salón no había ni rastro de su tía, tampoco en la cocina ni el baño. Entraron en su cuarto, uno de los pocos sitios de la casa que tenían vedados. La cama estaba hecha, la ropa ordenada en el pequeño armario y su vieja maleta marrón encima.

—No se ha marchado —dijo Moisés, señalando la maleta.

—No, puede que esté en el trabajo. Tal vez sería mejor que nos quedáramos descansando hasta la noche —comentó Jacob.

—Pensé que iríamos a mi casa y después me ayudaríais a encontrar el otro campo de prisioneros.

Los dos hermanos miraron a su amigo, ellos al menos habían regresado a un lugar conocido en el que se sentían seguros, pero él continuaba lejos de su casa y sin saber a ciencia cierta dónde se encontraba su familia. Sentirse solo en el mundo era la peor experiencia de su vida. No le importaba a nadie, hubiera podido desaparecer en ese instante y su vida se habría disipado como una neblina, incapaz de resistir el calor del mediodía.

—Iremos, ya te lo he dicho, pero antes debemos saber qué le ha sucedido a mi tía —volvió a insistir Jacob.

Mientras los dos chicos se iban a la cocina para buscar algo que echarse a la boca, él se puso a registrar los cajones, después bajó la maleta. La abrió con cuidado y comenzó a mirar en el interior. En contra de lo que imaginaba, había muchas cosas: fotografías antiguas; cartas amarillentas en sobre blancos con ribetes azules y rojos, atadas con un cordel rojo; sobres más recientes; varios planos de Francia; algo de dinero y la documentación de los tres. Tomó una foto de su madre y la guardó en el bolsillo. Luego ojeó las cartas amarillentas: los sobres estaban escritos con una hermosa letra alargada de color negro. Parecían escritos por una mujer, estaban en alemán, posiblemente eran las cartas de su abuela. Los sobres sueltos no tenían el nombre de un remitente, pero sí una dirección que él desconocía por completo: Plaza de la Libertad, Valence, Francia. Tomó el mapa que había dejado en la cama y estuvo un buen rato mirando antes de encontrar una pequeña ciudad con ese nombre al sur de Lyon. Estaba casi en el otro extremo del país. Abrió una de las cartas y comenzó a leer:

Valence, 5 de mayo de 1942.

Querida Judith,

La primavera ha llegado de repente, pero ni su eterna vitalidad ha conseguido que recupere la sonrisa. Una madre nunca debería estar separada de sus hijos, para ella son parte de su alma, pero agradezco al cielo que al menos estén a tu lado.

Imagino que Jacob está cuidando de su hermano pequeño, siempre ha sido muy responsable, aunque está a punto de llegar a esa edad en la que el cuerpo y la mente parecen envueltos en una eterna lucha por dominar el ser desgarbado de los adolescentes. A veces me cuesta ver lo que ha crecido, que ya no es ese niño pequeño que se acercaba los sábados por la mañana a nuestra cama y se lanzaba riéndose a carcajadas sobre Eleazar.

Desde que dejamos París, tu hermano no ha vuelto a ser el mismo. Camina con los hombros caídos y una expresión de derrota en la mirada, parece que esta guerra le ha amputado el corazón del pecho, incapaz de seguir sufriendo tanto por todos nosotros.

Al menos hemos encontrado un trabajo para los primeros meses de la primavera, lo suficiente para los pasajes. Las cosas en esta zona parecen más tranquilas que en París, pero el ambiente comienza a enrarecerse, como cuando la tormenta se aproxima y el ambiente es electrizante.

No llegan noticias de nuevas redadas en la Francia ocupada, imagino que los pobres judíos extranjeros nunca encontraremos la paz en ninguna parte. Nos está costando mucho encontrar visados para algún país. Eleazar ha viajado dos veces a Marsella, los consulados están desbordados y las cuotas de visados para exiliados judíos son muy pequeñas. Aun así, esperamos tener los papeles para los cuatro.

Esperamos que cambies de opinión y te unas a nosotros, sé que amas profundamente Francia. Tu mente y tu alma pertenecen a París, pero nadie está seguro en la ciudad con los alemanes acechando en cada esquina. Además, las personas con las que trabajas no tardarán en huir de la ciudad si las cosas continúan complicándose.

Espero que Moisés continúe tan guapo y dulce como siempre. Sus labios están tocados con la gracia de su abuela, siempre con una sonrisa y el corazón desbordando bondad.

Da un beso a mis niños. Diles que los queremos mucho, que cada día pensamos en ellos y que muy pronto volveremos a estar unidos.

Tu cuñada que te quiere.

Jana.

Jacob tuvo que secarse las lágrimas con las mangas sucias de la camisa. Sus ojos se ennegrecieron y dio un profundo suspiro. La soledad era aún más profunda cuando el corazón encontraba el camino de los recuerdos. Miró la media docena de cartas y se lo pensó antes de leer de nuevo. Al final se decidió a tomar la última, como si las palabras que había entremedias ya no tuvieran importancia.

Leyó al principio con avidez, angustiado ante la posibilidad de terminar la carta, pero deseando conocer cómo se encontraban sus padres. Cuando llegó a los últimos párrafos notó un fuerte dolor en el pecho.

—¡Dios mío! —dijo, mientras se tapaba la boca con las manos. No quería que su hermano se alterase, pero no sería fácil disimular su tristeza. Había leído que sus padres planeaban irse a América sin ellos. Debían encontrarlos cuanto antes, aunque para ello tuvieran que atravesar toda Francia. No podía creerlo, era imposible que hubiera pasado, aunque al mismo tiempo era consciente de que en el último año habían sucedido tantas cosas que lo único imposible era que no sucedieran más acontecimientos inesperados.

Recordó cuando el mundo se reducía a su casa, las horas en la escuela, los paseos con sus padres y las noches abrazado a su madre. Cuando todo parecía un juego y caminar de la mano de su padre le daba una calma que no había vuelto a conocer. Se sentía como las águilas al borde de sus nidos justo antes de lanzarse al vacío infinito. ¿Sus alas les harían remontar el vuelo? ¿Serían capaces de flotar en medio del aquel abismo?

Guardó la carta en el bolsillo y, tras secarse la cara, se dirigió a la cocina. Su hermano y Joseph jugaban despreocupados sobre la mesa de madera.

—He pensado que será mejor que vayamos a tu casa; al fin y al cabo, no está muy lejos, después regresaremos para comprobar si está mi tía.

—Está bien —contestó Joseph, recuperando la sensación de angustia que tenía desde la redada.

—Moisés, tienes que ducharte, yo te buscaré la ropa —comentó Jacob mientras tomaba un poco de queso de la mesa.

—¿Ducharme? No, mejor cuando regresemos.

—Hueles tan mal que un alemán podría olfatearte a kilómetros. Tenemos que pasar desapercibidos.

Moisés refunfuñó, pero al final se dirigió al baño. Jacob entró en su habitación y buscó ropa limpia, un par de mochilas, como las que usaban cuando salían al campo, calzado para caminar, ropa de abrigo y unas gorras.

—¿Para qué necesitas todo eso? —preguntó Joseph.

—Puede que tengamos que hacer un largo viaje. He leído unas cartas. Al parecer, mis padres han conseguido unos visados, pensaban irse a finales del verano…

—¿Sin vosotros?

—No les concedieron los nuestros, querían ir a Argentina y luego reclamarnos, pero no tienen ni idea de lo que ha pasado en la ciudad.

—¿Quieres ir a buscarlos? —preguntó el chico.

—Si mi tía regresa, puede que nos marchemos con ella, pero, si no está, me temo que tendremos que intentarlo de todos modos.

Joseph se llevó las manos a la cabeza, como si intentara asimilar todo lo que contaba su amigo.

—¿Decías que yo estaba loco por ir con mis padres a otro campo de internamiento? Es imposible que atraveséis el país solos.

Jacob sabía que su amigo tenía razón, viajar por Francia en aquel momento era un verdadero suicidio, pero no iba a rendirse. Mientras tuviera fuerzas, caminaría y no dejaría de buscar a sus padres.

—Merece la pena intentarlo —contestó, con el convencimiento que nace de la inocencia y la confianza, a la edad en la que los sueños y la realidad se confunden, cuando la temeridad es aún una forma de valentía.

7

París, 18 de julio de 1942

SALIERON DE LA CASA DE LA FORMA MÁS CAUTELOSA POSIBLE. Caminaron con pasos cortos por el entarimado de los descansillos y cuando llegaron al gran patio se aseguraron de que nadie los viera salir. Una vez en la calle, se metieron las manos en los bolsillos y parecían un grupo de chicos que intentan entretenerse antes de la hora de la comida. Nadie les prestaba atención; era una de las ventajas de ser niños, en muchas ocasiones eran completamente invisibles para los adultos.

El edificio en el que vivía Joseph era mucho más viejo y destartalado que el de los hermanos. La fachada de ladrillo estaba ennegrecida por las fábricas próximas, las ventanas con cristales rotos y las contraventanas sucias, algunas medio arrancadas, parecían los ojos desbordados de la desesperación, aunque para Joseph era simplemente su hogar.

Subieron por las escaleras de piedra, faltaban algunos peldaños y la baranda parecía a punto de venirse abajo. Llegaron a la tercera planta y vieron la puerta abierta. Entraron a la casa y el niño comenzó a llorar.

El suelo estaba sucio y lleno de papeles de periódico, las cosas estaban tiradas por todas partes. En las habitaciones faltaban los colchones y la ropa esparcida por todos lados daba un aspecto de desolación que desanimó aún más al chico.

Entró en su habitación. Sus juguetes viejos estaban rotos y su ropa sucia podía verse por toda la estancia.

Aquel ya no era su hogar, entre las cuatro paredes se encontraban sus recuerdos, pero estaba vacío de alma. Se habían ido para siempre los cumpleaños celebrados con un sencillo bizcocho horneado por su madre, el olor a los guisos de la abuela, las risas en las comidas familiares y la absurda creencia de que la felicidad siempre los acompañaría. No poseían mucho dinero, pero se tenían los unos a los otros. No hay mayor riqueza que el amor, pero, cuando el cariño se disipa por la terrible fuerza del destino, la miseria del desamor convierte a las personas en sombras de sí mismas.

Joseph se agachó, como si le hubieran dado un puñetazo en la tripa, comenzó a llorar. Sus gemidos eran tan fuertes que sus amigos se preocuparon de que algún vecino pudiera advertir que había alguien en la casa, pero después se limitaron a consolar a su amigo.

—Lo importante es que tu familia está bien. Mañana te acompañaremos al Campo de Drancy, seguro que volverás a verlos. Al menos ellos están cerca —comentó Moisés.

Tras escuchar sus propias palabras, comenzó a sentirse muy triste. Su hermano quería que fueran en busca de sus padres, pero él tenía miedo. Apenas había salido del distrito en el que estaba su casa, y recorrer Francia le parecía una verdadera locura. Lo único que le tranquilizaba era ir con su hermano.

Después de un rato, Moisés se sentó en el suelo y comenzó a jugar con unos muñecos, unos pequeños soldados de plomo desconchados y rotos.

—¿Tienes que recoger algo de ropa? No podemos quedarnos mucho tiempo —dijo Jacob.

—¿Crees que tu tía regresará? —preguntó Joseph mientras metía algunas pertenencias en una pequeña mochila.

—No estoy seguro. La casa parecía abandonada. Vi polvo en los muebles, la cocina parecía sin utilizar desde que nos llevaron al Velódromo. Puede que mi tía lleve todo este tiempo buscándonos o que la hayan apresado también a ella. Nos quedaremos esta noche. Si no regresa, después de dejarte en el campamento emprenderemos el camino hacia el sur.

La voz del niño parecía tan apagada que el propio Joseph se sorprendió. Jacob intentaba siempre animar a los demás, pero parecía haber perdido su determinación. Un par de veces le había visto enfrentarse a un grupo de críos que estaban pegando a su hermano por llevar la estrella de David. Mientras cerraba la mochila, Joseph pensó que tal vez el aspecto deprimente de la casa y el miedo estuvieran haciendo mella en su amigo.

—Será mejor que nos marchemos de aquí —dijo Joseph mientras se colocaba la mochila al hombro.

Recorrieron el corto pasillo y el chico vio la gorra de su padre colgada en un clavo que había detrás de la puerta.

—Será mejor que se la guarde —comentó mientras se la colocaba en la cabeza.

El contacto con un objeto de su padre le hizo desanimarse de nuevo, pero tragó saliva y salió al rellano.

Miró el pedazo de pasillo mientras cerraba lentamente la puerta. De alguna forma, era consciente de que su vida anterior se había esfumado, las cosas no volverían a ser nunca las mismas.

Bajaron por las escaleras solitarias hasta la entrada. Joseph se giró justo cuando avanzaban por la calle, temió convertirse en estatua de sal como la esposa de Lot, pero no pudo evitar echar un último vistazo a lo poco que quedaba de su mundo.

La inocencia únicamente se pierde una vez, como si de repente los ojos se abrieran a un mundo desconocido. Los colores brillantes de la infancia se tornan grises, dejando que la magia de la fantasía se convierta en la oscura realidad que lo envuelve todo. El niño, al hacerse consciente de sí mismo, abandona el paraíso perdido de la infancia, para convertirse en un apátrida más al que las puertas del Edén están vedadas para siempre.

Antes de llegar de nuevo a su edificio comprobaron que las calles estaban mucho más animadas. Aunque muchos de sus antiguos vecinos eran judíos, los gentiles parecían vivir con total indiferencia la suerte de los que hasta unos días antes eran sus amigos, sus vecinos, alumnos, empleados o clientes.

A Jacob le sorprendió la normalidad con la que se vivía el horror. En apenas unas horas ya nadie se acordaba de su existencia, como si no hubieran existido nunca.

El mayor mandó a su hermano a que inspeccionara el terreno antes de entrar en el patio de su edificio. Moisés se acercó hasta la esquina, dio un par de pasos al lado del umbral de la entrada y vio a la portera de espaldas. Notó cómo se le aceleraba el pulso y regresó corriendo con los otros chicos.

—Está en la portería —dijo, con los ojos muy abiertos y con la voz fatigosa.

—¿Qué vamos a hacer? Cuando esa mujer se planta en la entrada, puede permanecer horas —comentó Jacob mientras intentaba pensar en una solución.

—No creo que vuestra portera me reconozca, puedo entretenerla y cuando hayáis pasado os sigo hasta el portal.

—Puede ser peligroso. Esa señora es una verdadera serpiente. Ya sabes lo que nos hizo a nosotros —le advirtió su amigo.

—Correré el riesgo. Dejádmela a mí —comentó sacando pecho. Le agradaba poder ayudar. El peligro en ocasiones era la mejor señal de que la vida continuaba y de que era mejor enfrentarse al miedo que esconderse en un agujero.

Joseph se quitó la gorra y se dirigió hasta la portera. Sus amigos no podían verle, pero le escuchaban ligeramente.

—Señora, ¿podría ayudarme? Creo que me he perdido, mi tía Clara me espera en la Rue Nollet. ¿Está cerca de aquí?

La mujer le miró con sus ojos marrones y, sin dejar de mostrar la contrariedad que parecía producirle ayudar a alguien, se puso en pie, abrió la portezuela verdosa y descendió hasta los adoquines de la entrada.

—No está muy lejos. Tienes que caminar hasta el fondo de la calle —dijo, señalando la salida con el dedo.

—¿A la derecha o la izquierda? —preguntó Joseph mientras se acercaba a la salida. Debía sacar a la portera de la entrada, pero sin que viera a sus amigos.

Ella frunció el ceño. Estaba muy gorda y no solía moverse de la puerta. Supuestamente fregaba las escaleras y barría el patio, aunque nunca nadie le había visto haciéndolo.

Los otros dos niños aprovecharon que la mujer cruzó el umbral y se puso de espaldas a ellos para entrar en el patio y correr hasta el portal. Notaban el corazón acelerado, pero, en cuanto se escondieron detrás de la pared, pudieron recuperar el aliento.

—¡Cuidado, señor! —gritó Joseph mientras se acercaba un ruidoso camión cargado con grandes toneles de vino. La señora se giró y el chico aprovechó para entrar en el edificio y correr hacia el portal. Cuando se dio la vuelta de nuevo, después de recuperarse del susto, ya no había nadie a su lado.

—¡Maldito niño del diablo! —gritó la portera sacudiendo los brazos. Su piel blanca y sudorosa flotó debajo de su traje negro de tela basta y sucia. Luego caminó pesadamente hasta la portería.

Los tres pequeños se rieron tapándose la boca mientras ascendían por las escaleras. Justo cuando estaban abriendo la puerta de la casa, escucharon un sonido a sus espaldas y se giraron sobresaltados. Afortunadamente, delante suyo no estaba el rostro grasiento de la portera, en su lugar vieron la dulce cara de Margot, la vecina que vivía justo debajo de ellos. Era una mujer soltera poco sociable, que convivía con los gatos, pero a la que le gustaba dar dulces a los críos y cantar canciones antiguas mientras escuchaba su viejo gramófono.

—Mis queridos niños —dijo la vecina, extendiendo sus manos suaves y pálidas.

—Doña Margot —saludó Moisés, sonriente.

—¿Estáis buscando a vuestra tía? Pasad a mi casa, no quiero hablar en el pasillo.

La señora descendió con dificultad los dos tramos de escaleras, después abrió la cerradura con una gran llave y esperó a que entrasen.

Los chicos se dirigieron al salón, se sentaron en un sofá y la mujer tardó unos minutos en entrar en la sala.

—Os he traído unas pastas y leche. Esta vieja no necesita mucha comida y vosotros estáis creciendo.

Los niños miraron con ansiedad la comida, pero no se movieron. Doña Margot dejó la bandeja plateada sobre la mesa y les hizo un gesto para que comenzaran la merienda. No se lo pensaron mucho, comenzaron a comer y beber la leche en las tazas. Ella parecía disfrutar viéndolos, se quedó callada y, cuando los muchachos estuvieron saciados, comenzó a hablar de nuevo.

—¿Habéis venido en busca de vuestra tía Judith? —preguntó a los hermanos.

—Sí, señora —contestó Jacob.

La mujer dejó de sonreír un momento, miró al suelo, como si estuviera escogiendo las palabras y, después, con un nudo en la garganta, comenzó a hablar.

—El día de la redada fue terrible. Nunca imaginé que una cosa así sucediera en Francia. Ya sabéis que he sido profesora durante cuarenta años, de hecho, daba clases de literatura en la misma escuela en la que estudiabais hasta que los nazis llegaron a París.

Los niños afirmaron con la cabeza, tenían la boca manchada de leche, el pequeño festín los había logrado animar de nuevo.

—Miraba por mi ventana cómo se llevaban a toda esa pobre gente, pero cuando observé la cabeza rubia de tu hermano me puse a llorar. Admiraba mucho a vuestros padres y siempre habéis sido tan educados y cariñosos conmigo. Conozco a vuestra tía desde hace muchos años, es una persona encantadora.

Margot siempre daba rodeos antes de llegar a alguna conclusión, los tres muchachos continuaron en silencio, pero cada vez más impacientes.

—Después de que esa bruja de la portera os denunciara, escuché la carrera por las escaleras, os dirigíais hacia la azotea, unos gendarmes os perseguían y recé para que pudierais escapar y poneros a salvo. A propósito, ¿dónde habéis estado todos estos días?

—Nos tuvieron encerrados con miles de personas en el Velódromo —contestó Jacob.

—¿Donde las bicicletas? —preguntó la anciana, algo dudosa.

—Sí, en el estadio —dijo Jacob.

—Es increíble, el mundo se ha vuelto loco —se quejó la mujer.

—Entonces, ¿ha visto a nuestra tía? —preguntó, impaciente, Moisés.

—Sí, eso era lo que quería contaros. ¿Vuestra tía regresó unas horas más tarde? La escuché entrar en el apartamento…

Sonaron unos golpes en la puerta de la entrada y todos se quedaron en silencio. La señora se puso en pie con dificultad y se dirigió al pasillo mientras hacía un gesto con el dedo para que los niños estuvieran callados. Se asomó a la mirilla y vio a dos gendarmes que se movían nerviosos delante de la puerta.

8

París, 18 de julio de 1942

—SEÑORA, PERDONE QUE LA MOLESTEMOS, LA PORTERA NOS ha llamado. Algunos vecinos han oído voces en el apartamento de arriba —dijo el gendarme, aún fatigado por las escaleras.

Margot tardó unos segundos en responder. Nunca mentía, pero no podía permitir que se llevaran a los niños.

—Lo lamento, ha sido culpa mía. Dos de mis gatos se escaparon, a veces se metían en casa de mi vecina. De hecho, tengo las llaves, fui a por ellos y los saqué de su casa. Seguramente eso es lo que escucharon los vecinos.

—¿Podemos comprobarlo? Solo será un segundo —dijo el gendarme de más edad.

Su compañero le miró con fastidio, los últimos días habían sido agotadores. La redada los había mantenido en alerta máxima durante cuarenta y ocho horas, por no hablar de lo desagradable de apresar a mujeres, ancianos y niños.

—Sí, claro —dijo ella, buscando las llaves al lado de un pequeño mueble del recibidor.

—Muchos judíos se han escondido en casas de vecinos y amigos, ahora nos toca intentar atrapar a los últimos. Dentro de unos días saldrán de Francia —comentó él.

—¿Saldrán de Francia?

—Sí, los alemanes los necesitan para sus industrias, según parece. Tienen a demasiados hombres en el frente ruso y necesitan gente para hacer armas —comentó el gendarme.

Margot se cruzó de hombros, como si la respuesta del agente le hubiera convencido por completo. Cuando cerró de nuevo la puerta, respiró aliviada. Se dirigió al salón y en voz baja dijo:

—No digáis nada, los gendarmes están arriba.

—Mi mochila —exclamó Jacob angustiado. La verán, en ella tenía varias cosas...

—Esperemos que no se la lleven —dijo la mujer.

Se escucharon varios pasos por el techo de la casa, después unas puertas que se abrían y se cerraban. Unos minutos más tarde, los dos hombres llamaban de nuevo.

—Señora, muchas gracias por la llave. ¿Sabe si ha habido en estos días gente en la casa? —preguntó con el semblante muy serio el gendarme de más edad.

—Es difícil saberlo. Antes vivía una mujer, pero no he escuchado nada en estos días y les aseguro que, aunque me estoy quedando un poco sorda, en cuanto se hace un ruido arriba se escucha en mi casa. Los críos que había antes no paraban de correr de un lado al otro.

—Hemos visto una mochila sobre una cama, tenía comida y unos planos, y nos ha parecido sospechoso.

—El día de la redada todos tuvieron que salir precipitadamente, seguro que los niños no pudieron llevársela.

El gendarme frunció el ceño. La anciana podía tener razón, pero eran demasiadas casualidades.

—¿Podemos entrar? Estamos sedientos —dijo como excusa.

—Claro que pueden entrar —contestó la mujer en voz alta.

Jacob, Moisés y Joseph se ocultaron en el baño antes de que los hombres alcanzaran el salón.

—¿Vive sola? —preguntó el gendarme, mirando la mesita con los tres vasos de leche y los restos de galleta.

—No, tengo cuatro gatos. ¿No ve cómo han puesto todo? —dijo ella, mientras recogía la mesa.

—¿Les pone vasos para beber?

—Son como mis hijos, una mujer soltera como yo tiene que entretenerse con algo —dijo Margot algo nerviosa.

—Claro…

—¡Les traigo unos vasos de agua?

—No hace falta, tenemos que continuar con nuestro trabajo —dijo el gendarme mientras se dirigían de nuevo a la salida.

La mujer los siguió con pasos cortos, la artrosis le permitía moverse con cierta dificultad.

—Si tiene alguna noticia de los vecinos de arriba, no dude en llamarnos —dijo el hombre antes de que la anciana cerrase la puerta.

—Cualquier cosa para servir a Francia, señor gendarme.

Cuando cerró por fin la puerta, la señora respiró hondo. Tenía el cuerpo empapado en sudor y la cabeza le daba vueltas. Debía de tener la tensión por las nubes, pero por otro lado se sentía muy orgullosa de haber ayudado a esos pobres muchachos. Algunos franceses lamían las botas de los ocupantes, como Jacques Doriot o Marcel Déat, los dos antiguos izquierdistas que apoyaban al mariscal Wilhelm Keitel y el general Charles Huntzinger, los verdaderos dueños de Francia en ese momento.

Los niños salieron del baño, estaban completamente pálidos.

—¿Sospechan algo? —preguntó Jacob.

—Puede que sospechen algo, pero no regresarán a no ser que alguien los llame. Están cansados y deben buscar a miles de personas que se han logrado ocultar —dijo ella, muy seria.

Después se dirigió a la ventana, los gendarmes se detuvieron enfrente de la casa de la portera y le comentaron algo. Los tres miraron hacia la ventana de la mujer; afortunadamente, la anciana los observaba a través del visillo.

—Le han dicho algo a la portera. No podéis quedaros mucho tiempo aquí, pero tampoco intentar marcharos por la noche. Dormiréis aquí y os iréis a primera hora de la mañana —dijo la vecina.

Los chicos se volvieron a sentar en el sofá. Tenían el estómago revuelto por los nervios, pero se tomaron varias galletas que la anciana había vuelto a llevar.

—¿Dónde está mi tía? —preguntó Moisés con el rostro triste y angustiado. Necesitaba ver lo antes posible a un adulto en el que poder confiar.

La anciana se derrumbó en el sillón. Parecía agotada, tenía las ojeras muy marcadas y su pelo gris y ondulado estaba revuelto, después de estar tocándoselo para aplacar un poco los nervios.

—Llegó por el mediodía. Al parecer, se habían llevado a la familia que cuidaba; como ella no estaba en la lista, había logrado escapar, pero…

—Por favor, cuéntenos lo que sucedió —le suplicó Moisés, al borde del llanto.

—La buena de Judith. Un alma tan generosa, esta guerra está destruyendo lo mejor de nosotros —comentó, agachando la cabeza.

—¿Qué sucedió? —insistió Jacob.

La mujer los miró con los ojos brillantes. Respiró hondo y tomó un poco de té frío.

—Llegó al mediodía. Os buscó por toda la casa, daba gritos pronunciando vuestros nombres y llorando. Subí para verla, pero no quiso abrirme. Le supliqué que se calmara, que las cosas se solucionarían, que no harían nada a niños indefensos. Ella me contestó que no sabía de qué eran capaces los nazis. Le dije que estábamos en Francia, que los gendarmes los cuidarían, pero ella gritaba desesperada…

Moisés comenzó a llorar. Jacob pensó que era mejor que no escuchara más, pero aquella guerra terrible era capaz de destruir todo lo bueno que aún quedaba en el mundo.

—Esa bruja llamó a los gendarmes, subió media docena de ellos corriendo escaleras arriba, yo me escondí, fui cobarde… —dijo la mujer, comenzando a llorar.

—No podía hacer nada —contestó Jacob, intentando tranquilizarla.

—Ella comenzó a gritar desde el otro lado de la puerta. Yo me escondí en mi casa. Escuchaba los golpes, los pasos de Judith, los gritos de los gendarmes ordenando que abriera. Un golpe seco retumbó en toda la casa, escuché los pasos acelerados de Judith, después más pasos y, en el patio… —se lamentó ella, con la voz entrecortada—, fue un sonido seco, como de un saco lanzado al suelo. Miré por la ventana, esa misma a la que termino de asomarme. Vuestra tía estaba bocaba-jo, aún movía un pie cuando la vi. Los gendarmes bajaron corriendo, llamaron a una ambulancia, pero estaba muerta. Al día siguiente, la portera limpió la mancha de sangre, aunque todavía se ve una sombra, como si su esencia permaneciera en el suelo del patio.

Moisés comenzó a llorar, no comprendía bien qué era la muere, pero sabía que implicaba una separación que duraba para siempre. Para ellos, Judith era como su segunda madre. No era tierna ni cerca-na, pero se preocupaba por ellos, pasaba la noche en vela si estaban enfermos y les daba todo lo que tenía.

Jacob se secó las lágrimas que le corrían por la nariz. Aquella pér-dida hizo que se sintiera aún más determinado a salir en busca de sus padres. Joseph permanecía en silencio, preguntándose cómo estaría su familia, deseando que estuvieran todos a salvo.

—¿Lo comprendéis? Una mujer como ella, muerta, asesinada por este repugnante régimen de Vichy, por todos aquellos que han doble-gado el alma y miran para otro lado. El peor amigo de la verdad es el silencio, la peor mentira del mundo es que la gente corriente no puede hacer nada contra la tiranía.

Jacob se puso en pie y miró por la ventana. Desde la altura, la sombra de la mancha aún se percibía, como la muestra del poder que tienen las acciones de los hombres sobre la vida. Aquello era lo único que les quedaba de su tía.

—Vamos a irnos al sur, tenemos que viajar hasta una ciudad; no quiero decirle el nombre, pero está cerca de Lyon —comentó Jacob algo más tranquilo.

—Lyon se encuentra muy lejos, es imposible que lleguéis. Los nazis controlan todos los movimientos, las estaciones de tren, hay una frontera entre la Francia Libre y la Ocupada.

—Eso no nos importa. Tenemos que encontrar a nuestros padres.

La anciana se quedó pensativa, después se acercó al joven y le dijo:

—En Versalles tengo un viejo amigo que trabaja como restaura-dor, tiene un salvoconducto que le permite moverse por Francia libre-mente. Le pediré que al menos os saque de París, puede llevaros hasta la frontera con la Francia Libre, cerca de Bourges. Allí hay una famosa catedral, la excusa perfecta para justificar una visita a la ciudad.

—Pero antes tenemos que llevar mañana a mi amigo al campo de Drancy, su familia se encuentra allí —comentó Jacob.

—Si le lleváis, los nazis le harán prisionero —dijo la anciana girándose hacia el chico.

—No me importa, señora. Quiero estar con mi familia.

—Judith me comentó lo que hacían los alemanes en Dachau, su padre fue encarcelado allí en 1937, creo que por eso se lanzó por la ventana, temía lo que pudieran hacerle —dijo la anciana, intentando convencer al niño.

La mirada de Joseph mostraba su determinación. Sabía que la vida no tendría sentido si toda su familia desaparecía, ¿qué haría él solo en el mundo?

—Quiero compartir su suerte. No quiero que me entiendan, simplemente es la decisión que he tomado. Puede que mucha gente valore la libertad y la vida, pero para mí estas no son nada sin mi familia. Existir sin ellos sería una esclavitud, sufrir con ellos me mantendrá a su lado para siempre.

A todos les conmovieron las palabras del niño. La anciana se sorprendió de su madurez, pero sabía que la guerra cambiaba a todos, como si las cosas realmente importantes de la vida, brillaran como pepitas de oro en medio del lodazal de lo cotidiano.

—Subiré por tu mochila, no creo que vuelvan esos policías. En unas horas os dormiréis, yo haré guardia toda la noche. A primera hora, llamaré a mi amigo por teléfono, os estará esperando.

—¿Podemos fiarnos de él? —preguntó Jacob, que aún no estaba convencido del plan. Salir de la Francia Ocupada aumentaba las posibilidades de que sobrevivieran, pero en aquel momento cualquiera podía ser un colaboracionista.

—Hay pocas personas en las que confíe plenamente, una de ellas es mi amigo. Os daré una nota manuscrita para que se la entreguéis.

La anciana dejó el salón, se dirigió al descansillo y subió en busca de la mochila. Los tres chicos se quedaron solos unos momentos.

—¿Podemos confiar en ella? —preguntó Joseph.

—Siempre nos ha ayudado; además, acaba de arriesgar su vida por nosotros —contestó Jacob.

—Margot es una buena mujer —dijo Moisés, siempre me da chucherías.

Los dos mayores se rieron; la capacidad del pequeño para juzgar a los demás era muy limitada, pero en ese caso estuvieron de acuerdo con él: Margot era una persona de la que se podían fiar.

La anciana bajó a los pocos minutos, llevaba la mochila en una mano, como si tuviera que hacer un gran esfuerzo para sujetarla. La dejó sobre la mesa del comedor y, sonriendo por primera vez, les dijo:

—Mañana será un día largo, será mejor que todos cenemos ligero y nos marchemos a dormir temprano.

La cena no fue muy larga. Apenas hablaron mientras comían un poco de pan de centeno y algunas sardinas en lata. La anciana preparó a los tres una de las habitaciones. Se acostaron vestidos, con el nerviosismo de unos colegiales la noche antes de una excursión.

—¿Crees que volveremos a ver a nuestros padres? —preguntó Moisés en un susurro a su hermano, tumbado junto a él en la cama.

Jacob le miró en la oscuridad. Sus ojos brillaban como los de un gato. No le gustaba mentirle ni darle falsas esperanzas, pero realmente tenía tanta fe en volver a reunirse con sus padres que, acariciándole el pelo y con una voz calmada, le contestó:

—Nada podrá impedir que los veamos. Te aseguro que atravesaremos cielo y tierra para conseguirlo. Padre siempre me decía que no hay nada imposible, que si confiamos y nos ponemos en marcha conseguiremos todo lo que nos propongamos.

—La tía Judith no lo consiguió, prefirió terminar con su vida… —dijo Moisés, mientras sentía que las lágrimas afloraban de nuevo a sus ojos.

—Nosotros lo lograremos. Margot nos está ayudando, alguien nos llevará hasta la Francia Libre; parece como si un ángel nos protegiese —le animó Jacob, sin dejar de acariciar la cabeza de su hermano.

—Confío en ti, hermanito. No me separaré nunca más de tu lado. Gracias por no haberme abandonado en el Velódromo.

Los dos niños se abrazaron hasta que el sueño los logró vencer. Los monstruos que habitan en las pesadillas intentaron atraparlos en aquella noche inquieta, pero sus mentes inocentes lograron escapar y volar de nuevo al mundo de los sueños, donde todo es posible y nada es para siempre.

9

París, 19 de julio de 1942

ANTES DE LLEGAR A LA CALLE DEBÍAN ATRAVESAR DE NUEVO LA portería. A aquella hora tan temprana no solía haber nadie. Jacob fue el primero en inspeccionar el terreno, miró por la ventana y no vio ni rastro de la portera. Estaba a punto de avisar a Moisés y Joseph cuando notó que una mano se aferraba a su camisa.

—¡Maldito hijo del diablo! Sabía que habíais regresado. La policía no os encontró, pero yo sí. La pena es que no os lanzaseis por la ventana como esa maldita tía vuestra —dijo la mujer con una expresión de desprecio.

Jacob intentó liberarse, pero la portera logró aguantar el tirón.

—¿Por qué nos odia? No le hemos hecho nada.

—Pequeñas ratas extranjeras. Tu familia vino aquí dando lecciones de educación, con ese aire de superioridad. Los judíos siempre os creéis mejores que los demás. Ahora os están dando vuestro merecido —contestó, mientras le salían espumarajos por la boca.

—Mi tía le ayudó con su hijo, ella…

—No necesito vuestra compasión. Los gendarmes se harán cargo de vosotros —dijo, mientras abría la ventana e intentaba alcanzar el teléfono.

En ese momento, Joseph corrió hacia ellos y empujó a la mujer con todas sus fuerzas. La puerta cedió, la señora perdió el equilibrio y cayó escalera abajo. Jacob se asomó para ver lo que le había sucedido: la portera tenía la cara cubierta de sangre, pero se movía.

—Tenemos que irnos —dijo Joseph, zarandeando a su amigo para que reaccionase.

—Hay que llamar a un médico —contestó aturdido el chico.

—No hay tiempo, vendrán a ayudarla. Vámonos antes de que alguien nos vea.

Los tres niños corrieron hacia la salida y caminaron por la calle con paso ligero, evitando mirar atrás. Sin ser plenamente conscientes de ello, habían emprendido un viaje e ignoraban a dónde los conduciría.

Se acercaron a la entrada del tren. A esa hora, los vagones iban abarrotados y tres menores podían pasar desapercibidos. Se apretujaron cerca de la puerta. El trayecto no dudaría más de veinte minutos, a pesar del gentío que subía y bajaba en cada estación.

Joseph miró a los obreros y los oficinistas, sus rostros reflejaban resignación e indiferencia. La vida parecía continuar a pesar de la ocupación nazi y las detenciones masivas. Todos aquellos «buenos ciudadanos» miraban a otro lado cuando su vecino o el amigo de la infancia desaparecía sin dejar rastro, se veían impotentes y esa impotencia los llevaba a la más absoluta indiferencia. Era mejor no meterse en problemas y rogar al cielo que ellos no fueran los próximos. El chico tuvo ganas de gritar, de despertarlos de su ensimismamiento, pero sabía que era del todo inútil. Aquella masa informe seguía el dulce sonido de las sirenas que los llevaban hasta las rocas, intentando simplemente sobrevivir.

Bajaron cerca del Campo de Drancy. Margot le había contado que los judíos se encontraban en un complejo de viviendas de protección oficial. En el caso de no encontrar a sus padres, Joseph tendría que recorrer el hotel Cahen d'Anvers, la estación de Austerlitz, el almacén de muebles Levitan, el muelle de Bercy y la calle Faubourg. Todos ellos eran campos de concentración improvisados por las autoridades francesas para albergar a los judíos encarcelados.

Caminaron diez minutos antes de llegar a una zona con pocos edificios, donde le sorprendió ver unos bloques cuadrados en forma de «U». Parecían simples viviendas obreras desde la lejanía, pero los gendarmes habían colocado en la entrada unas alambradas y una garita de madera.

Jacob paró a su amigo, que parecía ansioso por entrar en el campo.

—¿Estás seguro de que quieres hacerlo? Cuando atravieses esa alambrada, ya no podrás salir —dijo el chico.

—Mi familia está ahí dentro. ¿Qué harías tú en mi lugar? —preguntó Joseph, con el rostro angustiado.

—No lo sé, entiendo que quieras reunirte con ellos, pero puede que ya no estén en el campo, que los hayan mandado a Alemania.

—Correré ese riesgo. Muchas gracias por ayudarme estos días. Gracias a vuestra ayuda, durante estos días, al menos, he sentido que le importaba a alguien.

Los tres niños se abrazaron. Jacob y Moisés se quedaron mirando mientras su amigo andaba con paso lento hasta la garita. Joseph sentía como si llevara plomo en los zapatos. De alguna manera, renunciaba a seguir viviendo, escogía reunirse con los suyos. Los seres humanos no son más que el conjunto de afectos y lazos que crean en su vida. Cuando esos lazos se rompen, la soledad destruye lo poco que queda en un corazón deshabitado.

Joseph se aproximó al gendarme y estuvo unos segundos charlando; después, el policía le abrió la verja y el niño caminó unos pasos. Escucharon unos gritos, un hombre y una mujer corrieron hasta él. No tardaron en fundirse en un largo abrazo, como tres náufragos aferrados a la tabla del destino. Por unos segundos, los dos hermanos vieron los ojos de su amigo sobre el hombro de su padre: los miraba agradecido. Estaba de nuevo en el lugar donde deseaba estar, en el centro del corazón de sus seres queridos.

Jacob y Moisés se dieron la vuelta y regresaron al tren. Tenían que tomar uno hasta el centro, para poder cambiar en la Gare de Lyon al tren que los llevaría a Versalles. Los dos hermanos llegaron a la estación cabizbajos. En cierto modo, tenían envidia de su amigo. Ellos tampoco necesitaban la libertad, su familia era todo lo que deseaban encontrar. Mientras subía al tren, Jacob iba pensando que, en la edad en la que el origen, la religión o la patria no son nada más que palabras huecas, cuando el único país que reconoces es el regazo tierno de una madre, la sonrisa de reconocimiento de un padre o el brazo sobre un hombro de tu hermano, tu hogar se encuentra donde esté tu familia.

Llegaron a la Gare de Lyon y se dirigieron al otro andén, pero en el camino comenzaron a ver muchos soldados alemanes. Al comienzo de cada vía, paraban a la gente y le pedían los papeles. Lo hacían aleatoriamente, pero no podían arriesgarse a que los descubrieran.

—¿Qué hacemos? —preguntó Moisés encogiéndose de hombros.

Jacob miró a las puertas, gendarmes y soldados controlaban la entrada y salida de pasajeros. Después observó de nuevo el andén.

—Tenemos que arriesgarnos —dijo el chico comenzando a caminar hasta su tren.

Moisés le siguió nervioso, anduvieron despacio, con la mirada fija en el frente. La gente les pasaba con prisa, otros los empujaban en su intento de no perder el tren. Al alcanzar el control, los dos hermanos respiraron hondo, como si se estuvieran sumergiendo en el océano. Aguantaron el aire y, sin mirar a los lados, siguieron su camino.

—¡Niños! —gritó un soldado con un fuerte acento alemán.

Escucharon la voz, pero dudaron si darse la vuelta o continuar su camino.

—¡Niños! Vengan aquí —repitió la voz de manera más autoritaria.

Jacob se detuvo, Moisés le imitó de inmediato. Se giraron despacio hasta que el rostro pecoso del alemán estuvo al alcance de su vista. El joven soldado les sonrió. Sus facciones perfectas les hicieron pensar en un ángel de los que habían visto en las láminas del colegio o al visitar el Museo del Louvre con sus padres.

—Se te ha caído esto —les advirtió el alemán, con un mapa en la mano—, tienes la mochila abierta.

El alemán metió el mapa en el interior y cerró la mochila.

—Gracias, señor —dijo Jacob con la voz entrecortada.

—¿Dónde vais los dos solos?

Se miraron el uno al otro. No sabían qué responder, pero Jacob pensó que era mejor decir la verdad.

—Vamos a Versalles, nuestro tío está esperándonos. Nos tiene que llevar con nuestros padres.

El soldado sonrió, sacó un cigarrillo de la guerrera y lo encendió. Después miró a un lado y al otro y les hizo un gesto para que continuasen. Los chicos se pusieron en marcha. Llegaron hasta el tren y se subieron en el primer vagón que encontraron. A esa hora, los únicos que parecían interesados en ir a Versalles eran algunos turistas; la mayoría de ellos, soldados y funcionarios alemanes.

Los dos niños se sentaron en uno de los compartimentos más solitarios y, por primera vez desde hacía días, se limitaron a disfrutar del paisaje. Poco a poco, las densas calles de la ciudad comenzaron a ceder frente a los amplios bosques y las praderas algo amarillentas por el calor de julio. Se escuchaba el bufido de la máquina de vapor, los pistones que parecían silbar mientras el tren se aproximaba lentamente a uno de los lugares más bellos del mundo. Jacob y Moisés nunca habían estado en el gran palacio, pero sus padres les habían contado cómo el rey Luis XIV había creado un pequeño Edén para alejarse de sus súbditos, donde los más bellos edificios y los más suntuosos jardines formaban un conjunto casi mágico.

—Qué grande es Francia —dijo Moisés, incrédulo ante lo que contemplaban sus ojos. Hasta hacía poco, el mundo era para él las cinco calles más próximas a su casa y algunos recuerdos vagos del centro de París.

—Mucho más de lo que imaginas —contestó Jacob, por fin relajado, con la cabeza apoyada en el respaldo de madera y la mirada hincada en los colores brillantes de las afueras de París.

—¿La ciudad a la que vamos está muy lejos? —preguntó Moisés.

—Sí, puede que tardemos días en llegar.

—¿Qué comeremos y dónde dormiremos? —preguntó el niño, mientras escuchaba el rugido de sus tripas. Comenzaba a sentir verdadera hambre.

—Margot me dio unos pocos francos, también tomé algo del dinero de nuestra tía. Cuando se termite, tendremos que confiar en la gente…

—¿En desconocidos? —dijo, algo asombrado, Moisés. Les tenían prohibido tratar con gente que no conociesen, mucho menos lejos de su casa.

—Sí, nuestra vecina, su amigo de Versalles… hay mucha gente que no está de acuerdo con lo que está pasando.

—¿Por qué nos quieren encerrar? ¿Qué les hemos hecho?

Jacob no supo qué responder. Había escuchado a sus padres y su tía hablar del odio que los nazis tenían a los judíos, pero nunca había comprendido la razón.

—Algunos dicen que matamos a Cristo… —contestó al fin.

—¿A quién? —dijo el hermano, sorprendido.

—Al Dios de los cristianos. Le crucificaron y ellos nos echan la culpa. Otros nos odian porque triunfamos o tenemos mucho dinero…

—Pero nosotros no hicimos nada a ese Cristo, ¿verdad? Tampoco tenemos mucho dinero ni vivimos en un palacio.

—No, pero una vez que la gente comienza a odiar, deja de hacerse preguntas. Simplemente continúa despreciando a los demás —contestó Jacob.

—¿Qué es odiar? ¿Cuando alguien te cae mal?

El rostro inocente de su hermano parecía lleno de dudas. Él mismo no entendía bien qué era el odio. Tal vez era lo que había sentido al ver a aquel gendarme pegando a su hermano.

—Es lo contrario del amor. Cuando amas, pasas todo por alto; cuando odias, no soportas nada de lo que hace el otro, aunque lo que haga sea por ayudarte. La portera nos odia. No soporta vernos ni que seamos felices. Cuando la gente que odia supera a la que ama, se producen las guerras, que consiguen que el odio aumente hasta destruirlo todo.

Al fondo comenzaron a verse las primeras calles de Versalles. Las amplias y despejadas avenidas no tenían nada que ver con el barrio en el que los niños se habían criado. Salieron del tren y se acercaron a pie al complejo de palacios. Tres grandes avenidas llegaban hasta una inmensa plaza que les pareció el centro del mundo. Mientras caminaban, las hermosas paredes de ladrillo y los tejados de pizarra crecían hasta convertirse en un impresionante y bello conjunto. Justo en el centro de dos fachadas con forma de templo romano, se podían ver las puertas doradas y los techos rematados en ventanas, doseles y zócalos de oro.

Los dos hermanos miraban boquiabiertos el edificio. Siguieron avanzando hasta la impresionante puerta central, donde unos alemanes hacían guardia junto a gendarmes. Jacob se acercó al policía y, algo nervioso, le dijo:

—Perdone señor, estamos buscando a nuestro tío Michel Leduc, el restaurador.

El gendarme frunció el ceño, se atusó el bigote rubio, después entró en una garita y llamó por teléfono. Pasados un par de minutos, salió de nuevo.

—El señor Leduc os espera en los talleres de la zona trasera. Rodead el edificio por la izquierda hasta una puerta negra; allí, preguntad por él.

—Gracias, señor —dijo Jacob, tomó a su hermano de la mano y ambos se dirigieron hasta el taller de restauración.

—¿Aquí vive una sola persona? —preguntó Moisés aún impresionado por el edificio.

—En sus tiempos vivieron los reyes de Francia, pero ya no vive nadie. Los revolucionarios los mataron.

—¿Por qué? —preguntó el niño, extrañado.

—Los súbditos eran muy pobres y los reyes, muy ricos. Un día la gente se enfadó, les cortó la cabeza y creó la República —comentó Jacob, repitiendo de memoria sus pobres clases de historia.

Moisés asintió como si entendiese algo, aunque en realidad no conocía algunas de las palabras que había usado su hermano. Cuando llegaron a la puerta tocaron con un llamador dorado y un par de minutos más tarde la gran hoja de madera se abrió lentamente. En medio de una gran penumbra, surgió un rostro delgado, con las mejillas hundidas y una descuidada barba de dos días. El hombre llevaba unas gafas cuadradas en la punta de la nariz y su escaso pelo se unía en un flequillo rubio que le nacía desde un lado de la gran cabeza.

—Los hermanos. Será mejor que paséis.

Entraron en medio de la oscuridad y pasaron unos segundos hasta que sus ojos se adaptaran. Caminaron a tientas hasta una sala iluminada artificialmente. El lugar era fresco, aunque el ambiente cerrado convertía la atmósfera en algo pesado; casi se podían masticar los olores a barniz, pintura y yeso.

—Me llamó esta mañana Margot. Dispondré todo en un rato, aunque siempre le digo que estas cosas hay que hacerlas con tiempo. He tenido que llamar corriendo al secretario del obispo de la catedral de Bourges, para que me hiciera una petición formal para ir a restaurar una de sus obras. Después ha mandado un telegrama a la oficina de correos, he tenido que desplazarme hasta allí. Un día de trabajo casi perdido. Venid, que quiero explicaros algo —dijo el hombre con un gesto. La bata blanca llena de manchas le quedaba muy grande, como si en las últimas décadas hubiera menguado. Debajo de ella se intuía una camisa marrón, una pajarita y un chaleco desgastado. Llevaba los zapatos sucios y el pantalón caído, casi pisándose el dobladillo.

Llegaron a un pequeño patio, los grandes ventanales de la fachada parecían brillar bajo el sol intenso de julio y los niños volvieron a deslumbrarse. El hombre no hizo el menor gesto de incomodidad, como si no le afectase la luz.

—Esa es mi furgoneta Citroën. En la parte trasera tiene un falso fondo, no es muy cómodo ni amplio, pero tendréis que viajar dentro al pasar por algunas ciudades grandes y antes de los controles. Conozco dónde están, muchos de los soldados y gendarmes ya me han visto ir y venir varias veces. Por este medio hemos llevado a la zona libre a aviadores, disidentes políticos, algunos judíos y republicanos españoles. Nunca he llevado a niños, y no quiero ocultaros que no me hace mucha gracia. La infancia es una enfermedad que se pasa con la edad, pero mientras dura es terrible.

Los dos niños le miraron sin saber qué contestar, aunque en el fondo intuían que a aquel señor no le interesaba para nada su comentario.

—Gracias por su ayuda —se atrevió a comentar Jacob.

—No tenéis que darme las gracias. Alguien tiene que hacer algo. Mirad Versalles, está cayéndose a pedazos, esos bárbaros teutónicos quieren destruir nuestro bello país. Nos odian. No importa que puedan tener razón, no permitiremos que nos expolien y humillen más. Todo esto es una locura.

Jacob se limitó a mirar a su hermano. Aquel hombre parecía un poco loco, pero era la única esperanza que tenían de atravesar la Francia Ocupada sin ser descubiertos.

—¿Tenéis hambre? Qué pregunta más absurda, los niños siempre tienen hambre. Yo también fui un infante, aunque me duró poco tiempo. Gracias a Dios, mi madre me hizo entrar en vereda muy jovencito.

Los pequeños asintieron con la cabeza.

—En la mesa tengo algo de pan y queso. No me ha dado tiempo a reunir mucha comida. No quiero llevaros a mesones ni restaurantes, todo el mundo se preguntará qué hace un viejo como yo con dos niños recorriendo Francia en un momento como este. ¿Sabéis lo que ocurre en el mundo?

Jacob imaginó que se trataba de otra pregunta retórica, pero el hombre frunció el ceño y acercó su cara a la del muchacho.

—¿Lo sabéis? Sentaos en esas sillas para comer —dijo, señalando dos viejas sillas de madera redondas.

—No, señor Leduc —contestó Jacob, mientras cortaba con su navaja un poco de queso y pan. Después se lo pasó a su hermano y continuó mirando al restaurador.

—Los británicos han detenido a los alemanes en El Alamein. Si los Aliados recuperan el norte de África, no tardarán en dar el salto a Francia. Los norteamericanos han bombardeado varias ciudades alemanas y los nazis están detenidos en Rusia. ¿Sabéis lo que eso significa? —preguntó el hombre, arqueando las pobladas cejas.

—¿Que pronto Francia será libre? —dijo Jacob.

—No tan pronto, muchachito. Lo que significa es que las cosas se pondrán más feas, todo tiene que ir peor antes de que marche bien. Los franceses debemos unirnos. Al principio, cuando te pisa la bota de tu enemigo, mientras apenas ofrece presión, no sientes que te está destrozando, pero, cuando la presión aumenta, la única opción es retirar el cuello o morder el pie. Nuestra amada patria está gobernada por perros falderos, todos ellos son cómplices. ¿Lo entiendes, chico?

—Sí, señor.

—Bueno, terminad la comida. En una hora partiremos. Tengo que acabar una cosa primero, van a recoger esa figura en un momento y

quiero darle un último repaso —dijo el hombre, señalando una bellísima estatua bañada en oro.

—Es muy hermosa —comentó Moisés con la boca llena.

—Al rey Sol le gustaba todo de color dorado, creía que era el astro
rey que todo lo alumbra. Aunque era un Borbón necio y egoísta, al
menos tenía buen gusto —comentó él, examinando la pieza.

Una hora más tarde, el vehículo estaba preparado. El hombre
retiró un panel de madera y les pidió que entrasen en un estrecho
cubículo.

—No os mováis, no habléis ni hagáis ruido. Cuando podáis hablar
os lo diré. ¿Me habéis entendido?

—Sí, señor Leduc —contestaron casi al unísono los dos hermanos.

Escucharon el motor y el Citroën se comenzó a mover, renqueante. Las finas ruedas sobre los adoquines hacían que el vehículo se
moviera de un lado para el otro. Moisés sentía que le faltaba el aire,
el calor era casi asfixiante. Jacob intentó abanicarle con el plano que
tenía guardado en la mochila.

Pasaron una hora encerrados en aquel habitáculo estrecho y ago-
biante, pero se les hizo mucho más largo. Cuando el hombre retiró el
tablero y los dejó salir en mitad del campo, en algún lugar apartado
entre Orsay y Les Ulis, los rostros de los dos niños estaban completamente pálidos.

En la cabina delantera había espacio suficiente para los tres. Moisés
se colocó en medio, mientras Jacob no dejaba de mirar la interminable
recta, cubierta por un inmenso paseo de árboles centenarios. Moisés
miraba hacia las hojas verdes de los plataneros y los reflejos de aquel
día luminoso y claro intentaban burlar la espesa capa forestal, colán-
dose entre ellas y soltando pequeños destellos dorados.

—Dentro de tres horas pararemos en Artenay; dormiremos en la
iglesia, el párroco del pueblo ya nos ha ayudado en otras ocasiones
—comentó el señor Leduc.

Jacob y su hermano no comentaron nada. Estaban agotados por el
viaje, pero sobre todo por el estado de nervios al que estaban someti-
dos. Moisés terminó durmiéndose y, cuando llegaron al pequeño pueblo, los recibió la hermosa cúpula de la nave central con su gran reloj

y, a su lado, un inmenso molino de viento. Dejaron el vehículo en la parte trasera de la iglesia, para no llamar la atención, y caminaron por las calles oscuras hasta la puerta de la casa pastoral. Llamaron con suavidad a la hoja, se escucharon los ladridos de un perro pequeño y un hombre de sonrosadas mejillas y cabello pelirrojo les abrió. Llevaba una sotana negra y una servilleta blanca anudada al cuello.

—Querido señor Leduc, justo estaba cenando. En las zonas rurales nos acostamos temprano, ya sabe. ¿A quién me trae en esta ocasión? Pasen, será mejor que hablemos dentro.

El sacerdote cerró la puerta tras mirar a un lado y al otro, después los llevó hasta una gran cocina con una mesa. Tenía un plato sobre la mesa a medio comer, una copa de vino tinto y un frutero con varias manzanas.

—El sacerdocio es un oficio solitario. Tengo carne en su salsa con unas deliciosas patatas de la región. También un poco de pan blanco, un lujo en los tiempos que corren. El panadero de la localidad es un ferviente católico; los alemanes roban la mayoría de la harina y el pan, pero el panadero siempre esconde un poco.

Los dos niños se sentaron a la mesa.

—Lavaos las manos —les dijo Leduc, aunque él no hizo ningún amago de levantarse.

Los chicos se retiraron y los dos hombres comenzaron a charlar:

—Son hermanos, es mejor que no le cuente mucho de ellos. Tampoco me han explicado a mí los detalles; cuanto menos sepamos, menos diremos si nos capturan.

—Lo comprendo, se les ve tan pequeños. Hasta ahora no había transportado niños —comentó el sacerdote.

—Las cosas en París se están poniendo feas. Los nazis son como las ratas grises, anidan y procrean con facilidad, roban y propagan su enfermedad de intolerancia y racismo, pero, cuando el barco comienza a hundirse, se vuelven aún más peligrosas. Saben que les espera el infierno y por eso esperan llevar al mayor número de inocentes con ellos —dijo el señor Leduc.

—Son unos hijos del diablo. Por aquí también hacen sus desmanes. Además de robar casi toda la comida, fornican con las hijas de los campesinos y detienen a cualquiera que se queje. ¿Qué piensa que hace la policía? Nada, señor Leduc, son sus lacayos.

Los dos pequeños regresaron y se sentaron a la mesa. Tras la bendición, comenzaron a comer en silencio.

—Estimados niños, Dios es tan bueno que me sobró un pequeño pedazo de tarta. No es gran cosa, pero imagino que os gusta el chocolate. ¿Estoy en lo cierto?

Moisés estiró la mano cuando el hombre trajo el pastel, pero su hermano mayor le hizo un gesto con la cara para que se estuviera quieto.

—Deja que tu hermano coma. En los tiempos que corren, ninguno de nosotros tiene seguro si vivirá mañana, y mucho menos qué comerá. Es mejor que disfrute el momento: *Carpe diem, quam minimum credula postero* —dijo en un perfecto latín el sacerdote.

—Aprovecha el día, no confíes en el mañana —tradujo el señor Leduc.

Los dos niños tomaron el trozo de tarta de chocolate. Sus mejillas se tiznaron con el cremoso y dulce postre. Durante unos minutos, una especie de felicidad los invadió, como si el simple efecto de aquel maravilloso elixir de la vida les hiciera recuperar en parte la esperanza.

—A veces perseguimos grandes sueños, pero lo más importante pasa hoy. El sonido del viento sacudiendo los árboles del jardín, el olor a carne asada, el perfume de las flores cuando las agita la brisa matutina, un sol luminoso, las nubes cubriendo el cielo azul. No olvidéis que la felicidad está formada por las pequeñas piezas del puzle de la vida; no importa que falte alguna pieza, mientras sigamos construyendo el mundo que soñamos. Yo era un gran amante del fútbol, me encantaba salir a jugar al campo, y en el seminario era uno de los mejores. Ya no puedo jugar, pero aún disfruto cuando puedo viajar a París a ver un partido u organizo el equipo de chicos del pueblo. El secreto de las pequeñas cosas... —dijo y después, colocándose las manos sobre la barriga, dio un gran suspiro.

—Los religiosos siempre son unos hedonistas. Comer, dormir y disfrutar. El verdadero placer está en contemplar las grandes verdades absolutas: la belleza, el amor, la amistad...

—Absolutamente de acuerdo, pero los niños tienen que descansar. Tengo la habitación de atrás libre, es muy tranquila y fresca.

—Saldremos al amanecer —comentó el señor Leduc.

El sacerdote se levantó pesadamente, la juventud le había abandonado tan poco a poco que muchas veces su rostro parecía sorprendido antes los dolores y achaques de la vida.

Los niños entraron en el austero cuarto de paredes blancas, amueblada con una silla y una cama con el cabecero de hierro, cubierta con una colcha blanca de ganchillo.

—¿No tenéis pijama? —preguntó el sacerdote.

—No, padre.

—Bueno, intentad descansar como podáis. Seguro que en vuestra larga vida pasaréis experiencias mejores. Dios aprieta, pero no ahoga.

El hombre dejó una vela sobre la silla y salió de la habitación.

Los dos niños se quitaron los zapatos y los pantalones y se tumbaron sobre la colcha con la camisa puesta. Jacob apagó la vela, pero, a los pocos segundos, Moisés comenzó a hablar.

—Qué personas tan extrañas. Nos ayudan sin conocernos, arriesgan sus vidas por nosotros. Eso a pesar de que nos odian…

—¿Por qué dices eso?

—¿Los católicos no creen que matamos a su Dios? —preguntó extrañado.

—Esas son cosas que dice la gente, las personas cultas e inteligentes no piensan de esa forma. Ellos hacen esto porque aman a Francia.

—Pero los gendarmes también aman a Francia, ¿no?

—A su manera, sí. ¿Sabes? Siempre tenemos que elegir entre el amor y el miedo. Si elegimos el miedo, nuestra vida y nuestras decisiones serán malas. No haremos lo mejor, ni siquiera lo que deseamos, simplemente intentaremos sobrevivir. Si elegimos el amor, viviremos una vida de riesgos y sobresaltos. Puede que la muerte llegue antes de tiempo, pero habrá merecido la pena —le explicó Jacob.

—Como cuando yo intenté nadar en el río. No sabía, pero quería con todas mis fuerzas aprender, casi me ahogo, pero al final lo logré.

—Justo es eso, Moisés. La única forma de aprender a nadar es arriesgarse a morir ahogado. Vivir lejos del agua puede que nos mantenga seguros un tiempo, pero nos aleja de las cosas que realmente merecen la pena en la vida.

Moisés se quedó pensativo. Pensó que su hermano era verdaderamente muy listo. Los profesores se lo habían dicho a sus padres en varias ocasiones. Le gustaba leer los libros de su padre y quedarse escuchando cuando hablaban de política, de literatura o de teatro.

—Eres muy inteligente —comentó Moisés.

Jacob sonrió. La inteligencia parecía algo irrelevante en el mundo en que vivían, aunque intuía de alguna forma que lo que realmente regía el mundo era la fuerza y la violencia.

—Descansa, mañana nos espera un día muy largo, deberemos estar metidos en ese agujero.

—¿Otra vez? —se quejó el pequeño.

—Sí, me temo que sí.

—Ya queda menos para ver a nuestros padres. ¿Verdad?

—No hay nada que pueda impedir que los volvamos a ver, te lo he prometido y…

—… un Stein siempre cumple sus promesas —recitó Moisés terminando la frase que solía repetir su padre.

El silencio poco a poco lo invadió todo, hasta que Jacob se quedó a solas con sus pensamientos.

La familia era mucho más que un grupo de personas unidas por lazos de sangre, era sobre todo el fino hilo que unía el presente y el pasado. Los recuerdos y la memoria mantenían unidos ambos mundos, por eso debían recordar. Mientras lo hicieran, su tía Judith continuaría viva y sus padres siempre estarían a su lado. Jacob se secó las lágrimas apagadas con la almohada. Intentó imaginar qué idea había surcado la mente de su tía mientras flotaba entre el cielo y el suelo del patio. ¿Tuvo miedo? Sin duda, pero estaba plenamente convencido de que, por un segundo, pensó en ellos, en que los dejaba solos y que no había cumplido su promesa. «Un Stein siempre cumple sus promesas», se dijo, mientras el sueño comenzaba a invadirle lentamente. Lo repitió hasta que su voz no pudo traspasar el fino velo de inconsciencia y se quedó profundamente dormido.

10

Artenay, 20 de julio de 1942

LA NOCHE PASÓ MUY RÁPIDO. ANTES DEL AMANECER, LOS DOS niños se encontraban en el habitáculo del Citroën en dirección a Nouan-le-Fuzelier. El señor Leduc tarareaba algunas canciones mientras los dos muchachos sentían los baches de la carrera secundaria que había tomado para evitar la mayoría de los controles y miradas curiosas. Un par de horas más tarde, se detuvo en medio de un bosque, sacó el vehículo de la carretera y se introdujo en un prado para desayunar algo.

Moisés salió del maletero primero y comenzó a vomitar, Jacob se puso detrás e intentó que se tranquilizara. Unos minutos más tarde, el pequeño comenzó a sentirse algo mejor.

—¿Es realmente necesario que viajemos todo el tiempo escondidos? Ayer apenas fue hasta la salida de París —preguntó Jacob algo enfadado.

—El cura me comentó anoche que los controles se han intensificado, en las últimas semanas han caído varios aviadores por la zona y los alemanes los están buscando. Hay un grupo de partisanos que los ayudan a escapar. Nosotros no participamos de esa red, pero los gendarmes y soldados nazis no paran de peinar la zona en su busca —dijo el hombre, mientras tomaba un poco de embutido con pan.

—Pero nosotros no somos aviadores, podría decir a los controles que somos sus sobrinos y…

El señor Leduc frunció el ceño. La actitud del niño le parecía inapropiada, ellos arriesgaban su vida por ayudarlos, pero se quedó callado, intentando saborear aquel bocado. Cada día que pasaba, la comida escaseaba más. Afortunadamente, sus viajes al campo le ayudaban a conseguir más variedad de alimentos.

—No estoy seguro de querer correr ese riesgo, tal vez sea mejor que os deje en el próximo pueblo y regrese a casa —comentó, mientras masticaba el pan.

—No quiero parecer un niño malcriado y desagradecido. Sabemos lo que se juega por llevarnos hasta la zona libre, pero mi hermano es un crío. No puede ir en esas condiciones.

Moisés miró al hombre con sus ojos temerosos. El señor Leduc encogió los hombros y dijo:

—Correremos el riesgo, pero os aseguro que no es un viaje de placer que te deporten a Alemania. Durante la Gran Guerra, yo luché en Verdum y me hicieron prisionero los alemanes, pasé casi dos años encerrado en un agujero al norte de Alemania. Los «boches» pueden parecer gente muy seria y concienzuda, pero a nosotros nos trataban como escoria. Los inviernos eran terribles, casi sin ropa de abrigo ni calzado adecuado. Además, nos hacían trabajar arreglando carreteras o en fábricas pesadas, una verdadera tortura. Prefiero morir a caer en sus manos de nuevo —comentó el señor Leduc. Su rostro se ensombreció de repente, como si aquellos recuerdos fatídicos estuvieran todavía muy vivos en su mente.

—Lo lamento —dijo Jacob. Su familia era de origen alemán. En otro tiempo, habrían sido enemigos, pero a veces la maldad trasciende las nacionalidades o los bandos, convirtiéndose en una especie de profunda oscuridad que llega a ensombrecerlo todo.

—Son simplemente recuerdos. Siempre supe que volveríamos a enfrentarnos, pero tengo la sensación de que ahora es diferente. La cuestión no es la victoria de unos imperios sobre otros, tampoco la supervivencia de los valores republicanos franceses. Nuestra lucha es contra una especie de mal que el mundo nunca antes había conocido.

Los totalitarismos de izquierdas y derechas persiguen lo mismo: destruir todo lo bueno que hay en el ser humano y convertirlo en el engranaje de una maquinaria infernal, que convierta al mundo en un lugar terrible.

Los chicos miraban al hombre alucinados, apenas podían seguir su discurso, pero entendían en parte de lo que hablaba. En las interminables sobremesas de su hogar, sus padres, su tía y algunos amigos hablaban del nazismo, de su fundador, Adolf Hitler, y de la capacidad del mal para corromper todo lo que toca. El poder que el Führer tenía sobre las masas no era natural. En algunas ocasiones, se asemejaba a un mago haciendo sus trucos sin que nadie pareciera darse cuenta.

Los tres se subieron a la cabina de la furgoneta; el hombre arrancó el coche y el camino irregular entre hermosas hayas los llevó de nuevo a la carretera. El bosque lineal a ambos lados de la calzada los volvió a resguardar del intenso sol de julio. Permanecieron en silencio un buen rato; el señor Leduc ya no cantaba, pero Jacob y Moisés parecían mucho más alegres y optimistas.

—Cuando veamos a nuestros padres, les diremos lo que ha hecho por nosotros. Cuando termine la guerra, le iremos a visitar. Será muy agradable compartir un día con usted en Versalles. Podrá enseñarnos ese palacio y los jardines —dijo Moisés.

El señor Leduc intentó sonreír, pero de alguna manera era consciente de que no vería terminar la guerra. Si los gendarmes o la Gestapo no le cazaban, el hambre, la enfermedad o la vejez terminarían de rematarlo.

—Cuando un hombre se hace viejo ya no tiene planes a largo plazo. Todo es inmediato, ¿lo entiendes? No sé qué pasará conmigo en unas horas. Llevo solo toda la vida, la única familia que he tenido han sido las obras de arte. Ellas me acompañan todos los días, con ellas puedo mostrarme como soy realmente. El mundo me asusta —dijo, sin poder entender por qué les contaba esas intimidades a dos críos judíos.

Él había sido criado como católico por su madre. Nunca había conocido a su padre, una enfermedad del corazón se lo había llevado antes de que cumpliera cuatro años. Desde que tenía uso de razón, recordaba el vestido negro de su madre, las cortinas echadas que apenas dejaban pasar la luz del día, el aroma a café negro y ajo de su casa. Vivían desahogadamente de la pensión de funcionario de su padre. Apenas gastaban, no viajaban jamás, pero al menos su madre le dejó estudiar en la Academia de Bellas Artes. Apreciaba sus dibujos y su capacidad para modelar. No sabía relacionarse con la gente, pero tenía una conexión especial con las obras de arte. Por eso creía en valores absolutos. No creía en el Dios de su madre, un ser castigador, celoso y vengativo. Nunca había sentido amor, cariño o afecto. Para él, la vida era una simple cadena en la que tenías que cumplir tu labor de eslabón, para después simplemente dejar de existir.

—La infancia, como ya les dije, es una enfermedad que pasa pronto. No creo que los niños sean más felices que los adultos, simplemente ignoran cómo funciona el mundo. Primero se magnifica a los padres, luego el futuro y la juventud, más tarde el trabajo y la gloria, aunque lo único verdaderamente perdurable es la tumba y el olvido. Lo siento, muchachos, pero en estos asuntos no puedo ser optimista, y menos en los tiempos que corren.

Jacob se quedó pensativo, el señor Leduc no era tan distinto de su padre, él también creía que la vida era una serie de infortunios que llevan inexorablemente a la muerte. No siempre había pensado así. Su madre le contaba que su padre, en la juventud, había sido un exitoso dramaturgo. Todo el mundo le invitaba a las tertulias de los cafés y las casas de los nobles en Berlín. Sus obras eran aplaudidas por la crítica y el público, hasta que la llegada del nazismo le dejó en la calle. Su padre los amaba profundamente, pero no podía olvidar quién había sido y cuán fulminante fue su caída.

El paisaje se transformaba, a medida que avanzaban hacia el este, en una interminable serie de bosques frondosos. La sucesión de pequeños lagos mostraba un paisaje muy verde y húmedo, pero de pequeños pueblos pobres y poco desarrollados. En cierto sentido, aquella era la Francia miserable que casi nadie conocía. Una vida dura, en la que sobrevivir siempre era un reto. Para los vecinos de la región, la guerra y la paz apenas parecían realidades contrapuestas;

en muchos sentidos, la supervivencia ya era un conflicto abierto y constante con la vida.

El señor Leduc aminoró la marcha para acercarse a una vieja gasolinera que conocía muy bien. Siempre repostaba allí, en aquella zona había muy pocos coches y te podías quedar tirado en mitad de la nada por falta de combustible. Detuvo el coche ante el oxidado surtidor. Un cartel medio caído indicaba las siglas CFP (Compagnie Française des Pétroles).

Un joven con una camisa sucia de grasa y un mono azul salió de la casucha de madera que había al pie del surtidor, escupió al suelo algo de tabaco y se acercó hasta el vehículo.

—Por favor, André, lléname el surtidor —dijo el hombre, mientras se alejaba un par de pasos para encender un cigarrillo.

Hasta aquel momento no habían visto al señor Leduc fumar. Sus padres no lo hacían, y ellos odiaban el humo del tabaco.

—¿Quieres uno? —preguntó al empleado.

—Gracias, señor —dijo el joven, después se colocó el cigarro en la oreja y continuó sujetando la manguera.

—¿Están las cosas tranquilas por aquí?

—¡Por aquí las cosas siempre están tranquilas! El verano está siendo muy caluroso, pero eso no es ninguna novedad. Los humedales crean una nube de bochorno y los mosquitos nos hacen la vida insoportable. Aunque en invierno hace un frío de mil diablos.

—¿Se ven muchos controles?

—Los «boches» parecen inquietos, como un panal después de meterle un palo. Es mejor estar alejados de esa gente. Cuando vienen aquí se van sin pagar. El patrón anda harto, pero nada se puede hacer.

—Claro. Bueno amigo, espero que te sea leve el verano.

—No marche por la carretera, es mejor dar un rodeo por Jargeau, en Orleans están parando a todo el mundo. Al parecer, hay muchos judíos que intentan llegar a Suiza y España, pero los están cazando como conejos.

El señor Leduc no pudo evitar ponerse completamente rojo; se subió al vehículo y tardó unos segundos en arrancarlo. Salieron de la pequeña estación de servicio y cambiaron de carretera para hacer un rodeo. No entendía por qué los nazis vigilaban aquel camino. Realmente conducía al corazón de Francia. La ruta natural a España desde París era a través de Burdeos, atravesando el País Vasco francés. Imaginaba que los judíos querían pasar rápidamente a la Francia Libre, aunque el Régimen de Vichy los detenía y expulsaba a la zona alemana si no se trataba de judíos de origen francés.

Los niños habían escuchado las palabras del joven y estaban muy nerviosos.

—Tenéis que volver atrás. Lo siento —dijo el hombre, frenando en seco.

Jacob y su hermano entraron en la parte trasera y permanecieron en silencio un par de horas. Cuando el señor Leduc llegó a Jargeau vio cómo, al otro lado del río, había un control alemán. Aminoró la marcha y se acercó con cierta cautela.

Un soldado alemán con ametralladora levantó una mano para que el coche se detuviera al final del puente. El hombre paró el vehículo sin detener el motor. Dos alemanes se acercaron hasta él. Llevaban colgados dos grandes collares de Feldgendarmerie. El que llevaba galones de cabo le saludó. El cartel que anunciaba el Palacio de Versalles era un buen reclamo para pasar los controles.

—Señor, tiene que enseñarnos sus papeles y la autorización para transitar libremente por la Francia Ocupada.

El señor Leduc intentó actuar de manera calmada, abrió la guantera y sacó los papeles, los dejó sobre la mano del alemán y le miró muy serio.

El soldado los miró unos segundos, después se dirigió a la garita de color rojo y blanco. Unos minutos más tarde, regresó al vehículo.

—Tenemos que inspeccionarlo —dijo el cabo.

El hombre frunció el ceño, casi nunca miraban dentro de la parte trasera.

—¿No se encuentra todo en regla? —preguntó.

—Sí, señor, pero estamos en alerta máxima. Las órdenes son las órdenes —dijo el alemán, con cara de pocos amigos.

El señor Leduc bajó del vehículo y se dirigió lentamente a la parte trasera. Abrió las puertas de par en par y dio un paso atrás.

Los dos soldados miraron en el interior. Había una talla de madera envuelta en un papel, unos listones también de madera y una caja de herramientas.

Uno de los soldados hizo el ademán de entrar y el restaurador le dijo en un nítido alemán:

—¿*Qué cree que está haciendo? Eso es patrimonio francés.*

El alemán se quedó paralizado. No se esperaba esa reacción de aquel hombre pequeño y delgado, pero lo que ni imaginaba era que le hablase en su propio idioma.

El cabo se puso en jarras y dijo al señor Leduc:

—¿*Cómo es que habla mi idioma?*

—Viví un tiempo cerca de Hamburgo.

—Entiendo. Tenemos que registrar el vehículo, son las órdenes.

—Es una obra de arte y ya ven que no hay nada —se quejó el hombre.

Al fondo del puente se escuchó un coche que frenaba en seco y comenzaba a dar marcha atrás. Los dos alemanes dejaron de prestar atención al señor Leduc y miraron al vehículo que huía.

—¿*Puedo marcharme?*

No obtuvo respuesta. Cerró las portezuelas, se introdujo en la furgoneta y metió la marcha con brusquedad. El coche se puso en movimiento despacio, como un anciano quejicoso. Poco a poco comenzó a tomar velocidad. El señor Leduc sudaba por su frente despejada y por el cuello de la camisa, y sentía la espalda empapada. Notaba el corazón latiéndole con fuerza y una sensación de ácido en la boca, como si estuviera a punto de vomitar. Se alejó de la vía principal en la primera bifurcación que encontró. La carretera se hallaba en muy malas condiciones, pero no le importaron los traqueteos y ni siquiera se acordó de los dos niños que llevaba atrás. Pudiera ser cierto que estaba preparado para morir, pero sin duda no lo estaba para que le capturaran de nuevo. Se prometió que ese sería el último viaje que iba a hacer. Podría ayudar en otro tipo de operaciones, pero no en misiones tan arriesgadas. En Francia ya se había terminado el tiempo de vino y rosas. Los alemanes ya no estaban de vacaciones en el país y la represión se acentuaría progresivamente.

Después de una hora de conducción, cuando los frondosos bosques lograron apaciguar en parte su espíritu, detuvo el coche y colocó su rostro sobre el volante. Jadeaba, como si hubiera pasado todo ese tiempo corriendo. Levantó la cabeza medio mareado y se dirigió a la parte trasera. Tanteó el arma que había colocado en su cinturón tras dejar el control y sacó a los dos chicos de la furgoneta.

—Tendréis que hacer el resto del camino solos. Estáis a unos cien kilómetros de Bourges, aunque podéis pasar por la casa del boticario Magné. Su casa está en Nouan-le-Fuzelier, cerca del ayuntamiento. Es una fachada de piedra con ventanas de madera rojas, abajo tiene la botica.

—No puede dejarnos aquí, tardaremos tres días en llegar a Bourges. Esta noche la pasaremos a la intemperie, no tenemos apenas agua y nos queda muy poca comida.

El hombre se dirigió a la parte delantera del coche, sacó un salchichón, pan, chocolate y algunas viandas más.

—Es todo lo que tengo.

—No comemos cerdo, nuestra familia es judía —dijo Moisés.

—¡Maldita sea! No me importa lo que comen o dejan de comer los judíos.

—En dos horas estaremos en el pueblo. Al menos, llévenos hasta allí. Así nos dejará a mitad de camino. Pase la noche con nosotros y regrese a Versalles. El boticario Magné tendrá alguna alternativa. Seguro que no es la primera vez que sucede esto.

Se quedó pensativo, no podía concentrarse con facilidad. Miró a los dos chicos. Sus caras sucias, las rodillas peladas por las heridas, el cuerpo delgado y una eterna expresión de tristeza que le llegó al alma.

—Soy un estúpido. Subid al coche antes de que me arrepienta. No soy un héroe, por Dios, soy un simple restaurador.

Los dos niños entraron en la cabina antes de que el restaurador volviera a arrepentirse. El señor Leduc pisó el acelerador con fuerza y, por primera vez en todo el viaje, el coche circuló a una velocidad alta.

El viejo Citroën parecía destartalarse por momentos. Moisés miraba asustado al hombre, que con los ojos muy abiertos no dejaba de mirar a la carretera. El vehículo recorrió la distancia que los separaba del pueblo en poco más de una hora. En las curvas, la amortiguación chirriaba y el vehículo se inclinaba casi por completo. Cuando contemplaron el pequeño pueblo cerca de un canal y su iglesia de imponente torre estilo normando, suspiraron aliviados. Aún era de día y las pocas casas con las fachadas pintadas de blanco y las ventanas enmarcadas en cercos de ladrillos rojos brillaban todavía con las últimas luces de aquel caluroso día de verano. Ni el aire que entraba por las ventanillas del Citroën lograba aliviar siquiera un poco a los sudorosos muchachos.

El señor Leduc salió del coche y entró directamente en la botica sin esperarlos. Quería deshacerse de ellos cuanto antes. Los refugiados pasaban de mano en mano como ascuas sacadas del fuego, pues la simple ayuda a los judíos suponía la cárcel y la deportación.

El miedo es una sensación de angustia tan irracional que, una vez que logra instalarse en el alma del ser humano, no lo deja hasta destruirlo por completo.

Jacob y su hermano vieron a los dos hombres discutir dentro del establecimiento. Luego, el señor Leduc salió del edificio, los miró indiferente, subió a su vehículo y se marchó en dirección contraria.

El boticario les hizo un gesto para que entrasen en el local. Después puso el cartel de cerrado y les pidió amablemente que ascendieran por una escalera de caracol al piso superior. Apenas les dio tiempo a fijarse en su aspecto, cuando entraron en un pequeño salón. El hombre los invitó a que se sentaran en unos cómodos sofás de piel.

La casa parecía pequeña, pero decorada con gusto y elegancia. El boticario Magné era un señor de unos cincuenta años, de pelo cano, pobladas patillas que le llegaban hasta casi la barbilla y profundos ojos azules. Parecía sosegado, a pesar de la reciente discusión. Les sonrió y les dijo:

—Lo lamento, nunca nos había pasado nada parecido. Antes de la ocupación, cada uno de nosotros nos dedicábamos a nuestros quehaceres, muchos luchamos en la Gran Guerra y regresamos con vida, pero somos simples civiles. El miedo es libre, siempre nos atenaza y, cuando nos domina, puede trastornarnos. Pero no os preocupéis, yo cumpliré con la palabra dada a vuestro contacto en París. Ni siquiera os conozco, pero no puedo dejaros tan lejos de vuestro objetivo. Lo único que espero es que el señor Leduc se calme, que llegue bien a Versalles, de otro modo puede que todos terminemos en la cárcel. ¡Dios mío, que contratiempo!

—Muchas gracias, señor Magné —dijo Jacob. Por primera vez recuperaba la calma; a pesar de sus intentos por mantener la mente fría, no era más que un niño asustado y abandonado.

—Mi esposa llegará de la iglesia en media hora. Os preparará algo caliente, después os dejará ropas de cama y alguna muda limpia. Nuestra apariencia es muy importante, ellos ven a los judíos y a todos los «asociales», como ellos los llaman, como animales, así que, cuanto más parezcamos personas respetables, será mejor para nosotros. Lo siento, muchachos —dijo, tan apesadumbrado que Jacob intentó animarlo.

—El señor Leduc nos ayudó hasta aquí. Si Dios quiere, llegaremos a nuestro destino. Gracias por su hospitalidad.

El hombre se puso en pie. Su traje de buen paño estaba impoluto, y llevaba una chaqueta a pesar del calor; se la quitó y la dejó sobre una silla. Después, fue a una habitación cercana y trajo una caja grande que dejó en el suelo.

Los niños le miraron sorprendidos. Se preguntaban qué podía haber dentro.

El boticario abrió lentamente la tapa de cartón y los dos chicos miraron en el interior. Se quedaron boquiabiertos. Eran juguetes, los más hermosos y nuevos que habían visto jamás.

—Mis hijos se fueron a estudiar a la universidad de Orleans hace mucho tiempo. Uno de ellos se alistó al comenzar la guerra y es prisionero en Alemania, el otro está terminando sus estudios. Eran muy cuidadosos con sus cosas, aún conservo sus juguetes.

Moisés comenzó a gritar de emoción. Por unos momentos, podían ser niños de nuevo. Se pusieron de rodillas y comenzaron a sacar uno por uno los muñecos. Sus ojos brillaban emocionados y, por unos instantes, olvidaron todas sus penas.

El boticario sonrió y se puso de rodillas también. Los tres jugaron con soldados de plomo de las guerras napoleónicas, hasta que escucharon la puerta.

La señora Magné parecía más joven que su esposo. Al ver a los tres sentados en el suelo le dio un vuelco el corazón. Tuvo la extraña sensación de que el tiempo había vuelto atrás y su marido y sus hijos la esperaban jugando y riendo sin parar. No dijo nada, se los quedó mirando, después se dirigió a la cocina y calentó la comida.

Regresó con un mandil blanco y pensó en enviar a los niños al baño, pero se sentó en el sillón y se quedó un rato más observándolos.

—Chicos, tenéis que asearos antes de cenar —terminó diciendo.

Jacob y su hermano levantaron la cara, sonrientes. Miraron el bello rostro de la mujer y por un instante recordaron a su madre. La señora Magné era más delgada, su pelo de un castaño madera y su rostro algo moreno les hicieron comprender enseguida que, por desgracia, aquella señora no era su madre.

—Soy Marie—dijo con una amplia sonrisa que iluminó aún más su rostro.

—Nosotros somos Jacob y Moisés —se presentó el mayor.

—Si os parece, bañaré primero a Moisés y luego entrarás tú —propuso la mujer, sin dejar de sonreír.

El pequeño miró a su hermano y este hizo un gesto de aprobación.

Tomó la mano de la señora. Sintió la suavidad de la palma y el calor especial que desprenden las madres. Se dejó llevar dócilmente hasta el baño y vio la gran bañera blanca. Estaba llena de agua tibia y espumosa. Sus ojos se abrieron aún más y soltó una exclamación de alegría.

La señora le ayudó a desvestirse, después le tomó en brazos y le metió en la bañera. Aquella sensación de flotar en aire le recordó a sus padres. No hay nada más agradable que estar en los brazos de alguien que te ama. El agua parecía estar un poco caliente al principio, pero poco a poco los vapores y la espuma hicieron que se relajara por completo.

Marie le lavó con cuidado, como si su piel blanca fuera de la más cara porcelana china. Moisés sintió su ternura. A veces, los seres humanos necesitan más una caricia que mil palabras de ánimo, cuando el verdadero lenguaje está en la punta de los dedos y un escalofrío te hace sentir vivo de nuevo.

El niño cerró los ojos y respiró lentamente, como si el tiempo se hubiera detenido en aquel lugar apartado de Francia, a medio camino de su destino, pero tan lejos de sus padres.

Cuando abrió los ojos de nuevo, vio la cara de la mujer a pocos centímetros de la suya. Las lágrimas atravesaban su rostro como dos pequeños arroyos transparentes.

—¿Se encuentra bien? No quiero importunarla.

—Querido, no podrías importunarme aunque lo intentases. He recordado cuando cuidaba a mis hijos. Ser madre es un trabajo duro, pero muy gratificante. Nos entregamos para dar una nueva vida y luego debemos aprender a dejarla volar por sí sola. Pero el verdadero amor consiste en dejar ir a tus hijos.

Moisés no entendió muy bien lo que decía aquella desconocida, pero supo que era hermoso, como una puesta de sol en verano, cuando el cielo parece arder hasta que la oscuridad apaga sus llamas.

El pequeño se puso en pie y Marie lo secó con esmero, sin dejar de mirarle a los ojos.

—Todas las madres del mundo somos iguales, pequeño. No importa que no seas mi hijo, no podemos dejar de cuidar a un niño indefenso que llama a nuestra puerta.

Le ayudó a salir de la bañera, le vistió con un camisón blanco y le dijo que llamara a su hermano.

Jacob entró algo inquieto, ya tenía doce años y sabía bañarse solo.

La mujer le sonrió y, mientras se ponía en pie del taburete de madera, le dijo:

—No te preocupes, simplemente quería decirte que aproveches el agua, esta toalla está limpia. La cena estará lista en diez minutos.

Jacob miró a la bañera y tuvo que frotarse los ojos para creerse que no estaba soñando. Se metió lentamente y se apoyó en el borde, después cerró los ojos y dejó que el tiempo pasara, con la mente en blanco. No podía evitar pensar todo el rato, y eso era absolutamente agotador.

Cuando salió del baño, su hermano y los señores Magné estaban sentados a la mesa. Sobre un mantel azul había patatas cocidas, guisantes, maíz y carne de ternera.

Los dos chicos comieron con ansiedad mientras sus anfitriones se limitaban a mirarlos con dulzura.

—¿No comen? —preguntó Moisés.

—Luego comeremos —contestó, después pasó su brazo por la espalda de su esposa y la acercó un poco.

Tras la cena, se sentaron en el sofá de nuevo y el hombre leyó un par de capítulos del libro de Julio Verne titulado *Capitán de quince años*. Después, la mujer acompañó a los dos niños a la cama.

—Espero que descanséis bien, ya sabéis que los ángeles velan por vosotros.

—¿También por los judíos? —preguntó Moisés.

Jacob le dio un codazo por debajo de las sábanas para que se callara.

—También velan por los niños judíos —contestó ella, sonriente.

Cuando se quedaron solos, comenzaron a hablar en susurros, a pesar de sentirse agotados. El día había sido demasiado angustioso y les costaba conciliar el sueño.

—La señora Magné es muy amable, me recuerda a nuestra madre —dijo el pequeño.

—A mí también. Por primera vez en mucho tiempo me siento como en casa.

—He tenido la misma sensación.

—Tenemos que dormir, aún queda un largo viaje —dijo Jacob. Después abrazó a su hermano; sabía que Moisés necesitaba estar en contacto para poder dormir bien.

El olor de las sábanas limpias le trajo a la memoria la casa en Alemania. Él aún recordaba vagamente los tiempos prósperos, pero no le importaba que sus padres fueran en ese momento dos extranjeros pobres, quería reunirse con ellos y sentirse por fin a salvo de nuevo.

11

Nouan-le-Fuzelier, 21 de julio de 1942

EL CANTO DEL GALLO DESPERTÓ A JACOB. MIRÓ LA OSCURIDAD que aún envolvía la habitación, se giró al otro lado de la cama y volvió a dormirse. Fue un sueño apacible, sin los sobresaltos ni la inquietud de los últimos días, como si su cuerpo agotado reconociese de alguna manera que se encontraba de nuevo a salvo. Cuando, a pesar de que las contraventanas de madera se encontraban a medio echar, el sol comenzó a penetrar en el cuarto, el muchacho se estiró en la cama y miró el rostro angelical de su hermano. Su madre siempre decía que la verdadera paz se encontraba en la cara de un niño mientras dormía. En el fondo le tenía un poco de envidia. Moisés aún se encontraba en el territorio misterioso de la imaginación; para él, la realidad era algo tan relativo que los hechos carecían de importancia. Aún poseía la capacidad de volar con la imaginación a otras épocas o simplemente construir con su mente todo tipo de fantasías que le ayudaran a aislarse de la dura realidad. Deseaba con todas sus fuerzas mantener la inocencia de su hermano y que se alargara lo más posible aquel bello periodo que ya nunca más regresaría.

Moisés se estiró en la cama y la sábana se escurrió hasta dejarle totalmente destapado. Su hermano se la colocó de nuevo, pero no duró mucho; el pequeño se sentó en la cama y, con una sonrisa amplia, como hacía tiempo no le veía, comenzó a estirar los brazos en alto.

—Tengo hambre —dijo el niño.

Jacob le miró con la cara apoyada entre las manos.

—Siempre tienes hambre.

—¡Quién fue a hablar! —contestó Moisés.

Tomaron la ropa limpia de la silla. Unas camisas prácticamente nuevas y dos pares de pantalones cortos con tirantes. Lo que más les gustó fueron los zapatos de color marrón, nunca habían tenido ningunos tan bonitos.

Salieron del cuarto y se dirigieron a la cocina. Marie estaba preparando unos creps que olían estupendamente. Los dos chicos comenzaron a relamerse mientras se sentaban en la pequeña mesa de la cocina, donde la mujer había puesto dos tazas con leche, pan con mermelada y un poco de café.

—¿Tú tomas café, Jacob?

No supo qué contestar. Lo cierto es que nunca lo había probado, pero afirmó con la cabeza y dejó que le pusiera en su tazón de leche un poco, que apenas la manchó. Después sacó los creps recién hechos de la sartén y los dejó sobre la mesa.

—¿Os gusta el chocolate? —preguntó la mujer.

Los dos movieron la cabeza como si tuvieran un resorte automático, la señora echó un buen chorro sobre los creps y se sentó junto a los chicos.

Comieron con avidez, no pararon hasta saciarse. Después se recostaron en el respaldo de la silla con las manos en sus barrigas complacientes y la mirada perdida.

—¿Os han gustado? Hacía mucho tiempo que no los cocinaba. A Pierre, mi marido, no le gustan mucho, y mis hijos están lejos —explicó y, mientras pronunciaba aquellas palabras, sus ojos se enturbiaron, como si los recuerdos le crearan una profunda desazón.

—Estaban buenísimos —dijo Moisés, con la cara manchada de chocolate.

Jacob le limpió con su servilleta y tomó la taza con el café con leche. La primera sensación fue de cierto amargor, pero después Marie le ofreció un poco de azúcar y le encantó la combinación.

En cierto sentido, hacerse mayor era vivir experiencias nuevas y tomar decisiones. Jacob deseaba con toda su alma crecer, convertirse en adulto, pero, por otro lado, aún le atraían muchas cosas de su infancia y no quería dejar de jugar.

—Señora Magné, pensaba que nos iríamos pronto, pero nadie nos despertó esta mañana.

—Pierre está muy liado. No teníamos previsto salir. Todo lo sucedido ha sido un desgraciado incidente, nunca había pasado algo así.

—¿Llevan mucho tiempo ayudando a gente? —preguntó Jacob.

—Desde la llegada de los alemanes a Francia. Tras la entrada de los nazis en París, mucha gente escapó al sur; temían las represalias de la guerra. Casi todas las zonas rurales se llenaron de refugiados, pero unos meses después la mayoría regresó a sus hogares. Desde entonces ha habido un goteo incesante de personas que necesitaban escapar o preferían estar en la zona libre, o de aviadores a los que derribaban sus aparatos. Casi todas las semanas alguien pasa por la casa. Normalmente no los atendemos aquí, tenemos una pequeña granja a un par de kilómetros. La gente enseguida comienza a hacer preguntas y fisgonear, pero lo de ayer fue una excepción. Por otro lado, los niños llamáis menos la atención. A veces tengo la sensación de que para muchos adultos sois invisibles.

—Los niños siempre molestamos —dijo el pequeño, muy serio.

—¿Por qué dices eso? —preguntó la mujer, con una medio sonrisa.

—Los adultos nos ven como una incomodidad. Piensan que somos ruidosos, salvajes e inoportunos —dijo Moisés, todavía serio.

—Eso es porque ya no recuerdan cuando ellos eran niños —contestó ella.

—¿Cuándo partiremos? —preguntó de nuevo Jacob.

—Posiblemente mañana; a más tardar, pasado. ¿Tenéis mucha prisa?

—No se puede decir que tengamos mucha prisa, pero tampoco queremos que el viaje sea muy largo. Nuestros padres nos esperan —comentó Jacob.

La mujer se puso algo más seria, después se levantó, se sirvió un poco de café solo y miró por la ventana. El día estaba algo más nublado; unas nubes negras de tormenta se aproximaban por el norte, lo que hacía que el bochorno fuera muy molesto.

—Va a llover. Seguramente mañana también, ya nos dirá Philippe cuándo es mejor que partamos. También quería cerciorarse de que no habían capturado al señor Leduc y de que no hubiera delatado a nadie.

Tomó un nuevo sorbo del café humeante, luego buscó una pequeña llave en el mandil blanco y la miró por unos momentos.

—¿Queréis ver la antigua sala de juegos de mis hijos? —preguntó, con una voz alegre.

Los dos chicos se pusieron en pie con algo de lentitud, como si el copioso desayuno los hubiera dejado casi sin fuerzas. Siguieron a la señora hasta una escalera y escucharon sus pasos sobre los escalones de madera. Llegaron a una buhardilla amplia; en ella había un tren eléctrico completamente montado sobre una hermosa maqueta, armaduras, espadas y todo tipo de juguetes.

—Podéis quedaros aquí hasta la comida. Nadie os oirá, la casa de al lado está vacía.

La mujer salió del cuarto y los dejó solos.

Pusieron en marcha el tren eléctrico y se pasaron jugando con él casi toda la mañana.

—Es increíble. Nunca había visto un cuarto como este —comentó Moisés, que aún no salía de su asombro.

—Será mejor que nos marchemos mañana, no quiero llegar demasiado tarde —dijo Jacob, sin dejar de jugar.

—¿Por qué dices eso?

—No sabemos cuánto tiempo estarán nuestros padres en Valence. Puede que tengan que escapar de allí y que, al enterarse de la muerte de la tía, intenten ir en nuestra búsqueda —dijo Jacob.

—No lo había pensado —contestó su hermano, muy serio.

—Si partimos en dos días, espero que estemos en la ciudad antes de que termine el mes. Las noticias corren mucho más rápido que nosotros.

—¿Qué haremos desde Bourges? Aún quedará casi la mitad del camino recorrido —comentó Moisés, que parecía haberse desanimado por momentos.

—Ya pensaremos en algo. Tenemos dinero, podemos intentar tomar un autobús o el tren.

—¿No será peligroso?

—Imagino que dentro de la Francia Libre las cosas están un poco mejor.

Los dos hermanos se sentaron en el suelo de la buhardilla, comenzaban a tener hambre de nuevo y la luz plomiza que penetraba por el ventanal los desanimó de repente.

—¿Crees que Joseph se encontrará bien? —preguntó Moisés de improviso.

—Sí, él quería estar con su familia.

—Pero, ¿dónde se llevarán a toda esa gente?

—No lo sé, tal vez a Alemania —contestó Jacob, que prefería cambiar de tema.

—Si nos capturan, ¿nos mandarán de vuelta al Velódromo?

—No nos capturarán, Moisés, te lo prometo.

El niño se abrazó unos momentos a su hermano. Necesitaba sentirle cerca de vez en cuando.

Escucharon una voz que los llamaba a la comida. Descendieron corriendo por la escalera, se lavaron las manos y se sentaron a la mesa.

Los señores Magné parecían estar de un excelente humor. Sonrientes, afables y serviciales. La comida fue copiosa y agradable. Después se sentaron todos en los sofás, antes de que el señor Magné regresara a la botica.

—¿Cuándo partiremos? —preguntó Jacob.

En ese momento se escucharon los primeros relámpagos y comenzó a llover con fuerza. El sonido de lluvia y el olor a humedad los mantuvieron un rato en silencio, escuchando el apacible goteo que salpicaba la fachada polvorienta y regaba los prados secos.

—Tal vez en un par de días. Las tormentas son muy molestas durante la conducción —dijo el boticario.

Jacob no quedó muy contento con esa respuesta ambigua; prefería saber las cosas, no se conformaba con respuestas vagas, pero no quiso insistir en ese momento. Pensó que sería mejor esperar a la cena.

La tarde fue tranquila. La mujer encendió la luz de la casa, notaron cómo el calor remitía por la lluvia y disfrutaron jugando hasta la tarde. Antes de las seis, el señor Magné estaba de vuelta.

—Tenéis que bañaros antes de cenar —comentó Marie, que había pasado un par de horas preparando la comida.

Moisés sonrió, aún recordaba la agradable experiencia del día anterior. La señora Magné tomó una toalla limpia, llenó la bañera y llamó al pequeño. Repitieron la misma escena del día anterior. Moisés cerró los ojos y se quedó casi dormido.

—¿Te gustaría quedarte un poco más con nosotros?

El niño abrió los ojos, miró la dulce cara de la mujer y le preguntó:

—Pero, ¿también se quedaría mi hermano?

—Naturalmente, me refería a los dos. Os podríais quedar el verano. En invierno os llevaríamos hasta la ciudad donde se encuentran vuestros padres. Tras la redada de París, los caminos están más controlados; si esperamos que las cosas se calmen un poco, será más seguro para todos. Podréis jugar cada día, diremos a los vecinos que sois unos sobrinos lejanos. Pasaremos los sábados y domingos en la granja, tenemos caballos, algunas ovejas…

Al pequeño, la idea le pareció fantástica. Estaba cansado de viajar, de conocer gente nueva, de asustarse al ver un uniforme alemán. Pasar unas vacaciones allí le parecía una estupenda idea.

La mujer sacó al niño del baño, le secó el pelo con cuidado y le ayudó a vestirse. Después entró Jacob, que no tardó mucho en estar aseado y listo para cenar. Cuando llegó al salón, la cena estaba servida. Un puré de zanahorias, bacalao y, de postre, una tarta de manzana.

—¿Qué tal os ha ido la tarde? —preguntó el señor Magné.

—Muy bien, hemos estado jugando arriba —comentó Moisés. Su rostro parecía relajado y feliz.

—Señor Magné, este mediodía comentó que nos iríamos en un par de días; no quiero sonar desagradecido, pero nos gustaría irnos mañana mismo. Queremos reunirnos con nuestros padres lo antes posible —dijo Jacob, mirando a la cara del boticario.

Marie miró a su marido algo nerviosa, después apretó levemente su codo y el hombre carraspeó antes de hablar.

—Habíamos pensado que os quedarais una temporada. Me han informado que los caminos están muy vigilados a la caza y captura de judíos. Los alemanes se están empleando a fondo. Viajar por la Francia Ocupada es sumamente peligroso.

Jacob no se quedó muy convencido por las palabras del señor Magné, tomó un par de sorbos de su puré y volvió a insistir.

—Siento importunarle, pero temo que mis padres intenten buscarnos en París, al saber lo que ha sucedido en la ciudad. No querría perderles la pista; si llegamos y se han marchado, no sé dónde podremos buscar.

—Entiendo tu preocupación, podríamos contactar con ellos. Tenemos los medios, de esa manera sabrían dónde estáis.

—Señor Magné, no es únicamente una cuestión de tiempo, llevamos meses sin verlos, estamos solos en el mundo, necesitamos estar con ellos —dijo Jacob, sin poder evitar sentirse emocionado. Por primera vez verbalizaba lo que sentía desde hacía mucho tiempo en su corazón.

La pareja se quedó en silencio, no sabían qué responder.

—Podríamos quedarnos una temporada, aquí estamos a salvo —señaló Moisés, que hasta ese momento había permanecido en silencio.

Jacob le traspasó con la mirada. No sabía por qué su hermano decía esas tonterías.

—No nos vamos a quedar aquí, parece que unos pocos juguetes son suficientes para comprarte. Nuestros padres deben de estar preocupados —dijo, muy enfadado.

Moisés se quedó muy serio; en seguida, su labio inferior comenzó a temblar y sus ojos se llenaron de lágrimas.

—Lo siento —se disculpó, secándose la cara con la camisa.

—Él no tiene la culpa, yo le comenté que sería mejor que os quedarais el verano. Es peligroso viajar en este momento —intervino Marie.

—No somos juguetes para entretenerla, señora Magné, tenemos una familia. Si no pueden llevarnos, nos iremos mañana mismo a pie —dijo Jacob, levantándose de la mesa bruscamente y tirando la silla a su espalda.

Moisés miró al matrimonio algo avergonzado, se puso en pie y siguió a su hermano hasta la habitación.

Jacob estaba tumbado sobre la cama, con los brazos cruzados y los labios fruncidos. Moisés se sentó a su lado y, controlando las lágrimas, le dijo:

—Lo siento, Jacob.

—Solo eres un niño, es normal que no entiendas algunas cosas.

—Lo siento —repitió mientras se echaba de nuevo a llorar.

—Aquí te han dado cariño y seguridad, es normal que no te quieras marchar.

—Pero papá y mamá estarán asustados, pensarán que nos ha pasado algo. Tienes razón, tenemos que irnos mañana.

Los dos niños se mantuvieron en silencio, abrazados sobre la cama, hasta quedarse profundamente dormidos.

A la mañana siguiente, antes de que saliera el sol, el señor Magné los llamó, tomaron un desayuno frugal, cargó sus mochilas con algunas provisiones y los tres bajaron los escalones en silencio. Antes de abrir la puerta, Jacob puso su mano sobre el hombro del boticario.

—Quiero pedirle perdón. No quería ofenderlos, estamos muy preocupados. Les agradecemos mucho su hospitalidad y que se arriesguen por nosotros.

—No importa, lo hacemos con mucho gusto —contestó de manera seca.

—Le ruego que le dé las gracias a su esposa, ha sido muy amable con nosotros.

El hombre asintió con la cabeza y los tres salieron a la calle. El suelo aún estaba húmedo y sintieron el frescor del amanecer. El señor Magné abrió una puerta, quitó un toldo gris de su coche y lo sacó a la calle. Se bajó del vehículo, cerró de nuevo el garaje y les pidió que subieran. Era un viejo Renault de cinco puertas; parecía reluciente y casi sin utilizar. Entraron en el coche y ni pudieron ver la mirada furtiva de Marie desde la ventana. La mujer apartó los visillos y contempló a los dos niños. No pudo evitar sentir cierta pena por ellos: se les veía tan solos y desvalidos. Deseó que encontraran a sus padres. En aquella guerra, muchos habían perdido a sus seres queridos. Europa vagaba sin rumbo, guiada por fanáticos ansiosos de poder y riquezas, mientras millones de personas se unían en un lamento que ascendía al cielo. Pensó en sus hijos, intentó imaginar que volvería a verlos sanos y salvos, que algún día regresarían los momentos felices y apacibles, en los que la vida parece fluir sin esfuerzo hacia el inmenso océano de todos los buenos deseos y sentimientos que hacen del mundo un lugar mejor.

12

Nouan-le-Fuzelier,
22 de julio de 1942

LA MAYOR PARTE DEL TRAYECTO LO HICIERON EN SILENCIO. Jacob y su hermano sabían que los Magné simplemente echaban de menos a sus hijos y había querido refugiarlos durante un tiempo. En cierto sentido, aquella hubiera podido ser una buena opción. No sabían a ciencia cierta si sus padres continuaban en Valence, habían ido a buscarlos a París o habían terminado por partir a América. En el caso de que aún continuaran en la ciudad, nada les garantizaba que pudieran hacerse cargo de ellos.

Moisés contemplaba desde el asiento de atrás del coche los bosques y las lagunas, que poco a poco dejaban paso a grandes llanos cultivados y praderas resecas. En cuanto se aproximaron a la ciudad de Bourges, las impresionantes torres de la catedral comenzaron a percibirse a lo lejos. Aquel edificio era el orgullo de toda la región y una de las iglesias más bellas de Francia.

—Casi hemos llegado —indicó el boticario.

Los dos niños miraron boquiabiertos la bella ciudad medieval de edificios de dos pisos, con vigas de madera y paredes de adobe.

Dejaron a un lado la calle principal y llegaron en una pequeña plaza donde se encontraba una iglesia llamada de Saint Pierre. Aparcaron el coche, uno de los pocos que se veía en aquel barrio, y caminaron hasta una de las casas más viejas. El boticario Magné andaba a grandes zancadas, como si estuviera ansioso por deshacerse de un molesto equipaje. Tocó el llamador oxidado con dos dedos y esperó unos momentos.

Se escucharon unos pasos sobre el suelo de madera y después la puerta se abrió chirriante. Una anciana con el rostro surcado por un millón de arrugas los recibió sin mucha ceremonia. Los tres la siguieron por el pasillo estrecho, de paredes desconchadas, que olía a humedad y polvo. La mujer los hizo pasar a un salón minúsculo y salió farfullando algo que no lograron entender.

—El carbonero Bonnay es un buen hombre. Es viudo, su esposa falleció hace dos años, sus hijos son casi de vuestra edad. No creo que podáis quedaros mucho tiempo, pero él os dirá cómo pasar a la Francia Libre y llegar a Valence —les explicó el boticario.

—Gracias, señor Magné. Por favor, diga a su esposa que les estamos muy agradecidos —comentó Jacob de nuevo.

El pequeño salón era asfixiante, la simple idea de estar allí varios días le ponía francamente nervioso. Prefería pasar la noche e irse al día siguiente.

No apareció el carbonero, estaba sirviendo a varios clientes en ese momento, pero un niño de pelo castaño, con la cara redonda y algo enfurruñado se asomó por la puerta.

—Mi padre no regresará hasta el mediodía —dijo el hijo del carbonero, con una dicción torpe, como si fuera un bebé en el cuerpo de un crío de seis años. Era algo más bajo que Moisés, pero parecía recio y fuerte.

—¿Cómo te llamas? —preguntó Moisés, que parecía entusiasmado al ver a alguien de su edad.

—Me llamo Paul —contestó el niño.

—Yo me llamo Moisés.

La anciana, que hasta ese momento no había dicho palabra, comentó:

—Id al patio de atrás a jugar mientras llega tu padre.

Los dos niños corrieron hasta el pequeño jardín, pero Jacob prefirió quedarse sentado.

—Puedes ir tú también, aunque ya tienes edad para trabajar —insistió la anciana.

—No, gracias —comentó Jacob.

—Señor, puede marcharse —le dijo la mujer al señor Magné—, ya mi hijo se hará cargo de los niños.

El boticario titubeó por unos momentos, después se colocó su gorra y se agachó para despedirse del muchacho.

—Quiero que sepas que no os guardamos rencor, entendemos lo que sentís, es un deseo noble, pero, si en algún momento necesitáis ayuda de algún tipo, escribidnos o llamadnos. En este papel está nuestra dirección y teléfono. Si te ves en peligro, destruye el papel. ¿Has entendido?

Jacob dio un leve suspiro e intentó contener las lágrimas. Los Magné eran las mejores personas que había conocido nunca. De alguna manera, su casa y su familia se habían convertido en un refugio en caso de peligro.

—Lo haré, señor Magné.

El chico se puso en pie y abrazó al boticario. El hombre se quedó tieso, como si no supiera cómo reaccionar, pero al final le estrechó entre sus brazos.

—Sois buenos chicos, las cosas os irán bien. Puede que este mundo esté cada vez más enloquecido, pero siempre encontraréis buenas personas en él, los corazones generosos abundan más de lo que creemos.

El hombre salió al pasillo y recorrió el corto espacio hasta la puerta a grandes zancadas. Estuvo tentado a llevar a los muchachos hasta Valence, pero sabía que era imposible, si no le paraban los controles alemanes, lo harían los de los gendarmes. Era mejor que permitiera al destino echar sus cartas.

La pequeña iglesia de piedra, que había visto durante cientos de años pasar generación tras generación, con sus grandezas y miserias, pareció burlarse de la pequeñez del señor Magné y sus buenos deseos, pero, cuando Jacob miró por los cristales sucios de la ventana, vio a un gigante.

La abuela les sirvió un leve almuerzo a las doce, era una sopa de fideos y unas salchichas rancias. Nada que ver con los manjares de la casa del boticario. Los hijos del carbonero dormían en una habitación húmeda, con una cama grande con el colchón de paja y un espejo roto. No tenían juguetes, aparte de un par de tirachinas y un patinete fabricado por su padre, con rodamientos y un volante de madera.

Cuando escucharon la puerta, Paul bajó a toda velocidad las escaleras y se lanzó sobre los brazos de su padre. El señor Bonnay era un hombre de mediana edad, barbudo, con una gorra de marinero azul y la camisa tiznada del hollín de los sacos que transportaba durante todo el día.

—Te vas a manchar, pequeño.

El niño parecía entusiasmado por poder abrazar a su padre. Jacob y Moisés le miraron con cierta envidia. Llevaban meses sin ver a su familia.

—¿Estos son los chicos? —preguntó el hombre con su voz grave.

—Buenas tardes, señor. Soy Jacob, y este es mi hermano Moisés.

—Habéis llegado un poco tarde. Os esperábamos antes. Por desgracia, un pequeño grupo de refugiados cruzó ayer hacia la Francia Libre, los llevaron en un transporte simulado hasta cerca de Vichy, pero ahora no habrá forma de que os lleven lejos de la zona ocupada —se quejó.

—No dependía de nosotros —se excusó Jacob.

—Lo imagino, pero podréis quedaros los días que necesitéis. Ya buscaremos una solución. Tú vendrás con mi hijo Marcel para ayudar en el trabajo, los pequeños se quedarán aquí. Desde ahora vuestros nombres serán Jean y, el pequeño, Martin —comentó el hombre.

Marcel salió de detrás de su padre. Era más alto que Jacob y tenía las espaldas más anchas, aunque era un año menor. A pesar de tener la cara manchada de negro, sus ojos azules y su pelo rubio de rizos largos le daban un aspecto angelical.

—Podéis jugar un poco antes de la cena. Mañana hay que madrugar mucho, pero es mejor que no salgáis con esas ropas tan caras, la gente puede sospechar. La abuela os prestará un par de camisas de mis hijos y unos pantalones cortos. No habléis con desconocidos y no os marchéis muy lejos —advirtió a los muchachos.

Los dos hermanos se cambiaron rápidamente. Estaban ansiosos por correr por las calles y perderse en aquella ciudad, totalmente nueva para ellos. Los hijos del carbonero serían dos perfectos anfitriones. Abrieron la puerta de la casa y corrieron por una calle estrecha hasta el río Auron. Los grandes plataneros separaban el viejo camino que bordeaba el río de la zona de cañas y hierbas, los cuatro chicos bordearon la orilla hasta cerca de un viejo molino de agua. Se sentaron en la orilla y comenzaron a arrojar piedras.

—¿De dónde venís? —preguntó Marcel, que, con la cara limpia y la ropa recién lavada, volvía a parecer un niño de once años.

—Vivíamos en París, ahora vamos a la Francia Libre —comentó Jacob.

—Todos quieren marcharse, aunque yo no entiendo por qué. Al otro lado de los campos de Bourges, la tierra sigue siendo tan fértil como esta y el cielo es igual de azul.

Jacob sabía que el chico tenía razón, nunca había entendido para qué servían las fronteras, mucho menos una que dividía Francia en dos.

—A nosotros no nos importa cómo llamen a aquel lado de Francia, estamos buscando a nuestros padres.

—¿Por qué os abandonaron? —preguntó Marcel, mientras tomaba una pajita y comenzaba a chuparla en la boca.

—No nos abandonaron, nos dejaron a cargo de mi tía Judith —dijo Moisés, frunciendo el ceño.

—¿Dónde está vuestra tía? —preguntó Paul, que ya había hecho amistad con el hermano de Jacob y no se separaba de él en ningún momento.

—No lo sabemos —dijo Moisés, mientras su expresión comenzaba a ensombrecerse. Prefería no contarles la verdad.

—¿Vamos dentro del molino? Desde la ventana puede verse el río muy cerca; además, podemos disparar a los pájaros que están en los árboles —propuso Paul, para alegrar a su nuevo amigo.

Los cuatro muchachos corrieron hasta la vieja pasarela de piedra, el arco parecía desgastado, pero llevaba cientos de años aguantando el paso infatigable de la corriente y duraría mucho tiempo aún.

La casa apenas conservaba los gruesos muros, el techo se había caído hacía tiempo y la vieja piedra de molino era el único vestigio de su antigua función. Se acercaron a la ventana y pudieron contemplar la corriente, que en verano no era tan impetuosa y permitía contemplar las piedras del fondo, a pesar de la tupida sombra de los árboles.

Marcel apuntó a uno de los pájaros que descansaba tranquilamente en una rama, pero Jacob le empujó el brazo para que errase el tiro.

—¿Qué haces? —se quejó el hijo del carbonero.

—No te ha hecho nada y no lo necesitas para comer. ¿Por qué tienes que matarlo? —preguntó muy serio.

—¿Por qué no? Simplemente es un pájaro, hay miles como él.

—Es no es razón suficiente —dijo Jacob.

—¿No? ¿Quién lo dice? —preguntó el chico, poniendo su cara justo enfrente. Después le empujó con el pecho.

—No os peléis —intervino Paul—, se lo contaré a padre.

—Pequeña rata chivata —dijo Marcel, empujando a su hermano con fuerza. El chico perdió el equilibrio y se cayó por uno de los huecos hasta la parte baja de la casa, donde antiguamente se movía la rueda con palas. Apenas le quedaban algunos dientes, pero la camisa de Paul se quedó enganchada en una y la fuerza del agua comenzó a levantarle.

—¡Socorro! —gritó el pequeño.

Jacob no se lo pensó dos veces. Se lanzó al agua y atrapó por la ropa al niño, pero la rueda seguía elevándole, cuando llegara al tope atraparía su cabeza en el engranaje.

Marcel miró impotente desde arriba, no sabía nadar, pero buscó entre las ruinas de la casa hasta encontrar una soga muy vieja, la anudó a una de las vigas y la lanzó al agua.

Jacob se agarró a la cuerda y tiró del muchacho, pero la camisa le atrapaba por completo. Intentó rasgarla, pero la tela no cedió.

Moisés les tiró un palo para que atrancaran la rueda; la fuerza del agua no tardaría en romperlo, pero al menos ganarían unos segundos.

Jacob metió el palo en el mecanismo y la rueda hizo un fuerte ruido, la madera crujió, pero paró en seco.

Jacob tiró del niño y logró liberarlo; después, Paul se colgó de su cuello y los dos subieron por la soga.

Marcel abrazó a su hermano, Paul estaba temblando de frío y miedo.

—Gracias, tengo una deuda contigo.

En ese momento escucharon unas pisadas y se asustaron. Los cuatro se escondieron en la parte más oscura de la casa y escucharon unas voces; dos niños rubios salieron de la otra habitación y se acercaron a la ventana.

—Son los alemanes —susurró Marcel al oído de Jacob.

—¿Alemanes? —preguntó extrañado.

—Los hijos del comandante y el capitán de la guarnición. Pasan aquí los veranos —le explicó Marcel.

—¿Los conocéis?

—Nadie se acerca a ellos, los llaman los sucios alemanes. Normalmente los acompañan las cuidadoras o algún soldado, nunca los había visto solos.

Los niños alemanes dijeron algo en su idioma y después se echaron a reír, pero, al escuchar el crujido de la madera en la parte oscura, se asustaron. Uno de ellos sacó su tirachinas y disparó a la oscuridad.

—¡Aaah! —gritó Moisés cuando la piedra le dio en el cuello.

—¿Quién es? —preguntó uno de los chicos con fuerte acento alemán.

Marcel salió a la luz apuntando con su tirachinas. Era mucho más grande que el de los niños alemanes.

—¿Qué hacéis en nuestra guarida, malditos «douches»?

Los niños se quedaron paralizados, pero, antes de que Marcel les disparara, Jacob le sujetó el brazo.

—Déjalos.

Marcel frunció el ceño, no entendía a aquel niño rico de ciudad. Todo el mundo sabía que los alemanes eran el enemigo.

—Son niños como nosotros. La guerra es cosa de adultos —comentó Jacob.

Los alemanes arrojaron sus tirachinas, en signo de rendición. Parecían realmente asustados. Sus padres les habían advertido de los peligros, pero ellos habían escapado en un momento de descuido para inspeccionar el viejo molino.

—No vamos a haceros nada —dijo Jacob en alemán.

Los otros dos le miraron con los ojos muy abiertos, como si no pudieran creer lo que habían oído.

—¿Hablas alemán? —preguntó Marcel.

—Sí —contestó, sin querer dar más explicaciones.

—No queríamos haceros daño —dijo el chico mayor a Jacob.

—Podéis iros, y tomad vuestros tirachinas.

—Gracias —dijeron los dos niños a la vez, pero antes de salir se dieron de nuevo la vuelta—. ¿Podríamos jugar juntos?

Los cuatro amigos se miraron. Una cosa era no atacar a los alemanes y otra muy distinta jugar con ellos, pero al final Moisés se adelantó un paso y les contestó:

—Sí, podéis jugar con nosotros, pero fuera del molino, aquí es un poco peligroso, Paul acaba de caerse.

Los niños alemanes afirmaron con la cabeza, sabían francés y no les costó mucho jugar con sus nuevos compañeros de aventura.

Un par de horas más tarde, las campanas de la iglesia sonaron con fuerza y Paul recordó al resto del grupo que debían irse a cenar.

—¿Mañana volveréis aquí? —preguntó uno de los niños alemanes.

—No lo sé, tenemos cosas que hacer —respondió Jacob.

—¿Por qué sabes alemán? —preguntó el otro niño, algo más pequeño.

—Lo aprendí en el colegio —mintió Jacob. No quería que supieran que era alemán.

—Creo que eres alemán, no tienes acento. Mañana nos vemos a la misma hora. Traeré un balón —dijo el alemán, después se dio la vuelta y comenzó a correr hasta la residencia del comandante.

Jacob y sus amigos corrieron hasta la casa de la familia Bonnay. Mientras se acercaban a la plaza, no podía dejar de pensar en el error que había cometido, era prácticamente seguro que los chicos dirían a sus padres que habían encontrado a un niño que hablaba alemán. No sabía qué le había impulsado a hacerlo, pero ya era demasiado tarde para rectificar. Tenía que advertir al carbonero del peligro que corría toda la familia.

Llegaron a la casa, se lavaron las manos y esperaron impacientes a la cena, Jacob apenas probó bocado y, cuando el carbonero salió al patio para fumar en su pipa, el muchacho le siguió.

—Señor Bonnay, ¿puedo hablar con usted?

El hombre hizo un pequeño gruñido, pero después palmeó la escalera con la mano para que el pequeño se sentara.

—¿Qué sucede, mozalbete? Espero que no os hayáis metido en un lío en vuestro primer día.

—Me temo que es mucho más grave. Nos encontramos a unos niños alemanes cerca del río. Su hijo Paul los amenazó con su tirachinas…

—Bien hecho. Mi Paul no soporta a los «douches»— dijo el señor Bonnay, sonriente.

—Sí, pero yo quise impedirlo y les hablé en alemán para que se tranquilizasen.

—¿Qué hiciste? —preguntó el hombre, sacándose la pipa de la boca y girándose hacia el chico.

—Les hablé en alemán.

—¿A los hijos del comandante y el capitán de la guarnición? Dios mío, ¿te has vuelto loco?

El hombre se comenzó a rascar la cabeza. Su pelo necesitaba un buen corte, las canas comenzaban a invadir su cabeza morena y peluda.

—Lo siento, señor.

—Ya no hay solución. Tendremos que marcharnos todos esta noche. La abuela se quedará, ella no corre peligro. Tomaremos mi camión de carbón y cruzaremos las líneas por un atajo, es por caminos de ganado, espero que lo logremos…

—Lo siento —volvió a repetir Jacob, estaba a punto de llorar. Sentía en el alma haber puesto en peligro a la familia.

—Tranquilo, muchacho. Muchas veces he pensado en irme al otro lado. Esos nazis me roban carbón todos los días y ya se me ha pasado por la cabeza más de una vez pegarles un tiro. Si no lo he hecho, es por ellos. Tengo familia en Roanne, desde allí podéis ir hasta Lyon; el camino a Valence es corto, algo más de cien kilómetros.

El carbonero se puso en pie. A Jacob le pareció aún más grande y fuerte que la primera vez que le vio.

—Marcel y Paul, venid aquí —dijo el hombre al entrar de nuevo en la casa. Apagó la pipa y la vació en la pila de la cocina.

—¿Qué sucede, padre? —preguntó Marcel.

—Nos vamos esta noche a Roanne para ver a vuestros primos. Hace mucho que no visitamos al tío Fabien.

Sus hijos le miraron extrañados; desde la muerte de su madre, dos años antes, no habían dejado nunca la casa.

—¿Nos vamos en plena noche? ¿Es por los niños alemanes? Maldito judío —dijo Marcel tomando de la solapa al niño.

El carbonero empujó a su hijo, que se cayó se bruces.

—No quiero que digas eso nunca jamás. En esta casa no hay judíos ni cristianos. Nosotros somos socialistas, para nosotros todos los seres humanos son hermanos —advirtió el carbonero, muy serio, mientras le señalaba con la boquilla de la pipa.

El hombre subió a la planta de arriba y habló brevemente con su madre. A continuación, tomó dos maletas pequeñas y metió algunas cosas imprescindibles; después, levantó una lámina de madera y tomó sus ahorros. No era mucho, pero suficiente para comenzar una nueva vida en otro lugar. Durante años, su esposa y él habían ahorrado dinero para que sus hijos pudieran estudiar; ahora todo eso no importaba demasiado. ¿Qué oportunidades tendría el hijo de un carbonero en un mundo gobernado por esos cerdos nazis? En eso pensaba mientras tomaba un abrigo y guardaba el dinero en un bolsillo secreto de su pantalón.

Abajo le esperaban los niños. Estaban calzados, con unas chaquetas en la mano, y Jacob había tomado su mochila de la habitación.

—No echaré de menos estos viejos muros. Hemos sido muy felices en esta casa, pero también muy desgraciados. Vuestra pobre madre se pasaba las horas intentando que esta pocilga pareciera un hogar, pero ella ya no está.

El hombre se quedó con la vista perdida unos segundos, después tomó de nuevo las dos maletas. El camión estaba colocado en la parte trasera, no se veía un alma por la calle, el toque de queda impedía a los vecinos salir de noche. Tenían que abandonar la ciudad lo antes posible, en el campo nadie conocía como él los caminos.

Subieron los cinco a la cabina. Los dos más pequeños, a su lado; y los dos más grandes, juntos. Tardaron un poco en ponerse cómodos; luego, el carbonero encendió el motor del camión. El vehículo rugió en mitad del silencio y el señor Bonnay miró a través de los cristales sucios. Nadie se asomó a las ventanas, el hombre puso en marcha el camión despacio, salió a la plaza y se dirigió al camino que bordeaba el río. Si lograba avanzar un par de kilómetros, los alemanes ya no podrían localizarle. La noche era tan clara que podía conducir con los faros apagados.

Logró salir de las calles estrechas de Bourges, después tomó una pequeña carretera cerca de unos maizales y aceleró, para alejarse lo más rápidamente de la Francia Ocupada, aquella frontera imaginaria que convertía a la mitad de los franceses en esclavos de Hitler, y a la otra mitad, en súbditos que le debían pleitesía.

El camión avanzó con rapidez por los prados y los maizales, pero, en cuanto cruzara a la zona libre, el peligro sería mucho menor. Tenía los papeles en regla y podía alegar que llevaba sus sobrinos de vuelta a casa tras pasar unos días de vacaciones.

Mientras el camión se alejaba de la ciudad, un grupo de alemanes se aproximó a paso ligero hacia la iglesia de Saint Pierre. Un sargento golpeó la puerta de la casa de los Bonnay. La anciana tardó un buen rato en ponerse una bata, bajar las empinadas escaleras y atravesar el pasillo. Cuando abrió, los alemanes la empujaron a un lado y comenzaron a registrar la casa. La mujer, dolorida por el golpe, se fue al salón y se sentó a esperar.

El sargento entró en la habitación y, en un francés rudimentario, le preguntó:

—¿Dónde están los niños?

—¿Qué niños? —dijo la anciana, en voz baja. Parecía tranquila, a la edad en que la muerte es más un regalo que una amenaza.

—El niño que habla alemán.

—Mis nietos no hablan alemán, se fueron hace una semana con sus primos a Orleans —mintió la mujer, para despistar a los soldados.

—Mientes vieja, esta tarde los han visto jugando en el río —dijo el sargento, tomándola de la pechera.

—No te tengo miedo. Soy una pobre vieja…

El sargento soltó a la anciana, sabía que perderían el tiempo. Después pensó en enviar un aviso de búsqueda, pero era muy tarde, no habían cenado y únicamente se trataba de unos malditos niños. Los buscarían al día siguiente. «De todas formas, hasta en las redes de los pescadores, los peces pequeños terminan escapando», se dijo el sargento, mientras empujaba con desprecio a la mujer hacia el sofá.

Los soldados salieron de la casa desordenada; después, sus botas se escucharon sobre el empedrado de la plaza hasta desaparecer por la calle principal. La anciana se levantó pesadamente, cerró la puerta y subió a su cuarto. Rezó por su hijo y por sus nietos. Sabía el precio que se cobraban las guerras: su tío en la guerra contra Prusia, su hijo en la Gran Guerra, solo esperaba que Dios guardara a su único hijo vivo. A ella ya le quedaba poco para dejar el mundo. Su vida había sido muy difícil. Pobreza, hambre, muerte y tristeza se reflejaban en su rostro ceniciento; sus ojos nublados por las cataratas apenas podían ver, pero por un instante recordó su primer baile con el que se convertiría en su esposo. La fuerza y la ilusión de la juventud continuaban anidando en su cansado corazón y supo que la inmortalidad debía consistir en ser joven de nuevo, sacudirse el pesado manto de la vejez, como el que se despoja de unas ropas sucias y raídas, para correr hacia todos los que la habían precedido. Cerró los ojos y pudo ver el rostro sonriente de su marido, la cara pecosa de su madre, la sonrisa de su hijo muerto, el cuerpo desgarbado de su tío, y sintió nostalgia por aquel paraíso de las generaciones pasadas, donde el tiempo ya no importa y las lágrimas no existen.

Mientras las estrellas inundaban el firmamento del cielo de Francia, en un punto en medio de las montañas, el mundo aún parecía un lugar feliz, donde la alegría y la paz parecían dirigir las vidas de sus habitantes. Un lugar secreto, en medio de bosques frondosos y prados verdes, donde el monstruo de la guerra parecía no haber llegado todavía.

SEGUNDA PARTE

13

Bourges, 23 de julio de 1942

LOS TRAQUETEOS DEL CAMIÓN TERMINARON POR ADORMECER-
los a todos. El señor Bonnay intentó no quedarse dormido al volante.
Desde el comienzo de la guerra, y tras la muerte de su esposa, había
llevado la carga de toda la familia. Su madre le echaba una mano, pero
era demasiado mayor para poder liberarle de la mayoría de las tareas.
Los chicos se portaban bien, en eso se sentía un hombre afortunado.
Paul era muy cariñoso, siempre con una sonrisa que iluminaba sus
tristes vidas, como si su mirada fuera capaz de devolverles las esperanzas perdidas. Durante años, su esposa y él habían atesorado en
sus corazones muchos sueños, pero la muerte los había despertado
bruscamente. Las personas comunes ven truncados sus deseos cuando
la corriente de la historia los lleva inexorablemente en una dirección
que nunca habrían esperado seguir. Paul se parecía mucho a su esposa
Marguerite, los dos eran capaces de llenar una habitación con su sola
presencia.

El amor los había alcanzado a la edad en la que los niños aún
conservan parte de su inocencia y se sienten dentro de un cuento de
hadas. A los hijos de los obreros nunca se les ha permitido prolongar
mucho la infancia, pero, cuando el señor Bonnay dejaba la carbonería

de su padre, iba a toda prisa hasta la entrada de la escuela en la que estudiaba Marguerite y corrían por la ciudad hasta llegar a la catedral. Les gustaba jugar detrás del colosal edificio, perseguirse por las empinadas escaleras y terminar tomando un pequeño helado en el parque. Cuando llovía, se cobijaban dentro del edificio, se miraban de reojo y contemplaban las hermosas vidrieras que filtraban la luz hasta convertirla en un arcoíris mágico. Antes de cumplir los dieciocho, se casaron en la sencilla iglesia de Saint Pierre. Era la única vez en su vida que se había puesto un traje y la última que pisó la iglesia. Él era ateo, pero Marguerite se consideraba católica, y respetó su decisión de casarse por la Iglesia.

Tras la llegada de Marcel, comenzaron a ahorrar, querían que fuera médico o arquitecto, pero ahora nada de eso importaba.

A veces, la vida se empequeñece y los planes se desbaratan. Sobrevivir cada día ya es un reto en sí mismo; alimentar cuatro bocas, casi un milagro.

El sol comenzó a iluminar los campos amarillentos. Aquella primavera había sido muy lluviosa; después de un invierno terriblemente frío, ahora el calor abrasador parecía ansioso por quemar lo que a la vida tanto le había costado hacer renacer.

Paul se giró hacia su padre y le regaló la sonrisa de su mujer. En ese momento sintió que en aquel destartalado camión llevaba todo lo que amaba. Se sentía como el hombre más rico del mundo, todo lo que necesitaba entraba en una maleta, su mundo eran aquellos dos pequeños. Ser padre era renunciar a tus propios sueños y anhelos, para volcarlos en los de tus hijos.

—Buenos días, Paul.

—Buenos días, padre —contestó su hijo, frotándose los ojos.

—¿Tienes hambre? —preguntó el hombre, mientras hurgaba con su mano libre en una bolsa que había dejado atrás.

—Mucha, me comería el mundo —dijo el niño, sonriente.

El señor Bonnay puso en las manos de su hijo un trozo de pan y un poco de salchichón. El crío no tardó mucho en devorarlo. El olor de la comida despertó al resto de los chicos y todos comenzaron a desayunar. El carbonero disfrutó viéndolos comer; él no probó bocado, no quería gastar las reservas hasta llegar a la casa de su cuñado. Desde la muerte de Marguerite, no se habían vuelto a ver. Para su familia política, él era un mal partido, siempre habían pensado que su hija merecía un hombre mejor. No lo dudaba, su esposa era mucho mejor que él. A pesar de todo, su cuñado siempre se había ofrecido a echarle una mano en caso de necesidad. No le gustaba pedir favores, pero la seguridad de sus hijos estaba muy por encima de su orgullo.

—¿Queda mucho? —preguntó Moisés. No se acostumbraba a los viajes largos por carretera.

—No queda mucho, hemos tenido que dar un largo rodeo, pero llegaremos por la noche. Mi cuñado tiene una hermosa granja a las afueras de Roanne. No sé cómo le habrá ido desde la invasión de los alemanes, pero siempre ha sido un superviviente.

El camión saltó de repente, un gran socavón estuvo a punto de dejarlos encallados, pero el hombre recuperó el control y continuó el camino.

Los niños se rieron y a Moisés se le escapó el pedazo de pan como si estuviera vivo.

Los campos de cultivo se extendían interminables. Aquellas tierras eran mucho más fértiles que las de su departamento, las ciudades eran más luminosas y, a medida que se aproximaban al Mediterráneo, la gente era más alegre y amigable. Él prefería las melancólicas brumas de los pantanos y el murmullo de las ramas de los árboles en los frondosos bosques del departamento de Cher. Amaba el vino de su región y los otoños brillantes de colores encendidos.

El camión avanzó renqueante hasta llegar a las proximidades de Céron. Desde ese punto, pretendía ir descendiendo para entrar por el norte de Roanne. No estaba seguro de si en la zona había un cuartel de los gendarmes, pero al menos no veía a ningún soldado alemán por un tiempo.

Durante las horas que siguieron, evitó todos los pueblos y ciudades. Temía que el combustible no le llegase, tampoco confiaba mucho en el camión. Era suficiente para repartir carbón por la ciudad, pero llevaba años sin sacarlo a la carretera, y mucho menos a aquellos caminos sin asfaltar o con viejos adoquines, que nadie se había encargado de arreglar durante décadas. Al final, divisaron las afueras de Roanne. Una ciudad industriosa, con una gran fábrica de armamentos y de coches Citroën, además de importantes industrias del papel y de tejidos.

El carbonero tomó un desvío cercano del río Loira, donde estaba la granja de su cuñado Fabien. Mientras su camión se acercaba ruidoso, el hombre comprobó que las cosas debían de irle muy bien a su cuñado. Vio enormes edificios a ambos lados de la carretera, que terminaban en una hermosa villa recién construida. Aparcó el camión justo enfrente de la puerta y una mujer vestida con traje de servicio salió a recibirlos.

—Señor carbonero —dijo, con su cofia blanca y su delantal impoluto.

—Deseamos ver al señor Fabien Aline —contestó el hombre, ignorando la mirada de desaprobación de la sirvienta.

—No hemos pedido carbón, aún queda mucho tiempo para el invierno; además, nos sirve el señor Darras —dijo la mujer, sin dejar que el carbonero se explicara. Su ropa vieja, sus uñas negras y sus manos rudas parecían suficiente tarjeta de visita para ella.

—No lo entiende… —comentó el hombre, comenzando a perder la calma.

Un caballero bien vestido, con un traje blanco impoluto salió de la casa. Fumaba un puro delgado y largo; su pelo cano estaba cubierto en parte por un hermoso sombrero de fieltro.

—¿Qué sucede, Suzanne?

—Este señor insiste en vendernos carbón.

El caballero frunció el ceño y sus finas cejar rubias formaron un arco casi perfecto.

—¡Dios mío! ¡Es Marcel Bonnay, mi querido cuñado!

El hombre se aproximó a él y le abrazó sin fuerza, para no manchar su traje de lino. El carbonero se sintió abrumado y confuso, nunca había visto a Fabien tan bien vestido. Se preguntó cómo las personas podían cambiar tanto en tan poco tiempo.

—¿Has traído a tus hijos? Sus primos Alice y Fabien están deseando verlos. Hace más de dos años que no se tratan. Veo que sigues con el negocio familiar.

—Sí, pero no me va tan bien como a ti.

—El mundo es una comedia, una comida humana, ya sabes, todo cambia.

Los niños bajaron del camión. Marcel se acordaba vagamente de su tío, aunque la última vez que lo vio vestía de riguroso luto. También recordaba a su esposa, una mujer más joven que él, de melena rubia y ojos azul lavanda.

—¿Estos son los críos? Cuánto han crecido —comentó el hombre, pero, al ver a los dos desconocidos, se volvió hacia su cuñado, extrañado.

—Son unos amigos de mis hijos, los invité para que pudieran venir a descansar unos días con nosotros —mintió. Ya le explicaría con más detalle la razón de su viaje.

—Pero pasad, mi esposa está de compras en la ciudad. No le gusta mucho el campo; de hecho, en invierno vivimos en Roanne. Los niños están en su clase de piano, pero vendrán a veros de inmediato —explicó, pasando su mano enjoyada por la espalda del carbonero.

Entraron en la casa y se dirigieron a la parte trasera, que tenía un gigantesco porche con vistas al río. Se escuchaba un piano de fondo. El jardín estaba repleto de flores y árboles frondosos, parecía un verdadero vergel.

Los dos hombres se sentaron en una mesa de madera clara y los niños se dirigieron de inmediato a unos balancines colgados en un inmenso nogal.

—Estoy muy sorprendido —comentó el carbonero—, veo que has prosperado mucho.

—La ganadería y la agricultura son oficios duros, es difícil encontrar buena mano de obra. Tenemos a muchos franceses, pero la mayoría de nuestros empleados son españoles.

—¿Españoles? —preguntó extrañado el carbonero.

—Sí, muchos llegaron al terminar la Guerra Civil, escapaban del hambre y del régimen de Franco. Son muy trabajadores, aunque poco disciplinados. Al principio tuve muchas dudas, algunos de ellos eran comunistas y sindicalistas, pero ahora parece que su única preocupación es mandarles algo de dinero a sus familias en España. Al parecer, la situación en su país es terrible.

—Aquí no es mucho mejor, por lo menos en la Francia Ocupada —puntualizó el carbonero.

—Ya sabes que nunca llueve a gusto de todos. En Vichy, las cosas no han marchado del todo mal. Al final, alguien ha tomado las riendas del país. Los masones y los judíos estaban destruyendo Francia; el mariscal Pétain nos devolverá la gloria perdida.

La criada llegó con una bandeja de plata, dejó en la mesa una jarra de cristal con limonada y varios vasos. El hombre sirvió a su cuñado y después tomó uno de los vasos de cristal.

—Puede que pensemos de manera diferente, pero no he venido hasta aquí para discutir de política. Necesito pasar una temporada por aquí, podría trabajar en cualquier parte de la granja, ya sabes que no me asusta el trabajo —comentó el carbonero mientras tomaba su vaso. La limonada estaba tan fresca y dulce que se notó revivir; no había probado nada desde la noche anterior y casi era la hora de cenar.

—Naturalmente que te daré trabajo, también a tu hijo mayor. Se le ve fuerte como un toro, ha salido a su padre. Paul parece más delicado, como nuestra querida Marguerite. Cuánto la echamos de menos. Se fue demasiado pronto. El mundo se quedó sin un ángel, y nosotros, sin una hermana y una esposa. Su tuberculosis fue fulminante, cuando envié a mi amigo el médico ya era demasiado tarde —dijo Fabien, en un tono de reproche que no se le escapó al carbonero.

—Tu hermana era demasiado sacrificada, únicamente pensaba en nosotros y nada en ella. La llegada de los alemanes supuso un verdadero caos, no teníamos ni para comer y ayudamos a muchos refugiados que huían de París. Cuando me enteré de su enfermedad, ya estaba muy extendida.

—Es cierto, mi hermana tenía un gran corazón cristiano. Imagino que para un socialista como tú eso no significa nada, pero para los que creemos…

—Tú antes también eras socialista —comentó el carbonero, algo enfadado.

—«Antes», esa es la palabra clave. Todos evolucionamos, ahora son otros tiempos. Un hombre decidido puede hacer fortuna y cambiar su destino —dijo, mientras contemplaba a los niños jugar.

—¿Ahora perteneces al Rassemblement National Populaire?

—Sí, el partido fundado por Marcel Déat, que era también socialista, pero que comprendió hace tiempo que el futuro del mundo era otro. ¿No te das cuenta de que todo ha cambiado? El comunismo nos llevaba hacia el desastre. Es muy bonito todo eso de que hay que repartir y ser equitativo, pero el ser humano no se mueve por altruismo, lo que realmente le impulsa es la ambición —dijo Fabien sin dejar de gesticular, como si estuviera pronunciando un discurso frente a una multitud.

—Sin duda, muchas cosas han cambiado, se puede comprobar a simple vista.

Los hijos de Fabien entraron en el porche y se quedaron por unos segundos observando a aquel hombre extraño, después miraron hacia los niños.

—Son vuestros primos, corred a saludarlos.

La niña sonrió, pero el niño se quedó quieto e inexpresivo, no recordaba prácticamente nada de sus primos. Luego, la niña corrió hasta el gran árbol y su hermano le siguió.

Cuando los chicos vieron acercarse a dos chicos vestidos de blanco, se pararon por un momento. Moisés y Paul siguieron columpiándose, aún movidos por el impulso de sus hermanos.

—¿Marcel? ¿Paul? ¿No os acordáis de mí? —preguntó la niña.

Alice tenía unos doce años. Su piel era tan blanca que podían verse sus venas azules por los brazos delgados, de manos delicadas y dedos largos. Fabien, su hermano pequeño, era también muy pálido y tenía la cara invadida por pecas pelirrojas. Su pelo era de un rojizo apagado, casi marrón.

—Hola, prima —dijo Marcel sin tanta efusividad.

Paul los miró mientras su columpio no dejaba de moverse, saltó en marcha y se acercó al niño. Eran casi igual de altos, pero no se parecían en casi nada más. Su ropa, la expresión de la cara y el tono de piel eran completamente opuestos.

—¿Tú eres Fabien? —preguntó Paul, sonriente.

El otro no contestó, se alejó de ellos y se dirigió al río.

—¿Qué mosca le ha picado? —dijo Marcel.

—Es un poco tímido, no se acuerda mucho de vosotros. Vinisteis el verano antes de la guerra, cuando vivíamos en la casa vieja. Nos lo pasamos muy bien; echo de menos a vuestra madre —explicó Alice, mientras daba los tres besos de rigor a sus primos. Al ver a los otros dos niños, se quedó parada delante de ellos.

—Estos son nuestros amigos, Jean y Martin —los presentó, utilizando los nombres falsos que les había puesto su padre.

—¿Amigos de la escuela? —se interesó la niña.

—No, yo ya no voy. Tengo que ayudar a mi padre con el negocio. Son tiempos difíciles —dijo el niño, aunque en el fondo no entendía a qué se refería su padre cuando usaba esa expresión.

—¿Difíciles? —preguntó extrañada su prima—. ¿Lo dices por la guerra? Siento lo que está pasando por culpa de esos comunistas rusos, pero no durará mucho, eso es lo que dice mi padre.

—¿A qué jugáis aquí? —preguntó Jacob, mientras los dos pequeños se acercaron al río para ver que hacía Fabien.

—Montar a caballo, leer, tocar el piano, bañarnos en el río…

—¿Os podéis bañar en el río? —preguntó Marcel, como si aquella le pareciera la mejor idea del mundo.

—Claro, un poco más arriba hay una pequeña playita, el agua está muy fría, pero, con este calor pegajoso, enseguida entras en calor.

—¿Podríamos bañarnos ahora? —preguntó Jacob.

—Sí, claro. Pero que los pequeños se queden aquí. No quiero estar pendiente de ellos —dijo la niña.

Los tres se marcharon río arriba. Las tierras del padre de Alice se extendían por varias hectáreas. El anchísimo río tenía una pequeña isla algo más arriba y una hermosa playita rodeada de árboles.

—Nadie viene aquí, esto pertenece a la finca —dijo la niña.

Los dos muchachos se quitaron los zapatos y metieron el pie en el agua. La niña se quitó el vestido blanco, debajo llevaba un bañador negro que le cubría casi hasta las rodillas, toda la espalda y parte de los hombros. Jacob se quitó la camisa y se bajó los pantalones, estaba a punto de quitarse los calzoncillos cuando Alice dio un grito.

—¿Qué haces?

—Bañarme —contestó el crío.

—¿Sin pantalones? —preguntó la niña.

—No seas burro —dijo Marcel, dándole en la nuca con la mano.

Los dos niños entraron con su calzón largo y la niña con el traje de baño, y se zambulleron en las frías aguas del río. Jacob se sumergió varias veces, le encantaba el silencio debajo del agua. Pensaba que estar en la barriga de su madre debió de ser algo parecido, por eso se imaginaba que de alguna manera regresaba a su tripa y se convertía de nuevo en parte indivisible de ella. Cuando sacó la cabeza vio a Alice. Su pelo mojado caía por su espalda pálida, que contrastaba aún más con el color negro del bañador.

No entendía por qué algunos de sus amigos parecían tan interesados en las chicas, para él eran aburridas, engreídas y demasiado delicadas para jugar con ellas. Solía evitarlas; además, al no haber tenido hermanas, para él eran algo tan ajeno y extraño que simplemente actuaba ante ellas con total indiferencia. Aún recordaba que, en el último curso, cuando ya le habían expulsado del colegio público y había estudiado en el de niños judíos, había una niña morena de grandes ojos negros, llamada Sophie, y todos decían que era su novia, aunque nunca habían cruzado ni una sola palabra. Incluso unas niñas mayores les propusieron celebrar una boda en el patio.

—¿Qué te pasa? Parece que te has quedado mirando a mi prima —dijo Marcel, dando un codazo a Jacob, que, sin darse cuenta, miraba a la chica fijamente.

—No seas tonto, no me gustan las chicas —replicó Jacob, mientras hacía una aguadilla a su amigo.

Marcel parecía haber olvidado su enfado por la imprudencia de Jacob al hablar alemán con esos niños alemanes, aquel viaje inesperado le parecía divertido y emocionante. Sin duda, era mucho mejor que cargar sacos de carbón y aguantar a las señoras apretándote las mejillas con sus dedos huesudos, y sin darte más que una propina miserable.

Alice estaba tumbada sobre una roca, mientras los dos chicos seguían chapoteando. En el porche, los dos adultos continuaban charlando de política, hasta que llegó la segunda esposa del tío Fabien y todos tuvieron que arreglarse para ir a cenar.

La criada había preparado la mesa del salón principal. El señor Bonnay lo tomó, más que como una deferencia hacia ellos, como una demostración de su cuñado de su riqueza y poder.

Los hombres se sentaron a un extremo junto a Clotilde, la señora de la casa. Los niños al otro extremo, cerca del jardín. Después de rezar por los alimentos, Fabien sirvió un carísimo vino de Burdeos a su cuñado y su esposa.

—Espero que te guste la cena. No sabíamos que venías —dijo Clotilde, sonriente.

La mujer era francamente bella, estaba aún en la edad en que los rasgos de la infancia se superponen a los de la edad adulta. Su cuerpo bien proporcionado brillaba bajo un elegante traje de noche. Fabien llevaba un chaqué oscuro, mientras que su cuñado se había puesto su camisa más nueva, un pantalón desgastado de color marrón y un chaleco.

—Vuestra hospitalidad es más que suficiente —comentó el carbonero, intentando ser lo más amable posible. Sabía que aquella era la última vez que le sentarían a su mesa, para ellos no eran nada más que escoria obrera.

—Fabien me ha comentado que has venido a Roanne para trabajar. ¿Están muy mal las cosas en la zona ocupada? —preguntó la cuñada, mientras degustaba el exquisito pato a la brasa, tras un suave consomé.

—El mundo es siempre difícil para los que no se conforman con él. No me gustan los alemanes, tampoco los que colaboran con ellos, aunque cada uno responde ante su conciencia de los actos que realiza —contestó cortante el carbonero.

—Lo entiendo, es la eterna lucha entre adaptarse o morir —dijo la mujer.

—Pensaba que la conciencia era algo que únicamente teníamos los creyentes —comentó Fabien, en tono de broma.

—Según Hitler, la conciencia es un invento de los judíos. Puede que sea ateo, pero tengo conciencia, posiblemente más que todo el gobierno de Vichy, que alardea de su beatería mientras entrega a los judíos a los nazis. Caridad cristiana —dijo el señor Bonnay. Apenas había terminado la frase cuando ya estaba arrepentido de haber abierto la boca.

—Seguramente el Führer tiene razón, como siempre —apostilló, provocativo, Fabien.

—¿Quiénes son esos niños? —preguntó Clotilde.

—Simplemente niños que han perdido a sus padres, les estoy ayudando hasta que vuelvan con su familia.

De repente, el señor Bonnay se puso en pie y dejó su servilleta sobre la mesa.

—Creo que ha sido un error venir a vuestra casa, lamento el inconveniente. Nos marcharemos ahora mismo.

—No te comportes como un estúpido, puede que seas un miserable fracasado, un arrogante y orgulloso carbonero socialista, pero esos son mis sobrinos. No dejaré que pasen hambre o algo peor. Siéntate, no hace falta que estemos de acuerdo en política para poder cenar en paz.

El carbonero miró a los niños, todos se habían girado hacia ellos al escuchar los gritos. Parecían agotados, sobre todo los pequeños. Pensó que tal vez sería mejor que se comiera su orgullo, se quedara callado y pasara una temporada trabajando en casa de su cuñado, hasta que las cosas se calmasen.

El hombre se sentó de nuevo.

—No quiero que me malinterpretes, me alegro mucho de que todo os marche tan bien, pero esta guerra algún día acabará, los que han colaborado lo pasarán muy mal…

—Gracias por preocuparte por nosotros, pero el dinero siempre gana. Puede que los nazis pierdan esta guerra, sobre todo ahora que han entrado los norteamericanos, pero Francia es ahora aliada suya. Yo no estoy haciendo nada malo, únicamente exporto carne de vaca, cordero y pollo para el ejército alemán. No fabrico armas, como hacen otros en Roanne, soy un comerciante que vende sus productos al que mejor los paga —dijo Fabien, recuperando la compostura.

—Mi esposo es un hombre honrado y un buen padre —replicó Clotilde, tomando la mano de su marido.

—Tu hermana te quería mucho, eras su hermano pequeño. Por su memoria, será mejor que nos comportemos como personas civilizadas —dijo el carbonero para zanjar la cuestión.

—Lo único que te pido es que seas sincero. ¿Quiénes son esos niños? Con los tiempos que corren, no quiero arriesgarme a tener bajo mi techo a indeseables; mis negocios podrían ponerse en peligro.

—Mañana me los llevaré, después regresaré y trabajaré en tu granja por comida y un techo para mis hijos. Dormiremos con el resto de los jornaleros, pero no les hagáis nada. Ya han sufrido suficiente —dijo el hombre, con un tono de resignación que sorprendió a Fabien y su esposa.

—No haríamos nunca nada malo a dos pequeños, pero debemos saber a quién metemos en casa. Tienes que comprenderlo. En nuestra casa hay muchas habitaciones, no vivirás con los jornaleros, tus hijos llevan nuestra sangre —intervino la mujer.

—Son niños judíos, buscan a sus padres, huyeron de París. Ya sabéis lo que ha sucedido por toda la Francia Ocupada —dijo al fin el carbonero.

—Aquí también ha habido redadas —comentó Fabien.

—¿Aquí? ¿El gobierno de Vichy está entregando judíos a los alemanes? —preguntó el hombre, totalmente sorprendido.

—El Gobierno no pudo hacer otra cosa, lo presionaron los alemanes. Únicamente se ha entregado a los judíos extranjeros; además, se ha hecho la vista gorda con los que se refugian en Marsella y la costa. Hasta el momento, las autoridades han dejado salir a todos los que querían abandonar Francia. La guerra está entrando en una nueva fase, se teme una invasión desde el Mediterráneo —dijo Fabien.

—¿Qué tiene eso que ver con los judíos? —preguntó sorprendido el carbonero.

—Los nazis creen que son enemigos potenciales, comunistas peligrosos, no pararán hasta encerrarlos a todos. Nosotros no podemos hacer nada por esos pobres diablos —dijo Clotilde.

—Sí, podemos hacer algo por ellos. Son personas como nosotros —protestó el señor Bonnay.

—Bueno, no pasará nada porque los críos estén en la casa un par de noches, pero después se tendrán que marchar —comentó Fabien para terminar la discusión.

El resto de la cena fue en silencio. En cuanto terminaron los postres, los niños se retiraron a sus habitaciones y los dos cuñados se quedaron solos.

—¿Quieres un buen puro? —le ofreció su cuñado.

El carbonero dudó por unos instantes, pero al final tomó el habano. No había muchas ocasiones en las que pudiera degustarlo.

—En dos años he conseguido todo esto. Tengo las manos limpias, pero he aprovechado las oportunidades —dijo Fabien, levantando los brazos hacia las tierras que se extendían más allá del inmenso jardín.

—Te felicito.

—Pero tú también podrías conseguir mucho dinero. Los alemanes necesitan mucho carbón para sus transportes de material, por no hablar de las deportaciones. Tú tienes los contactos y sabes cómo funciona ese negocio. Seríamos socios de una nueva compañía de suministros de materias primas. No tendrías que poner ni un franco para fundar la sociedad. Además, te llevarías el treinta por ciento de todas las ganancias. Es una buena oferta —comentó Fabien, mientras se sentaba de nuevo en el amplio porche.

El señor Bonnay se quedó sorprendido. Permaneció de pie, el frescor del río parecía despejar su mente del vino y la discusión en la cena. Su cuñado siempre le había despreciado, creía que era un don nadie, por eso se sorprendió ante tan generosa oferta.

—No sé qué responder.

—Medítalo esta noche, mañana podrás comentarme algo más concreto. A veces es mejor consultar estas cosas con la almohada.

Los dos hombres permanecieron un buen rato observando el cielo despejado, las estrellas parecían más brillantes que nunca. El universo permanecía indiferente ante las miserias humanas, como si las guerras y las pequeñas ambiciones personales fueran minúsculas motas de polvo.

El carbonero se levantó y, tras despedirse de su pariente, se dirigió a la habitación. Sus hijos descansaban justo en la de al lado. Ambos cuartos se comunicaban con una puerta interior, por el baño común. Miró la cama con dosel, las cortinas doradas, las sábanas de seda y dio un largo suspiro. Todo aquello podía ser suyo. Los niños podrían estudiar, tendrían un futuro prometedor y los deseos de su esposa no habrían caído en saco roto.

Se tumbó en la cama con la ropa puesta, sintió la suavidad del colchón, la sensación de la seda acariciándole la piel y se dijo que no le costaría mucho acostumbrarse a aquel mundo de lujo. Después cerró los ojos y cayó en un profundo sueño.

14

Roanne, 24 de julio de 1942

JACOB SE DESPERTÓ SOBRESALTADO. SENTÍA COMO SI EL PECHO le estuviera a punto de explotar. Su respiración agitada y los últimos recuerdos de la pesadilla le mantuvieron alterado durante unos minutos. Después trató de convencerse de que simplemente se trataba de un mal sueño. Miró a su hermano, continuaba durmiendo plácidamente; aún era de noche, pero la claridad no tardaría en imponerse. Tenía la garganta seca, miró en la mesilla, buscando algún vaso de agua. A continuación, se dirigió al baño y abrió el grifo, escuchó unas voces y, tras dar un par de sorbos, se dirigió al pasillo.

Las voces provenían de una de las habitaciones del fondo, parecían discutir, aunque a él le extrañó que lo hicieran a aquellas horas de la mañana.

—No lo entiendes, puede ser peligroso —escuchó una voz de mujer.

—Únicamente será una noche más, él me ha prometido que se los llevará. Puede que hagamos un buen negocio, después veremos cómo se reparten realmente los beneficios.

—Tienes que proteger tus intereses. Si alguien del Gobierno o los alemanes se entera que ocultas a judíos, todo lo que has conseguido desaparecerá de repente —dijo la voz femenina.

—Nadie se enterará —contestó el hombre, comenzando a perder la paciencia.

Jacob sintió un escalofrío que le recorrió toda la espalda, después se dirigió con pasos sigilosos hasta la habitación de su hermano y lo despertó.

—Tenemos que irnos. No quiero que el señor Bonnay tenga problemas por nosotros, ya le hemos causado suficientes inconvenientes.

Moisés le miró todavía medio dormido. No sabía a qué se refería su hermano, pero se vistió rápidamente. Bajaron las escaleras con el mayor cuidado, estaban a punto de cruzar la puerta cuando escucharon una voz a sus espaldas.

—¿Dónde vais tan temprano?

Se giraron y vieron a la señora de la casa. Estaba vestida con un hermoso traje rosa, llevaba el pelo recogido en un gran moño y, a pesar de lo temprano que era, ya estaba arreglada, como si llevara toda la noche en pie.

—Queríamos salir a jugar un rato. Estamos acostumbrados a levantarnos temprano.

—Pero tendréis hambre —dijo ella—, será mejor que comáis algo.

Los dos dudaron unos segundos, pero al final la mujer pasó sus manos suaves por las espaldas de los dos hermanos y los llevó en dirección de la cocina. Abrió la puerta y les dijo con dulzura:

—Pasad y comed lo que queráis. Hay algunos cruasanes, también bizcocho y fruta.

Moisés entró y Jacob le sujetó del brazo, pero ella aprovechó que habían cruzado el umbral para darles un empujón y cerrar la puerta con llave.

Se vieron completamente a oscuras; por la mezcla de olores debía de tratarse de la despensa. Jacob golpeó la puerta durante un rato, después la pateó y más tarde se tiró al suelo y comenzó a llorar.

—¿Qué sucede? —preguntó Moisés, que no entendía nada.

—Esa mujer va a llamar a los gendarmes, escuché la conversación que tuvo con su marido.

—¿Por qué va a hacer algo tan horrible?

—Tiene miedo de que descubran que nos han ayudado.

Moisés comenzó a llorar. La total oscuridad le creaba una sensación de angustia y opresión. Las palabras de su hermano le atemorizaron aún más, qué sería de ellos. No volverían a ver a sus padres jamás.

El señor Bonnay se levantó totalmente descansado. Hacía muchos años que no dormía tan bien. Por lo general, se despertaba dos o tres veces en medio de la noche. Aquel era el momento del día en el que más extrañaba a su esposa. Normalmente pasaban un buen rato conversando en la cama antes de dormirse. Durante el resto de la jornada era muy difícil encontrar un hueco, los niños eran pequeños y los dos trabajaban sin descanso.

Después de estirarse, entró en el baño. Decidió afeitarse la barba, darse una reconfortante ducha, luego desayunar como un verdadero rey y, por último, aceptar la oferta de su cuñado. Oportunidades como aquella únicamente se daban una vez en la vida y no la dejaría pasar.

El agua logró relajarle aún más, luego se vistió despacio, sin prisa, y salió al inmenso pasillo cubierto por alfombras del piso superior. Estaba bajando las escaleras cuando sus dos hijos subieron corriendo hacia él.

—Hola, hijos, espero que hayáis descansado tan bien como yo.

—Padre, no encontramos por ninguna parte a Jacob y Moisés —dijo Marcel.

El hombre frunció el ceño, después miró abajo para asegurarse de que nadie los observaba.

—Ya os he dicho que no los llaméis con esos nombres.

—¡No están! —gritó Paul, angustiado.

—Esta casa es enorme, por no hablar del jardín. Aparecerán en cualquier momento. Seguro que cuando tengan hambre se acercarán de nuevo al salón.

—Los hemos buscado por todas partes, nuestros primos no los han visto.

El carbonero bajó las escaleras y se dirigió al salón, después al comedor, a la sala de música, al porche, entró de nuevo y buscó en el amplio distribuidor, pero no había ni rastro de los niños.

Clotilde salía en ese momento de las cocinas.

—¿Ha visto a nuestros amigos? —preguntó Paul impaciente a su tía.

La mujer sonrió, como si le hiciera gracia la pregunta.

—Se fueron muy temprano, les di algo de comida para el viaje. Al parecer, no querían quedarse por más tiempo. Estaban deseosos de encontrarse con sus padres. Querían tomar el primer tren a Lyon, según me dijeron.

El carbonero se quedó algo sorprendido. Le extrañaba que se hubieran ido sin más, sobre todo sin despedirse de sus hijos.

En ese momento, Fabien bajó por las escaleras. Con una gran sonrisa, se dirigió hasta ellos y puso sus dos manos sobre los hombros de su cuñado.

—Tenemos mucho que hacer, esta mañana iremos al notario. Ya he llamado a mis abogados para que formalicen los términos de la sociedad limitada. Seguro que, dentro de un año, cuando tengas una casa como esta, me agradecerás que te haya convertido en un hombre muy rico.

El carbonero miró a sus hijos; después, acariciando la cara de Paul, que era el que parecía más angustiado, le comentó:

—Seguro que se encuentran bien. Durante un tiempo estuvieron con nosotros, pero han decidido continuar su viaje.

Fabien le puso la mano en la espalda y los dos hombres se dirigieron hacia la salida. El chófer ya los esperaba en un lujoso Mercedes.

Los dos niños miraron cómo su padre se marchaba, no podían creer que no le preocupara lo que había sucedido a sus amigos.

—Caballeretes, tenéis que desayunar algo. Seguro que os habéis levantado hambrientos. Vuestros primos ya han tomado el desayuno —dijo su tía, con una sonrisa forzada. Apenas podía disimular lo poco que le gustaba que aquellos gusanos se mezclaran con sus refinados hijos.

Gracias a ese sexto sentido que tienen los niños para descubrir las verdaderas intenciones y lo que hay detrás del corazón de las personas, veían algo en la expresión de su tía que no los tranquilizaba precisamente.

—Venga, tenéis la comida servida en el comedor —insistió la mujer, impaciente, haciendo un gesto con las manos para que desayunaran de una vez.

Marcel y Paul se dirigieron al salón, pero, en cuanto ella se dio la media vuelta, el mayor la siguió discretamente. El pequeño dudó unos segundos, pero terminó por acompañarle.

—¿A dónde vamos? —le preguntó en su susurro.

Marcel puso su dedo en los labios para que Paul se callara. Observó cómo su tía entraba en las cocinas y la siguieron de nuevo.

—¿Qué estás haciendo? —preguntó de nuevo Paul.

—Creo que nuestra tía sabe dónde se encuentran Jacob y Moisés.

El niño frunció el ceño. No entendía por qué su tía iba a hacer algo malo a sus amigos.

Clotilde salió de la cocina, unas llaves tintineaban en su costado. Marcel se las quedó mirando un momento.

—Llámala. Mientras le hablas, yo intentaré quitarle las llaves.

Paul se adelantó unos pasos y paró a su tía en mitad del pasillo. Marcel salió por la otra puerta y se puso justo a sus espaldas.

—¿Qué sucede? ¿Ya has terminado de desayunar? —preguntó la mujer, algo molesta.

—Sí, pero no encuentro a los primos. Esta casa es muy grande…

Marcel logró hacerse con las llaves, intentó que no sonaran y retrocedió de puntillas.

—Pero no te preocupes, ya los encontraré —dijo Paul, dándose la vuelta y corriendo en dirección contraria.

Clotilde se quedó algo confusa, pero después continuó sus tareas. Los gendarmes llegarían en cualquier momento y no quería que aquel maldito asunto de los chiquillos le hiciera perder toda la mañana.

Paul se reunió con su hermano, que estaba examinando las llaves una por una.

—Sí están en algún lugar, será por donde trabaja el servicio, sabe que en esa parte no íbamos a buscar —dijo el hermano mayor.

Marcel fue abriendo cada puerta e inspeccionado, hasta que encontró que una de ellas se encontraba cerrada. Probó varias de las llaves hasta que la cerradura por fin se abrió.

Jacob salió de la habitación con tal fuerza que derrumbó a Marcel. Moisés le siguió armado con una especie de palo.

—¿Qué os ha pasado? —preguntó Paul a los chicos.

—Vuestra tía nos encerró —contestó Jacob en tono de reproche.

—Tenéis que iros de inmediato. Imagino que se ha puesto en contacto con los gendarmes.

Los cuatro se dirigieron a la puerta, pero, antes de salir, Jacob se acordó de su mochila.

—Yo iré a por ella, vosotros id saliendo —dijo Marcel a sus amigos.

Regresó a toda prisa a la despensa, pero estaba comenzando a salir cuando se encontró de frente a su tía.

—¿Qué estás haciendo?

La empujó con todas sus fuerzas y corrió hasta la puerta. Los demás le esperaban impacientes. Al fondo del camino se veía una nube de polvo.

—Un coche se acerca —dijo Jacob.

Corrieron hacia los maizales, después bordearon el río. Si continuaban su corriente, no tardarían en llegar a Roanne.

—Ya habéis hecho mucho por nosotros, será mejor que regreséis —aconsejó Jacob a sus amigos.

—No, os acompañaremos hasta la ciudad. Sabemos dónde está la estación de trenes. Vinimos hace unos años; cuando el tren sale de la estación todavía va muy lento, podéis montaros en marcha y llegar a Lyon. Tenéis que tener cuidado con el revisor y saltar antes de llegar a la última estación —comentó Marcel.

Jacob abrazó a su amigo y los dos pequeños hicieron lo mismo.

—Muchas gracias.

—Somos vuestros amigos —dijo Marcel.

Corrieron por la orilla del río; la vegetación los protegía de la vista de la carretera, pero sabían que no tenían mucho tiempo. Los gendarmes no tardarían en seguirles la pista. Además, sus perseguidores iban en coche y enseguida perderían su ventaja.

Caminaron casi durante cuarenta minutos hasta llegar al núcleo urbano, después tomaron la Avenida de Gambetta hasta que vieron la gran estación con su hermosa fachada pintada de amarillo.

—Tenemos que llegar a las vías —informó Marcel, señalando hacia el final de la calle.

—¿Cómo sabremos que es el tren correcto? —preguntó Jacob.

—Tienen un cartel en cada vagón, desde las vías lo veremos —contestó su amigo.

Corrieron de nuevo hasta que la estación quedó a sus espaldas, cruzaron la calle, saltaron una valla y pasaron a las vías. Unos cinco minutos más tarde, escucharon un tren que se acercaba lentamente. Dejaron que pasara la máquina y comprobaron el nombre; cuando se aseguraron de que era el tren que iba Lyon, esperaron un poco más, para no subir en los vagones de primera, donde los viajeros no tardarían en avisar al revisor de dos niños intrusos.

—Va muy rápido —dijo Moisés, el tren parecía acumular fuerza por segundos.

—Será mejor que lo intentéis ahora —aconsejó Marcel.

Los dos hermanos comenzaron a correr en paralelo al tren. Enseguida alcanzaron una buena velocidad, Jacob saltó y se agarró a un pasamanos entre dos vagones. Moisés siguió corriendo, pero cada vez el tren iba más rápido y, a pesar de sus esfuerzos, no lograba asir la mano de su hermano.

—¡Venga! Dentro de unos segundos no podrás alcanzarlo —gritó preocupado Jacob.

Moisés comenzó a aflojar y el tren se alejó lentamente. Entonces notó que alguien le agarraba y corría con él: era Marcel, que, al ver la situación, había decidido ayudar al niño. El muchacho corrió con todas sus fuerzas y, cuando estuvo a la altura de Jacob, impulsó a Moisés, que voló por unos segundos hasta agarrar la mano de Jacob.

Los dos se metieron dentro de la pequeña plataforma y saludaron a sus amigos con las manos.

—Vamos a la estación —dijo Marcel, tras ver alejarse el tren.

—¿Para qué? Ya nos llevaremos una buena regañina por lo sucedido.

—Tenemos que ayudarles a que ganen tiempo.

Paul no entendió a qué se refería su hermano mayor, pero lo siguió con paso rápido hasta los andenes. Después subieron al más cercano a la estación y caminaron hasta la puerta principal. En cuanto los gendarmes los vieron, se dirigieron hasta ellos.

—¿Pensabais que iríais muy lejos? Acompañadnos a la gendarmería —dijo un policía, mientras agarraba con fuerza los brazos de los dos muchachos.

Marcel le pegó un puntapié en toda la pierna y el hombre le soltó instintivamente. Corrieron hacia la salida y se perdieron entre las calles mientras media docena de gendarmes emprendían su persecución.

Mientras corrían por las tranquilas calles de Roanne, Marcel no dejaba de sonreír. Se imaginaba a sus amigos en el tren hacia Lyon, un poco más cerca de sus padres, y eso le llenaba de una agradable sensación de victoria. Posiblemente no volvería a verlos jamás, pero los llevaría para siempre en su corazón. Ni la distancia ni el tiempo podrían conseguir que los olvidara, eran dos valientes que habían decidido enfrentarse con todas sus fuerzas contra su destino y estaba convencido de que nada los detendría jamás.

15

Cerca de Lyon, 24 de julio de 1942

EL VIENTO SOPLABA EN SU ROSTRO COMO QUERIENDO anunciarles que cada día se encontraban un poco más cerca de su destino. Sabían que la distancia de Lyon a Valence era poco menos de cien kilómetros y que aquel río que parecía custodiar su viaje, el Ródano, refrescaba las calles de la ciudad en la que se encontraban sus padres.

Jacob señaló la corriente impetuosa a su hermano a través de la ventanilla. Después pensó que esa misma agua que había visto era mucho más rápida que el viejo tren de madera, movido por una antigua máquina de vapor, que los llevaba fatigosamente hasta la que creían la última escala de su viaje.

En algunos momentos, Jacob se preguntaba cómo habían podido llegar tan lejos. Sin la ayuda de muchas personas que se arriesgaban cada día para proteger a los perseguidos, los parias de la tierra a los que todos despreciaban no lo habrían conseguido. Había sido un viaje lleno de sobresaltos. París parecía un recuerdo lejano, como si nunca hubieran vivido allí. Para ellos, todo era presente; el pasado era una niebla espesa a la que no podían regresar, ni siquiera en sus recuerdos; el futuro se les antojaba tan incierto que no se atrevían a imaginar sus vidas más allá del presente más inmediato.

La infancia, en cierto sentido, es un eterno presente. El camino andado se encuentra apenas a unos pasos del punto de salida, y la meta parece tan lejana que ofrece la falsa sensación de eternidad que siempre siente la juventud.

Moisés miró de nuevo los campos cultivados, los pequeños bosques que se sucedían y los pueblos dispersos de casas blancas y aparente tranquilidad. Pensó en lo inmenso que era el mundo, mientras en su mente intentó imaginar cómo sería el mar, qué sensación tendría al subir a las altas montañas de Suiza o al pasar por las costas de África. En los últimos días, su visión del mundo se había ensanchado tanto que le hacía sentirse insignificante, pero al mismo tiempo experimentaba la fascinante sensación de poder volar con su imaginación, sin importarle lo que sucedía a su alrededor. Su hermano, en cambio, parecía abrumado por la preocupación y la certeza de sentirse en peligro, por la angustia de que le pudiera suceder algo a él o el temor a que sus padres ya no se encontraran en la única dirección que tenían de ellos.

—¿Qué pasará si estamos solos en el mundo? —preguntó Moisés, sin mirar a su hermano, como si, en un momento de lucidez, fuera consciente de que lo que vivían era una angustiosa huida de la muerte y no una emocionante aventura.

Jacob encajó la pregunta como un derechazo a su mentón. Prefería que su hermano pequeño siguiera fuera de la realidad que a él se le hacía cada vez más insoportable.

—No estamos solos en el mundo, encontraremos a nuestros padres —dijo Jacob con una voz firme, como si se estuviera intentando convencer a sí mismo.

—No me mientas. Estamos en guerra, sé qué significa eso, también sé que nuestros padres se habrán enterado de lo que le sucedió a nuestra tía y pueden haber ido a casa. ¿Qué haremos si no los encontramos? —preguntó, angustiado. Sus ojos comenzaron a aguarse, pero intentó aguantar las lágrimas.

—Seguiremos buscando, removeremos cielo y tierra —insistió Jacob, aunque veía que sus respuestas no convencían a su hermano.

—¿Hasta cuándo buscaremos? ¿Qué pasará si a pesar de todo no los volvemos a ver jamás? —preguntó, echándose a llorar.

—Siempre estaré a tu lado, no te librarás de mí tan fácilmente —bromeó.

—Qué tonto eres —dijo, dándole un golpe en el hombro.

—Trabajaremos, nos iremos de Francia, lejos de los nazis, a un lugar seguro…

—¿Existe algún lugar seguro para nosotros?

Aquella pregunta retumbó en los oídos de Jacob, él también se la hacía. Hasta hacía unos meses, cualquier sitio al lado de sus padres les habría parecido un lugar seguro; en aquel momento, todos le parecían angustiosamente peligrosos.

Las tripas de los dos chicos comenzaron a sonar. No habían desayunado nada y, aunque habían comido mucho durante la cena, tenían un hambre feroz. Jacob miró en la mochila, aún le quedaban algunas latas y un pan algo duro. Comieron en silencio, pero apenas habían comenzado a reposar la comida cuando vieron al fondo del pasillo a un hombre vestido de negro.

—El revisor —dijo Moisés, señalando con el dedo al pasillo.

Los dos chicos recogieron sus cosas rápidamente y caminaron en dirección contraria. Pasaron de vagón en vagón hasta llegar al último.

—¿Qué hacemos?

—No sé cuánto queda hasta Lyon —dijo Jacob.

El tren parecía en aquel momento ir más rápido que en todo el trayecto anterior. Miraron al suelo, que parecía escaparse rápidamente, alejándolos del mundo que habían conocido hacia un futuro incierto.

—¿No estarás pensando en saltar? —le advirtió Moisés a su hermano.

—No se me ocurre otra solución.

El pequeño vio una escalera que subía hasta el techo, le dio unos golpecitos en el hombro y señaló hacia arriba.

—No creo que nos vea si nos quedamos arriba el resto del viaje.

—Pero eso es más peligroso que tirarse en marcha —dijo Jacob, al que las alturas no le gustaban demasiado.

—¡Venga! No tenemos tiempo.

Jacob subió despacio, sudaba copiosamente y notaba cómo el corazón le latía con fuerza. Miró a un lado y vio el paisaje en movimiento, y tuvo la sensación de estar volando. Respiró hondo y continuó ascendiendo hasta llegar a la parte más alta.

Moisés le siguió empujándole con la cabeza para que fuera más rápido, el revisor podía asomarse en cualquier momento. Cuando se encontraron en el techo del convoy, sintieron la fuerza del viento y los traqueteos del tren, se tumbaron aferrados a la escalera y esperaron.

El revisor abrió la puerta, echó un breve vistazo y entró de nuevo en el vagón con un portazo.

—Bajemos —pidió Jacob, con una cara de terror que asustó a su hermano.

—Esperemos un poco más —respondió Moisés. No era buena idea descender tan pronto, no sabían dónde estaba el revisor.

—Tengo que bajar —dijo el muchacho, con la cara pálida y a punto de vomitar.

Descendió con más rapidez que al subir y se sentó en el suelo de la plataforma para recuperar algo de tranquilidad. Después vio cómo su hermano bajaba sonriente.

—Acabo de descubrir algo que hago mejor que tú —bromeó a Jacob, que comenzaba a recuperar la calma.

Permanecieron una hora más en la rampa, esperando que el tren se aproximara a Lyon. A pesar del calor, sentían la brisa fresca y, a medida que se acercaban a aquella zona más boscosa, el calor era menos insoportable que en los llanos y la zona pantanosa que habían atravesado los últimos días.

Un cartel en la carretera cercana les advirtió que ya quedaba muy poco para llegar a la ciudad. El tren redujo la velocidad al entrar dentro del casco urbano y, cuando divisaron la estación a lo lejos, se lanzaron del tren.

El impacto fue muy débil, la velocidad del convoy era mínima, pero Moisés se golpeó las piernas con la vía y se quedó un rato en el suelo, dolorido.

—Venga, tenemos que alejarnos de la estación.

—¿Haremos lo mismo para llegar a Valence? —preguntó el pequeño.

—Nos acercaremos discretamente a la estación y miraremos los trenes y los horarios, no tenemos nada que perder con volver a intentarlo —dijo Jacob, sonriente. Se sentía muy satisfecho de haber conseguido llegar tan lejos por sí mismo, en aquel último tramo del viaje nadie los había ayudado. Después se preguntó que les habría pasado a Marcel y Paul, aunque enseguida se lo quitó de la cabeza. Seguramente, tras una reprimenda, los habrían dejado regresar con su padre. Esperaba que el cuñado del señor Bonnay protegiera a la familia, aunque solo fuera por no ver su nombre manchado por un escándalo. Mucha gente hacía lo correcto más por temor a las consecuencias de no hacerlo que por verdadero amor a las personas o por algún tipo de sentido de la justicia; en esto pensaba Jacob mientras se dirigían a la estación.

Entraron en el gran *hall* y se aproximaron al panel donde estaban los horarios de los trenes. Les costó un poco descifrarlos, pero al final vieron uno que salía a primera hora de la mañana.

—¿Qué haremos hasta mañana?

—Buscar un sitio donde poder descansar —contestó Jacob.

Nunca habían dormido en la calle; aun en los peores días de su viaje en busca de sus padres, habían tenido un plato de comida y un techo donde guarecerse, pero en aquel momento se encontraban completamente solos.

Si acudían a un parque, alguien podía denunciarlos; la policía no tardaría en detenerlos y preguntarles qué hacían tan lejos de su casa. Al final decidieron acercarse a lo que parecía una pequeña casa abandonada cerca de las vías.

La puerta estaba abierta, dentro no había muebles, pero la mayoría de las ventanas conservaban sus cristales y parecía un sitio resguardado para soportar la fresca noche que se avecinaba. Encontraron muchos periódicos viejos y los deshicieron para fabricarse un colchón.

—Este sitio me da miedo —se quejó el pequeño.

—No te preocupes, yo haré guardia, mañana descansaré en el tren —dijo Jacob. A él tampoco le gustaba aquel lugar, prefería quedarse despierto y no perder el tren a dormir en un lugar como aquel.

Las horas se sucedieron lentamente, Jacob comenzó a cabecear hasta que el sueño le invadió de repente. Estaba plácidamente dormido cuando un ruido le sobresaltó. Levantó la cabeza y vio moverse algo entre las sombras. Sacudió a su hermano. Pensaba echarse a correr hacia la parte trasera, había comprobado que había otra salida, pero, antes de que pudieran moverse, varios cuerpos se abalanzaron sobre ellos.

Moisés se despertó sobresaltado y dio un grito. Miró a las sombras y pensó que eran fantasmas, pero una de ellas encendió un mechero e iluminó en parte la habitación.

El rostro de un muchacho con la cara sucia y una expresión de rabia se situó a un par de centímetros de su cara y comenzó a gritar de nuevo.

—¡Cállate, rata! ¿Quieres que vengan todos los guardias de la estación?

La voz del joven tenía un acento extraño, pero sirvió para que Moisés cerrara la boca.

—¿Qué queréis? —preguntó Jacob, arrogante. No quería que vieran que se sentía aterrorizado.

—En primer lugar, hasta el último céntimo que tengáis; después, esos zapatos y la mochila. Si os portáis bien, puede que os deje ir sin más, pero, si me cabreáis, os rajaré el cuello. Seguro que nadie se preocupa por dos niños vagabundos que tienen que dormir en una casa abandonada —amenazó con voz ronca, seguida de una larga risotada.

Los otros tres compinches rieron a coro, mientras Moisés comenzaba a temblar. Creía que se iba a orinar en los pantalones.

—Os daremos el dinero, pero necesitamos los zapatos y la ropa, también un par de papeles que no os servirán para nada —dijo Jacob, intentando controlar su miedo.

El joven tomó por la solapa a Jacob y lo levantó hasta que estuvo completamente de pie.

—¿Estás intentado regatearme? ¿Crees que tienes muchas agallas? Eres un palurdo de mierda, un chulito, pero te bajaré los humos.

Moisés aprovechó que toda la atención se concentraba en su hermano y le propino una fuerte patada en la entrepierna al ratero, que dio un fuerte grito de dolor y se puso de rodillas. El resto de ladrones se quedó tan sorprendido que no supo cómo reaccionar; los dos chicos corrieron hacia la puerta de atrás y se escabulleron en la oscuridad. Se metieron detrás de un tren de carga y respiraron fatigados, aún sin creerse que habían escapado ilesos.

—La mochila, nos hemos dejado la mochila —dijo Jacob al comprobar que no la tenía.

—¿Qué importa? Pensé que nos iban a matar —contestó Moisés, que se sentía muy orgulloso de su hazaña, aunque el cuerpo aún le temblaba.

—Están las cartas, el dinero lo guardo encima, pero se han llevado las cartas de nuestros padres. Es lo único que tenemos de ellos. Tengo que volver —dijo, intentando salir de entre las vías.

—Te matarán. Dentro de poco los veremos en persona, qué importan las cartas —advirtió Moisés, sin entender a su hermano.

—En las cartas está la dirección —respondió, angustiado, Jacob.

—Pero ¿no la sabes de memoria?

—No me acuerdo.

—Las has releído cientos de veces, cuando estés más tranquilo seguro que te acuerdas —dijo Moisés intentando animar a su hermano.

Jacob se quedó quieto. Intentó recordar la dirección. En su mente podía evocar cada palabra de las cartas, las veía como si las hubiera fotografiado en su mente, pero la dirección del sobre aparecía borrosa en sus recuerdos.

Ahora que estaban tan cerca, la esperanza parecía esfumarse de nuevo. Comenzó a llorar. Sentía que aquellos sobres blancos eran lo único que demostraba que sus padres estaban vivos, que se encontraban en un lugar concreto, que no eran meros fantasmas, ilusiones creadas por su mente infantil. Lo único que los mantenía vivos en su mente eran aquellas letras estilizadas de su madre, la tinta corrida al final en la firma. La memoria era tan débil, tan frágil y antojadiza, siempre sometida al inexorable paso del tiempo.

—También estaba su fotografía —dijo entre lágrimas. Pero después se registró los bolsillos y comprobó que aún la tenía.

Moisés intentó recordar el rostro de sus padres al escuchar las palabras de su hermano y se asustó al descubrir que no los recordaba. Aún perduraba en su memoria el olor de su madre y la voz de su padre, pero sus rostros eran borrosos, casi dos vacíos inexistentes, como si la nada comenzara a devorarlos y el olvido rompiera la frágil línea que los separaba del mundo de los vivos.

16

Lyon, 25 de julio de 1942

NINGUNO DE LOS HERMANOS LOGRÓ CONCILIAR EL SUEÑO EN toda la noche. Temían que en cualquier momento pudieran regresar los rateros que les habían robado la mochila. Jacob se mantuvo despierto, apoyado sobre una de las ruedas metálicas del vagón, sin dejar de mirar a uno y otro lado de la vía. Moisés cerraba los ojos y lograba dormirse, pero a los pocos minutos se despertaba sobresaltado.

En cuanto el sol despuntó, los dos hermanos se tranquilizaron, ya no quedaba mucho tiempo para que saliera el próximo tren. En unas pocas horas estarían con sus padres y todo aquello les parecería una pesadilla. Jacob intentó recordar de nuevo el nombre de la calle y el número. Se sabía las cartas casi de memoria y cuando cerraba los ojos las veía grabadas en su mente, pero por desgracia no había prestado tanta atención a los sobres.

—Tengo hambre —dijo Moisés en cuanto se puso en pie. Después miró entre los vagones y no vio movimiento en la casa vieja.

—Ni se te ocurra —le advirtió Jacob, descubriendo lo que se le pasaba por la cabeza a su hermano.

—Puede que tiraran la comida.

—No creo que nadie en la situación en la que estamos desperdicie pan y embutido.

Moisés sabía que su hermano tenía razón, pero a veces era mejor cerciorarse.

—El tren sale en veinte minutos, será mejor que nos escondamos cerca, tendremos que tomarlo en marcha, como el anterior —dijo Jacob, intentando que se olvidara un poco de la comida.

Los dos hermanos caminaron entre las vías. Apenas se veía gente en la estación, todavía era muy temprano. El tren que partía para Valence era de mercancías, pero para ellos era mucho mejor, al menos no tendrían que esconderse del revisor.

No pasó mucho tiempo hasta que vieron acercarse el tren. Avanzaba muy despacio, la máquina de vapor era mucho más vieja que la del tren de pasajeros del día anterior. Sería fácil subir en marcha y esconderse en unos de los vagones. Tardarían un poco más en llegar a la ciudad, pero estarían en Valence antes de que anocheciera.

Corrieron hacia el cuarto vagón, nadie parecía observarlos cuando saltaron en el interior de lo que parecía un transporte vacío de ganado. Olía francamente mal, como si acabara de descargar en Lyon un apestoso rebaño de ovejas o vacas.

—¡El olor es insoportable! —exclamó Moisés tapándose la nariz.

—Te acostumbrarás en un rato.

El niño frunció el ceño, sentía ganas de vomitar, pero sabía que su hermano generalmente tenía razón.

Se encontraban tan cansados que no tardaron mucho en quedarse acurrucados uno al lado del otro. La paja del suelo les amortiguó un poco las duras láminas de madera; el traqueteo del tren era de los más agradable. Cuando se despertaron, ya habían pasado más de dos horas.

—Necesitaba dormir un poco —comentó Jacob, desperezándose, después se puso a inspeccionar el vagón. Estaba algo oscuro, la luz se colaba ente los listones de madera de las paredes, pero no era suficiente para que vieran el interior con claridad.

—¿Qué buscas? ¿Piensas que puede haber comida? —preguntó Moisés, uniéndose a su hermano.

—Tal vez encontremos algunos restos de los vegetales que comen los animales. Hoy creo que sería capaz de devorar casi cualquier cosa.

Después de un buen rato buscando comida sin mucha suerte, Jacob vio unas hojas de periódicos en un rincón. Las movió levemente y comenzó a buscar, enseguida apareció lo que parecía una libreta. Estaba a medio usar y tenía un lapicero apretado en la goma que sujetaba las hojas.

Los dos hermanos se dirigieron a la parte más luminosa del vagón, justo la puerta por la que habían entrado, Moisés se recostó sobre su hermano y volvió a quedarse dormido. Jacob abrió la libreta, se dirigió a la primera hoja en blanco, estaba a punto de escribir algo cuando vio una letra fina y alargada que parecía de mujer. Pasó unas hojas hacia delante y después comenzó a leer la primera página. Le sorprendió que la fecha que ponía era muy reciente, apenas unas semanas antes. Indicaba también un lugar que él desconocía por completo, llamado Campo de Rivesaltes. La dueña de la libreta era una mujer llamada Gemma Durieu. Jacob comenzó a leer el diario y, a medida que se adentraba en la vida de la joven que la había escrito, se daba cuenta de cómo se parecían sus historias:

Llegamos de Perpiñán hace apenas unos días y parece que llevamos ya muchos meses. La vida en el campo es muy dura, la primavera es bochornosa y lluviosa. Cuando sopla el viento, un polvo asfixiante nos impide respirar, pasamos el tiempo encerrados en las casas calurosas de suelos de tierra y con ventanas sin cristales. Después comienza a llover con fuerza y todo se convierte en un lodazal. Apenas podemos salir para buscar comida, asearnos en los apestosos servicios del fondo de la calle o pasar revisión, sin hundir nuestros zapatos en el fango. Muchas veces he tenido que arrancar mis botas del barro. Algunos dicen que el verano es mucho peor, aunque partiremos antes de que el calor sea más intenso. A los judíos nos llevan hacia el norte para trabajar en las fábricas de los alemanes. Al menos, allí las horas pasarán más rápido y no tendremos esta sensación de que el tiempo se ha detenido y somos esclavos de la nada...

En las últimas semanas han partido varios trenes, nosotros seremos los próximos. Muchos son vecinos y amigos, personas a las que veía por las calles de mi ciudad, pero ya apenas los reconozco con sus ropas ajadas y su extrema delgadez. Gracias a Dios, los cuáqueros y la Cruz Roja nos traen algo de comida; por lo menos esta hambre interminable, insaciable, en algunos momentos nos deja dormir y soñar. Únicamente en los brazos de Morfeo somos realmente libres...

Nos han puesto en una fila larga, nos han separado por edades y sexos, después nos han subido a camiones para llevarnos hasta la estación de tren. Partir, aunque a algunos les producía mucho temor, es mejor que permanecer. Al menos algo cambia y nuestra monotonía se convierte en curiosidad. Estoy sola, perdí de vista a mi familia cuando nos detuvieron. Algunos me han comentado que hay muchos campos, que tal vez nos reunamos con nuestras familias en el norte, pero a veces me paso la noche llorando. Me siento como una huérfana, nunca me imaginé que la soledad se viviera con miedo. Todo me aterroriza; a veces, hasta salir al día luminoso o bajo la lluvia torrencial de las primeras semanas del verano. Comienza a hacer mucho calor, a veces casi tienes la sensación de que el bochorno te cubre hasta la cabeza, e intentas respirar, como si intentaras tomar aire, salir a la superficie antes que el calor abrasador te asfixie...

Nunca imaginamos que nos llevarían en un tren de ganado. La vida en el campo era muy dura, no había comodidades, escaseaba la comida, pero nos continuaban tratando como personas. Este tren de ganado apesta a heces, sudor y orín. A veces creo que no puedo aguantar más, estoy completamente sola y tengo mucho miedo...

Llevamos tres días interminables viajando, tenemos hambre, apenas hemos dormido y algunos se encuentran muy enfermos. Se me ha pasado por la cabeza que el tren no se dirige a ninguna parte y simplemente va de un lado a otro esperando que todos muramos, como si la última estación fuera la propia muerte.

El tren ha parado en una vía muerta, no se ve nada alrededor, ahora escucho los portalones de los vagones golpeando los extremos, voces, perros, gritos y calor, un calor insoportable...

El texto terminaba bruscamente, en mitad de una línea, como si alguien hubiera arrancado el cuaderno de manos de la chica y lo hubiera arrojado al fondo del vagón. Jacob intentaba asimilar lo que había leído. No entendía bien algunas cosas, sobre todo no sabía qué pensar del final abrupto y estremecedor. Se preguntaba si a su amigo Joseph le habría sucedido algo parecido. Después pensó en sus padres. ¿Los habrían detenido para enviarlos al norte? En contra de lo que imaginaba, los judíos de la Francia Libre también eran apresados en campos y enviados a Alemania.

—¿Qué piensas? —preguntó Moisés, que se terminaba de despertar en ese momento.

—Nada —mintió a su hermano. No quería que se preocupase, ahora que se encontraban tan cerca de llegar a Valence y reencontrarse con sus padres.

—¿Qué pone en el cuaderno? —preguntó de nuevo, intrigado.

—Pensamientos, ideas de una chica que perdió el cuaderno. Nada que te interese.

—Pues llevas leyendo un montón de horas —dijo Moisés, frunciendo ceño.

—No tenía nada mejor que hacer.

Jacob se puso en pie, abrió un poco más la puerta del vagón y miró el paisaje. Los árboles se extendían por todas partes, aquella zona parecía más montañosa que Lyon, aunque también se divisaban algunos campos de trigo y prados con animales.

—Tengo mucha hambre —se quejó Moisés, aproximándose a su hermano.

—Yo también. A lo mejor nuestra madre nos prepara esta noche la cena —dijo Jacob, sonriente.

Prefería pensar que por fin llegaban al final de su largo camino, aunque temía que sus padres se hubieran marchado o no poder encontrar la calle. De todos modos, imaginaba que Valence no sería tan grande como para no terminar dando con ellos.

Pasaron las siguientes horas disfrutando del paisaje. El viento fresco que salía de los bosques les despejaba la mente y notaban cómo su nerviosismo crecía por momentos.

—¿Has recordado el nombre de la calle? —preguntó Moisés, sin poder disimular su nerviosismo.

—Creo que no era una calle, más bien era una plaza…

—¿Una plaza? Lo bueno es que no puede haber muchas plazas en la ciudad —dijo Moisés, más optimista.

—Sí, además su nombre era algo como república, igualdad, fraternidad…

—Libertad —apostilló Moisés, intentando completar los tres lemas de Francia.

—Sí, era la plaza de la Libertad —contestó Jacob, eufórico. Por fin había logrado recordar el nombre. Ahora lo único que tenían que hacer era buscarla y no tardarían en dar con sus padres.

El tren bordeaba el río y, poco a poco, las casas dispersas del camino comenzaban a concentrarse, hasta que llegaron a lo que parecían las afueras de la ciudad. El cauce la dividía en dos, aunque la mayor parte se encontraba en la orilla derecha, al lado de las vías. Pasaron algunas barriadas hasta que el tren se internó en una zona ferroviaria y de grandes naves de almacenamiento. Al otro lado de la valla se podían observar algunas fachadas pintadas de colores claros. Los edificios eran anodinos, la mayoría imitaban con cierta desgana las fachadas más ornamentadas de la ciudad de Lyon. Todo tenía un aire provinciano y gris.

El tren comenzó a detenerse mientras se aproximaba a la estación. La fachada amarilla y blanca parecía que comenzaba a desprenderse en muchas partes, pero a ellos les pareció la ciudad más hermosa del mundo. Se sentían eufóricos cuando el tren se detuvo, y lograron saltar poco antes de que se parase por completo.

Caminaron entre las vías hasta la estación, salieron a una calle poco ancha, cubierta por frondosos árboles, y no supieron hacia dónde dirigirse. Al final, Jacob se aproximó a un vendedor ambulante que transportaba un pesado carro de mano repleto de hortalizas.

—Señor, ¿podría indicarnos dónde se encuentra la plaza de la Libertad? —preguntó al hombre.

El vendedor los observó con los ojos pequeños pegados a la visera de su gorra; tenía un bigote medio cano y sobre el traje viejo llevaba un delantal marrón.

—Tenéis que ir hacia el norte, por la avenida Víctor Hugo, hasta que lleguéis al bulevar, después debéis continuar por la calle Emile Augier. No hay pérdida, la plaza está justo al final.

—Gracias, señor —dijo Jacob, mientras los dos hermanos comenzaron a correr hacia la avenida. No tardaron más de veinte minutos en llegar a la plaza de la Libertad. Era de forma cuadrada, con fachadas elegantes pintadas de vistosos colores. Justo en el centro de la plaza se encontraba un pequeño teatro con sus paredes pintadas de colores relucientes.

Jacob se quedó unos instantes observando la plaza, aquel era el lugar donde sus padres habían vivido todo ese tiempo. Sus ojos habían contemplado aquellas calles y caminado por el mismo suelo que ellos. Sintió cómo se le hacía un nudo en la garganta, deseaba poder abrazarlos y dejar que sus mimos le hicieran olvidar los últimos días.

—¿Qué número es? —preguntó impaciente Moisés.

Jacob señaló con el brazo un edificio de tres plantas pintado de verde. Si no recordaba mal, sus padres vivían en la última planta, en una buhardilla. Los dos hermanos se quedaron unos instantes observando la fachada, luego comenzaron a caminar despacio; sentían un hormigueo por todo el cuerpo, parecía que flotaban sobre el suelo. Se pararon en la puerta del edificio y levantaron la vista, después empujaron la pesada puerta y entraron a la frescura del portal.

17

Valence, 25 de julio de 1942

LAS PIERNAS LES PARECÍAN PESADAS MIENTRAS ASCENDÍAN lentamente hasta la buhardilla. La escalera estaba muy limpia, la baranda pintada de negro no tenía polvo y los escalones brillaban relucientes, como si terminaran de barnizarlos. Aquella casa era mucho mejor que su vivienda de los últimos años. Las ciudades de provincia no parecían tan desgastadas por la presión de la guerra, como si la fealdad que se extendía igual que una mancha espesa sobre París y todo el norte de Francia aún no hubiera llegado a aquellas tierras. Jacob pensó que Valence se parecía más al país del que se habían enamorado sus padres, al lugar que habían elegido para empezar de nuevo y que, desde la llegada de los nazis, con sus mentiras y amenazas, se había tornado gris y prosaico, como una interminable y monótona película de cine mudo.

Llegaron al último rellano casi sin aliento, se plantaron ante la puerta de madera oscura, la mirilla gigante pintada color oro y el timbre redondo y negro. Se miraron sin saber qué hacer. A veces, un alma anhela tanto su alegría que teme que la verdad se rebele y contradiga aquel momento miles de veces imaginado. Al final, Jacob tocó el timbre con suavidad, como si lo acariciase. Lo soltó rápidamente, esperó con los brazos detrás de la espalda, pero enseguida sintió la mano de su hermano que agarraba la suya con ansiedad y temor.

La puerta se abrió muy despacio, dejó que una luz suave inundara el descansillo casi en penumbra y ante sus ojos apareció una figura alta y gruesa. Llevaba puesto un batín rojo de seda desgastado, unas pantuflas del mismo color y, por debajo, se observaban unos pantalones blancos de lino.

La figura se inclinó un poco, como si quisiera observarlos más de cerca, después se quitó las gafas y dejó que le colgaran de la bata.

—¿Quiénes sois vosotros? —preguntó tras un largo silencio, como si hubiera hecho el esfuerzo por reconocerlos, pero no lo hubiera conseguido.

Los dos niños no respondieron. Sentían cómo los ojos les escocían, su piel parecía enrojecerse poco a poco y, aunque hubieran intentado decir algo, sus palabras se hubieran ahogado antes de salir de su garganta.

—¿Sabéis qué hora es? Estoy cenando, no sé qué queréis. Si os vais a quedar ahí mirando, lo siento mucho, pero no puedo perder más tiempo.

El hombre comenzó a cerrar la puerta cuando Jacob extendió el brazo y detuvo la hoja de madera. El anciano arqueó las cejas, más por curiosidad que por enfado.

—Somos los hijos de Eleazar y Jana Stein. Ellos nos mandaron unas cartas con esta dirección, hemos venido desde muy lejos para dar con ellos. ¿Puede decirnos dónde se encuentran?

El anciano abrió de nuevo la puerta, como si aquellas palabras hubieran sido suficientes para despertar su curiosidad. Los miró asombrado, como si estuviera contemplando dos fantasmas.

—¡Pasad, Dios mío, pasad! —dijo con urgencia, como si de repente su asombro se hubiera convertido en una gran preocupación.

Los dos niños entraron en el pequeño recibidor, después siguieron al anciano por el pasillo a una sala amplia con el techo abuhardillado. Los muebles parecían relativamente nuevos y desprendían un intenso olor a madera barnizada.

—¡Dios mío! —gimió el hombre, como si la preocupación comenzara a desbordarle y no se atreviese a verbalizarla de alguna forma.

Les pidió que se sentasen, les ofreció agua y unas galletas. Los dos aceptaron, estaban hambrientos y sedientos. Los observó mientras se comían hasta las migas que les habían caído en los pantalones sucios.

—Sois los hijos de Jana y Eleazar. ¿Cómo habéis venido hasta aquí? ¿Os ha traído alguien?

Al menos, el hecho de que aquel hombre supiera quiénes eran sus padres los tranquilizó un poco. A veces tenían la sensación de que en realidad sus progenitores no existían, como dos niños huérfanos que se hubieran inventado toda aquella historia para continuar caminando, para intentar llegar a una meta imposible.

—¿Dónde están mis padres? —preguntó Moisés con total naturalidad. La frustración del principio comenzaba a desaparecer, al menos sentía que su estómago ya no rugía con tanta fuerza y que al final podía descansar en un sillón blando y mullido.

El anciano volvió a observarlos. Tenían la cara ennegrecida, el pelo sucio, la ropa manchada y los zapatos destrozados, pero eran los mismos que Jana le había mostrado en una pequeña foto que siempre llevaba encima.

—Vuestra madre, cariño, es la mujer más dulce, bella y maravillosa del mundo, por eso ha tenido a dos niños tan adorables. Me ha hablado mucho de vosotros, cada día os echaba de menos. La he visto verter muchas lágrimas en el mismo sitio en el que estáis ahora sentados. Para ella, vivir alejada de vosotros era como tener extirpado el corazón. Eleazar tenía otro carácter, puede que sufriera tanto como ella, pero parecía estar centrado en un objetivo que no le permitía mostrar ningún sentimiento.

El anciano se quedó en silencio, se mordió los labios, ahogando el llanto que comenzaba a invadirle la garganta. Después se puso en pie y se acercó a los niños.

—Vuestros padres os adoran, sois lo más importante para ellos, no lo olvidéis nunca.

Sus palabras sonaron tan determinadas que Jacob se asustó, sentía que el anciano quería decirles algo, aunque en el fondo no se atrevía a pronunciar las palabras, intentando que ellos las adivinaran.

—¿No están aquí? —preguntó Jacob.

—No, no están aquí. ¡Dios mío, qué fatalidad! Esto parece una tragedia griega. Qué digo una tragedia, una epopeya. Se fueron hace dos semanas, tenía que enviaros una carta, pero hasta hace un par de días me ha sido imposible salir de casa. En cuanto partieron, me puse muy enfermo, casi estuve a las puertas de la muerte. Me trasladé aquí para estar más cómodo y aislado. Regento esta casa, antes vivía en la primera planta, pero el ruido, los inquilinos, todo me molestaba. Creo que la partida de vuestros padres fue lo que me hizo enfermar. Los quería como a mis propios hijos, esos que nunca tuve —dijo el hombre, con los ojos humedecidos.

—¿Qué ponía la carta? —preguntó impaciente Jacob.

—No la tengo yo, se la entregué al director del teatro. Él me prometió que la enviaría, pero no sé si lo ha hecho. Tengo que llamarle —dijo, acercándose al teléfono. Después marcó un número y esperó.

Los dos niños se miraron. Moisés agarró de nuevo la mano de Jacob.

—¿Puede ponerme con el señor Perrot? Tengo que hablar con él, es muy urgente —el hombre los miró mientras tapaba el auricular con la mano. Escuchó un sonido y les hizo un gesto para que se tranquilizasen.

—¿Qué sucede? —preguntó, asustado, Moisés a su hermano.

Jacob le puso el dedo en los labios para que se callase, aunque él también estaba impaciente por saber lo que sucedía.

—Entiendo, comprendo. Unos niños irán en un momento por una carta. Muy amable.

El hombre colgó, caminó hasta ellos y les dijo:

—No creo que haya llevado la carta a correos; al parecer, el director no ha salido en todo el día del teatro. Tenéis que ir hasta allí. El edificio está justo enfrente de este. El director, el señor Perrot, os dará la carta. La tomáis y regresáis aquí de inmediato. No habléis con nadie. ¿Entendido?

Los dos afirmaron con la cabeza, después se pusieron en pie. El hombre los acompañó hasta la puerta y, en cuanto estuvieron fuera, corrieron escaleras abajo.

Salieron a la calle, la luz de la tarde estaba comenzando a menguar y las farolas se encendían lentamente. Miraron y justo enfrente se encontraba el teatro. No parecía muy grande, pero sus formas armoniosas engrandecían la fachada pintada de un amarillo claro, con una gran balconada y un techo terminado a dos aguas, sujeto sobre dos columnas que imitaban a un templo clásico. La puerta roja parecía estar cerrada, pero subieron los escalones y empujaron sin llamar.

Un hombre de mediana edad, vestido de librea azul con botones dorados, los detuvo en medio del recibidor.

—¿Dónde van, jovencitos? —preguntó al ver el aspecto desaliñado de los dos niños.

—El señor Perrot tiene un sobre para nosotros —contestó el más joven.

—El señor Perrot acaba de salir —dijo el ujier.

—¿Dónde ha ido? —preguntó Jacob, nervioso.

—A casa, imagino, aunque antes tenía que hacer unos recados.

—Pero le acaban de llamar —dijo Jacob.

—No sé más de lo que les digo. El teatro está cerrado, no pueden estar aquí —concluyó el hombre, empujándolos hacia la salida.

—¿Por dónde vive el señor Perrot? Tenemos que encontrarle urgentemente —insistió Jacob.

El ujier frunció el ceño. Estaba ansioso por cerrar, pero al final salió con ellos a la puerta e indicó con la mano una calle.

—Suele ir hacia la derecha, pero llevaba unas cartas. Correos está al fondo de la calle. Imagino que estará llegando a la oficina.

Apenas escucharon las últimas palabras, los niños comenzaron a correr con todas sus fuerzas. Las calles a aquellas horas estaban casi desiertas, a pesar de que aún quedaba algo de luz. Torcieron a la derecha sin cruzarse con nadie y vieron al fondo el símbolo de la oficina de correos. En apenas un minuto estaban frente a la puerta, jadeantes. Entraron en la oficina. Únicamente había una ancianita y un señor de pelo canoso, con un sombrero elegante y un traje marrón claro.

—¡Señor Perrot! —gritó Jacob, mientras intentaba recuperar el aliento.

El hombre se giró. Llevaba un bastón en una mano, y en la otra, media docena de cartas.

El funcionario de correos los miró con recelo, estaba a punto de mandarlos callar cuando el caballero les sonrió y dejó pasar primero a la mujer.

—¿Qué sucede? —preguntó el señor Perrot. Imaginaba que aquellos dos niños no habían corrido una buena distancia para gritar su nombre en mitad de la oficina sin una buena razón.

—Somos los hijos de Eleazar y Jana Stein.

—¡Cielo santo! —exclamó el hombre, sorprendido—. Salgamos de aquí.

Los tres se dirigieron a la calle y se sentaron en un banco próximo de la avenida.

—Estaba a punto de echar en el correo una carta dirigida a vosotros y vuestra tía. ¿Por qué habéis abandonado París? —preguntó, extrañado.

Los dos niños intentaron recuperar fuerzas antes de contestar. No dejaban de observar la mano en la que el hombre apretaba los sobres con sus guantes blancos.

—Hubo una gran redada, nosotros fuimos apresados por casualidad. Cuando logramos liberarnos, no encontramos a nuestra tía y hemos viajado durante varios días hasta llegar aquí.

El señor Perrot puso un gesto de consternación.

—Vuestros padres se marcharon hace dos semanas. Dejaron una carta para vosotros, pero el pobre del señor Vipond ha estado muy enfermo y me pidió que me encargara yo. Si llegáis cinco minutos más tarde, no hubiera podido ayudaros —dijo el hombre, aliviado. Después ojeó los sobres y les entregó uno alargado, con el borde de color rojo y azul.

—¿No saben a dónde se dirigían? —preguntó Jacob, mientras abría el sobre.

—No, prefirieron que no lo supiéramos, por si la policía preguntaba por ellos. Hasta ahora, las cosas han estado muy tranquilas por aquí, pero, en las últimas semanas, los gendarmes están pidiendo papeles a los extranjeros y deteniendo a algunos.

Jacob abrió nervioso el sobre y reconoció enseguida la letra de su madre. No supo si leerla en aquel mismo momento o esperar a que los dos estuvieran solos.

—Vuestros padres trabajaron para el teatro. El señor Vipond me los presentó hace unos meses. En cuanto me dijo el nombre de tu padre, supe quién era. Conocía su trabajo como dramaturgo. Me ayudó en la adaptación de un par de obras, tu madre diseñó unos vestidos, aunque sé que ella también escribía. Lamenté mucho que tuvieran que irse. ¿Necesitan ayuda? ¿Cómo han llegado hasta aquí?

—Nos han ayudado varias personas, aunque el último tramo del viaje hemos tenido que hacerlo solos. Creíamos que este era el fin, pero tendremos que continuar la búsqueda —dijo el niño, dando un largo suspiro.

—Puedo daros algo de dinero, imagino que esta noche podréis quedaros en el edificio del señor Vipond. Es una persona muy interesante, en su juventud fue un gran actor, pero eso ya os lo contará él. Permitidme que os acompañe hasta su casa. Ya es de noche y no es normal que dos críos anden solos. Este es un lugar pequeño y enseguida la gente murmura.

—No hace falta, conocemos el camino. No queremos que pierda más tiempo.

El director del teatro insistió. De regreso a la plaza, parecían un extraño grupo. Un caballero elegantemente vestido, con un bastón de caoba, y dos niños sucios con la ropa hecha jirones. Llegaron frente a la puerta de la casa y el hombre se quitó el sombrero. Estaba calvo y el poco pelo que le quedaba era blanco y fino.

—Si necesitáis algo, suelo pasar la mayor parte del tiempo en el teatro. Mi casa está muy cerca de la oficina de correos, el señor Vipond os dirá la dirección. Me alegro de que hayáis llegado hasta aquí sanos y salvos, vivimos tiempos muy peligrosos —dijo, volviéndose a colocar el sombrero.

Los dos niños subieron despacio las escaleras; estaban deseosos de leer la carta, pero preferían esperar. Debían saborear las palabras de sus padres como si se tratara del mejor de los manjares. Después ya verían cómo continuaban su búsqueda.

El señor Vipond abrió la puerta rápidamente y los hizo pasar con urgencia.

—¡Dios mío! Ya os dije que esto es como una tragedia griega. ¿No habéis visto unos hombres al subir por la escalera?

—No, señor —contestó Moisés.

El anciano los llevó hasta el salón de nuevo. Todo estaba a oscuras, se dirigió a una lámpara de pie y la encendió. Apenas iluminó la estancia, pero al menos se veían las caras.

—Han estado dos inspectores. Alguien os denunció en Roanne. Os siguieron la pista hasta Lyon, en la estación de trenes descubrieron tiradas unas cartas de vuestros padres. Tenían esta dirección. Me han hecho muchas preguntas, pero les he dicho la verdad, que vuestros padres se marcharon hace dos semanas. Me han preguntado por vosotros, pero les he comentado que no os había visto nunca. Me temo que volverán, no se han ido muy convencidos.

Los dos niños se asustaron. Creían haber despistado a los gendarmes, pero la poderosa familia del carbonero quería verlos entre rejas.

—Esta noche dormiréis aquí, pero mañana buscaremos un lugar más seguro. Gracias a Dios que no os habéis cruzado con los policías.

Moisés comenzó a mover las piernas inquieto, como si tuviera ganas de ir al baño.

—Será mejor que os duchéis, no tengo ropa de vuestro tamaño, pero os lavaré esa. Mañana estará seca, hace un calor insoportable. Dormiréis con dos camisones míos. El hombre los llevó hasta el pequeño baño, después les dejó unas toallas y se llevó la ropa que dejaron tirada en la puerta.

—¿Dónde están nuestros padres? —preguntó, desesperado, Moisés cuando los dos niños estuvieron solos.

—Tengo la carta aquí, pero la leeremos esta noche en la cama —dijo Jacob.

—No puedo aguantar más. Estoy muy nervioso.

—Yo también, pero no la leeremos en un baño, mientras nos esperan para cenar. Ten paciencia, en una hora sabremos dónde han ido —le animó Jacob. Luego preparó el baño de su hermano. La estancia se llenó de vapor, Moisés entró en el agua caliente e intentó relajarse un poco. Después de los últimos días de huidas y persecuciones, durmiendo en la calle o en vagones apestosos, aquel lugar le recordó a la casa del boticario.

—Tienes que terminar, me toca a mí —se quejó Jacob.

Su hermano no le hizo mucho caso, pero al final salió tiritando y Jacob le tapó con una toalla. Mientras le esperaba sentado en una banqueta blanca, no podía parar de pensar en sus padres. Ellos habían estado en aquel lugar un par de semanas antes. No entendía por qué simplemente no podía aparecer en un instante en el sitio que deseara, todas esas limitaciones de espacio y tiempo eran absurdas en su mundo. Si cerraba los ojos, se imaginaba en el lejano Oeste, en medio de la selva o subiendo una montaña nevada en el Tíbet. Intentó recordar a su padre, de él no tenían fotografía, pero aún lograba retener sus rasgos en la memoria, aunque cada vez le costaba más.

Jacob se tumbó en la bañera y miró al techo blanco, después jugó un poco con la espuma. No quería asustar a su hermano, pero no estaba seguro de que pudieran recorrer el resto del país los dos solos. Las últimas jornadas habían sido durísimas, sus vidas habían corrido un serio peligro. Además, ahora la policía los perseguía. Intentó relajar la mente, pero no pudo, el temor a que le sucediera algo malo a su hermano le atenazaba. Intentó pronunciar alguna de las oraciones que le habían enseñado en la sinagoga en su pensamiento, pero apenas pudo balbucearlas. Salió de la bañera y se secó rápidamente. Los dos hermanos se pusieron los enormes camisones y se echaron a reír.

—¿Te has visto? —preguntó Jacob a su hermano.

Se miraron por unos momentos, los camisones les quedaban enormes. Salieron sonrientes al pasillo y les vino un delicioso olor a sopa y carne. Se dirigieron de inmediato al salón y vieron la mesa puesta, la sopa humeante y la cara del anciano, que los miraba con una forzada sonrisa.

—Sentaos o se enfriará la sopa. Pensé que algo caliente os calmaría los nervios. Imagino que ha sido un día muy difícil.

Los niños se sentaron y esperaron a que el anciano comenzara a sorber. En cuanto le vieron comer, se lanzaron sobre la sopa. Apenas hablaron durante la cena; después, él se marchó a la cocina y trajo algunos quesos de postre.

—¿Encontrasteis al señor Perrot? Es un buen hombre.

—Sí, pero ya se había marchado cuando llegamos. Afortunadamente, no había echado la carta en el correo.

—Si le hubierais encontrado en el teatro, tal vez los inspectores se habrían cruzado con vosotros. Parece que tenéis a la Providencia de vuestra parte —bromeó el hombre, mientras saboreaba uno de los quesos.

—El señor Perrot nos contó que usted era actor —dijo Moisés. Jacob le golpeó por debajo de la mesa para que se callase.

—Sí, a veces uno tiene la sensación de haber vivido varias vidas. Cuando era joven llegué a París cargado de sueños. Me había criado en Lyon, desde pequeño quise actuar en el teatro, pero mi padre era un famoso notario y me obligó a estudiar leyes. Le convencí para que me enviara a la Sorbona en París y logré convencerle, pero nunca iba a clase. Me apunté en el grupo de teatro de mi facultad y después me presenté a las pruebas de una representación en el Teatro de la Porte Saint-Martin; era para un papel insignificante, pero me eligieron. Desde aquel momento supe que había nacido para estar sobre las tablas. Los aplausos del público, los focos inundando el escenario, los nervios justo antes de que se alzara el telón. Todo era mágico e irreal, podía ser quien quisiera, un día el rey de Francia y otro un mendigo que se enamora de una princesa.

—Qué bonito. Me gustaría ser actor —dijo Moisés, sonriente.

—Todo no era tan bonito. Los actores pasamos muchas dificultades, buenas y malas temporadas. Cuando lo dejé, el público me odiaba. Por desgracia, el mundo es muy voluble, un día te tratan como a un dios y al día siguiente eres peor que un apestado.

—Lo mismo les pasa a los autores. Al menos, eso era lo que decía siempre mi padre —señaló Jacob.

—Al menos ellos no tienen que soportar los abucheos sobre el escenario —dijo el señor Vipond; después comió algo más de queso y se quedó con la mirada perdida, como si su mente estuviera en ese momento en los escenarios de París.

—¿Qué tal estaban mis padres? —preguntó Moisés.

—Bien, os echaban de menos, pero este destino fue mejor que su primera casa, aquí estaban más cómodos, podían trabajar de nuevo en el teatro. Teníais que haber visto la sonrisa de vuestro padre, su cara se iluminaba con cada representación. Parecía más joven que cuando llegó. Vuestra madre disfrutaba viéndole alegre de nuevo, pero os echaba tanto de menos... Todas las tardes pasábamos un rato charlando y tomando el té. Me contaba vuestras aventuras de pequeños, las travesuras y las frases ocurrentes que os pasaban por la cabeza. Os tiene en el corazón, muchachos. Sois muy afortunados, las madres aman a sus hijos, pero ella no podía vivir sin vosotros. El día que vuestro padre le dijo que habían conseguido los papeles, ella estuvo todo el tiempo llorando. La despedí en la puerta del edificio. Llevaba un traje precioso color rosado, unos zapatos negros y un bolso a juego. Parecía una estrella de cine, pero sus ojos estaban tristes, melancólicos, como si os buscaran por todas partes, con la esperanza de que aparecierais de repente. Parece como si intuyera que ibais a venir.

Los dos niños se entristecieron de nuevo. La comida había logrado saciar su apetito, pero el alma necesita un alimento que únicamente se fabrica en los brazos de una madre. Moisés cerró los ojos e intentó imaginarla con el vestido que había descrito el anciano. El sol iluminaba su belleza, como si caminara por la pasarela de moda de París.

—Será mejor que descanséis un poco. Las historias de este viejo lo único que consiguen es entristeceros.

Jacob y Moisés se levantaron de la mesa, el hombre los llevó hasta su habitación. En ella había una cama amplia de matrimonio y un ventanal en el tejado que, en un lado de la habitación, llegaba hasta el suelo.

—Espero que podáis dormir bien esta noche. Seguro que vuestros padres, donde quiera que estén ahora, velan por vosotros —dijo su anfitrión, mientras cerraba la puerta.

En cuanto estuvieron solos por completo, Jacob se aproximó a la lámpara de la mesita. Su hermano se pegó a él, como si necesitara el contacto físico antes de escuchar las palabras de sus padres.

La vista de Jacob se detuvo en las letras alargadas y el trazo rápido de las cartas de su madre. Pensó que en el conjunto de signos había una armonía que sobrepasaba su simple significado. La letra apretada, el trazo apresurado, como si el corazón de su madre se derramara rápidamente sobre el papel, como un torrente inagotable de amor.

Moisés le tiró de la manga del camisón impaciente.

—Ya voy —dijo Jacob, que al alargar aquel momento parecía sentir que el abismo que se abría ante ellos era mucho más grande que el consuelo que podía encontrar en aquella carta.

Queridos hijos:

Una de las primeras cosas que aprendemos en la vida es que no tenemos casi ningún control sobre nuestros actos. El tiempo pasa rápidamente y sentimos que la existencia se nos escapa, descontrolada y a veces cruel, mientras intentamos ser felices.

Llevo todo este tiempo pensando en escribiros, pero no sé cómo explicaros lo que nos mueve a alejarnos aún más de vosotros. A veces, el amor y la esperanza tienen que distanciarse para poder vivir en el mismo corazón.

Vuestra tía ya sabe que nos marchamos, que esperamos veros pronto, que estamos intentando que os reunáis con nosotros lo más rápidamente posible. El mundo carece de sentido sin vuestra presencia. Cuando os di a luz, dejé de pertenecerme, me convertí en la esclava de los sentimientos que tengo hacia vosotros. Sois mi aire, el sol que me ilumina cada mañana y el único lugar al que deseo volver.

Vuestro padre os ama profundamente, incluso más que a su profesión, más aún que a mí, por quien ha renunciado a tantas cosas. Cada día busca la manera de intentar que este viaje sea corto y que la separación que ahora nos entristece termine cuanto antes.

La tía os contará los detalles. Partimos en unos días hacia la Argentina. Nuestro barco se llama Esmeralda y tardará varias semanas en llegar a Buenos Aires. Pararemos en algunos puertos antes de recalar en la Argentina, intentaré escribiros desde todos ellos. Vuestro padre está preparando los papeles para reclamaros en cuanto encontremos un trabajo en la Argentina. Mientras tanto, no os preocupéis, vuestra tía, que os quiere mucho, no dejará de cuidar de vosotros.

Os amo con todas mis fuerzas y cada día sueño con veros. Prometo no volver a separarme nunca más de vosotros. Juntos para siempre.

Vuestra madre que os ama.

Jana.

Cuando llegó a las últimas palabras, las lágrimas ya le empañaban los ojos. Mientras leía en voz alta, creía escuchar la voz de su madre, como si le susurrara al oído aquellas palabras.

—¿Están en América? —preguntó Moisés, balbuceando.

—Sí, pero nos reuniremos con ellos —contestó Jacob abrazando a su hermano, que temblaba de desesperación.

—América está muy lejos. Hemos tardado mucho tiempo en recorrer parte de Francia; además, hay un océano inmenso. No lo lograremos, Jacob. Los hemos perdido para siempre.

—No, escúchame —dijo, tomando entre sus manos la cara del pequeño—, hemos llegado hasta aquí. Nada nos detendrá. Recorreremos cielo y tierra hasta encontrarlos.

Moisés deseaba creer a su hermano, pero ya no soportaba más la separación, se sentía perdido, angustiado por la soledad, y había perdido la esperanza de volver a ver a sus padres.

Jacob acarició sus lágrimas, después comenzó a cantarle una vieja nana, la misma que su madre les cantaba cuando no podían dormir. Escuchó durante algunos minutos los jadeos de su hermano, su corazón acelerado y los suspiros de desesperación, pero al final todo eso cesó. El silencio invadió la habitación, como un viento caluroso, casi abrasador. Jacob apagó la luz y miró el reflejo que entraba por la ventana. Intentó animarse, convencerse de que lo lograrían, pero no encontró palabras que disiparan su miedo.

18

Valence, 26 de julio de 1942

EL SEÑOR VIPOND LOS DESPERTÓ A PRIMERA HORA DE LA MAÑANA. Apenas había podido descansar, con cada pequeño ruidito se despertaba sobresaltado pensando que la policía había regresado para llevarse a los niños. Para él era un deber sagrado protegerlos, se lo debía a Jana y Eleazar.

Jacob se despertó de inmediato, pero a Moisés le costó despegarse de las sábanas. Se encontraba muy cansado y aquella cama mullida había conseguido relajarle por completo. Aún recordaban las palabras de la carta de su madre. En aquel momento, sus padres estaban atravesando el océano rumbo a la Argentina, un lugar tan distante que aún les costaba pensar que era real.

—Muchachos, tenéis que vestiros rápidamente y desayunar. No me extrañaría que los policías regresasen —les apremió el anciano, que ya había dispuesto un zumo de naranja, dos vasos de leche y algunos dulces. Todo un lujo en los tiempos que corrían.

Los pequeños se pusieron la ropa limpia y planchada, su aspecto parecía el de dos niños normales, ya no aparentaban ser dos prófugos de la justicia. Se sentaron a la mesa y devoraron hasta el último pedazo de pan, mermelada y dulce que su anfitrión les puso delante.

Vipond disfrutó viéndolos comer. Se sentía muy solo y, tras la partida de sus amigos, los únicos cabos que le ataban a la vida parecían rotos para siempre. Desconocía el tiempo que aún le quedaba de vida, pero le era totalmente indiferente. Él ya había disfrutado de las cosas más bellas de la existencia y únicamente le quedaba partir.

—Hemos pensado un plan para teneros a salvo hasta que las cosas se calmen. No creo que pongan mucho empeño en buscar a dos niños, pero, mientras reciban órdenes de la prefectura, insistirán en venir a molestarnos.

Los dos hermanos le miraron con curiosidad.

—En el teatro hay una habitación que no se usa nunca, se construyó para que vivieran en ella actores o artistas que pasaban unos días en la ciudad, aunque muy pocas veces se ha utilizado. Luego veremos cómo os ayudamos a que encontréis a vuestros padres. En el cuarto viven ya una madre y su hija, pero se marcharán en un par de días. No os preocupéis, hay espacio de sobra y son dos personas excelentes —comentó Vipond. Después, retiró los platos de la mesa y colocó un plano.

Los dos chicos miraron fascinados el nombre de los pueblos y las ciudades, las montañas y los ríos dibujados de manera esquemática.

—Estamos en Valence, dentro de unos días podríais estar en Marsella, desde allí salen barcos a España y otras partes del mundo. El señor Perrot y yo nos haremos cargo de todos los gastos y de los papeles.

Jacob sonrió, no pensaba que aquellos desconocidos fueran a hacer tanto por ellos. Sabía que era muy arriesgado y, aunque en la zona libre las leyes eran menos severas, cualquiera de ellos podía acabar en algún campo de concentración del gobierno de Vichy, además de perder su trabajo y propiedades.

—Muchas gracias por su ayuda —dijo Jacob. Sabía que el señor Vipond sentía un especial cariño por sus padres.

—La vida consiste en entregar tu alma a los parias de la tierra, a los que el mundo rechaza y les niega hasta el derecho a vivir.

Las palabras del anciano emocionaron a los chicos. Era tan sencillo dejarse llevar por la corriente de la historia, justificar la indiferencia con la prudencia y la cobardía con la cordura, que encontrar a personas tan valientes los llenaba de tranquilidad.

Escucharon el timbre y los tres se sobresaltaron. El anciano se dirigió a la puerta y comprobó que se trataba del señor Perrot.

—Muchas gracias por todo —dijo Jacob de nuevo.

El anciano les acarició el pelo y, por un instante, en sus ojos vieron algo parecido a la felicidad.

—Vuestra madre me dio el amor que había perdido. Menos el señor Perrot, nadie se preocupaba de este pobre viejo, pero Jana era capaz de ver en el interior de las personas. Le debo continuar aún con vida y ahora sus hijos me dan más fuerzas para seguir adelante.

El señor Perrot los apremió para marcharse, no era prudente hablar en el descansillo. Bajaron las escalaras despacio y atravesaron la calle repleta de gente. Nadie les prestó especial atención. Parecían un caballero sacando a pasear un rato a sus nietos. Entraron en el teatro por una puerta lateral y vieron al ujier. El hombre uniformado se puso firme al ver al director.

—Cierre la puerta, Paul.

El señor Perrot subió por una escalera disimulada en el lado izquierdo, justo detrás del escenario. La escalera de espiral terminaba en una curiosa habitación que parecía suspendida en el espacio. El cuarto era amplio, pero no tenía baño, debían utilizar el de los camerinos.

Sentadas en una amplia cama, con la colcha estirada y repleta de cojines, estaban dos personas. Una era una mujer de unos cuarenta años, de pelo moreno y nariz aguileña, con unos grandes ojos marrones. A su lado había una niña de doce años; su pelo rubio era tan claro que parecía casi blanco, sus ojos tenían un verde esmeralda tan intenso que resultaba muy difícil apartar la mirada de ellos.

—Señora Emdem, permítame que le presente a Jacob y Moisés Stein —dijo el señor Perrot mientras se quitaba el sombrero.

—Encantada, muchachos. Esta es mi hija Anna. Saluda, Anna —respondió la mujer, tocando levemente el hombro de la niña.

Anna levantó la vista con timidez. Llevaban mucho tiempo encerradas y huyendo, su contacto con extraños era escaso, y más aún con niños de su edad.

—Hola.

Jacob se quedó con una sonrisa fija en los labios, su hermano le pegó un leve codazo en la espalda y el muchacho pareció reaccionar.

—Hola, Anna.

—Será mejor que los deje solos. Señora Emdem, en un par de días podrán marcharse. En el pueblo podrán hacer una vida más normal; aquí, el peligro acecha en cada esquina.

—Muchas gracias por su ayuda, señor Perrot.

—No hay de qué. En unas cuatro horas les subiremos el almuerzo. Por la tarde hay ensayo, por lo que les pido que intenten estar lo más callados posible. En esa estantería tienen algunos libros en francés, alemán y español. También hay juguetes en aquel baúl. Además, pueden mirar por la claraboya del techo. Los chicos necesitan algunas horas de luz solar.

El señor Perrot los dejó a solas y los chicos pasaron unos minutos incómodos. No sabían cómo comportarse. Al final, Moisés se dirigió al baúl de los juguetes y comenzó a sacarlos. Jacob se sentó junto a él; por un lado, deseaba ponerse a jugar, pero, por otro, le parecía que aquello era cosa de críos. No quería que Anna pensara que era un niño pequeño, pero, cuando la chica se acercó a ellos y se sentó en el suelo, con su hermoso vestido blanco, los remilgos del muchacho desaparecieron.

Durante más de una hora jugaron sin apenas hablar, como si el juego les permitiera ir tomando confianza poco a poco. Al final, la niña miró a Jacob y, con una sonrisa de dientes perlados, casi perfectos, le dijo:

—¿De dónde sois?

—Venimos de París, aunque nuestros padres eran alemanes —contestó Jacob.

—Yo sé algo de alemán. Nuestra ciudad estaba al norte de Holanda, muy cerca de la frontera con Alemania —dijo la chica.

—Yo también hablo alemán. Mi hermano solo lo entiende.

—Qué mono tu hermano, parece un muñeco.

Moisés se ruborizó, pero le gustó el comentario de la niña.

—¿Lleváis mucho tiempo aquí? —dijo Jacob.

—El viaje por Francia ha sido horroroso. Salimos de Holanda hace un par de meses, los alemanes comenzaban a detener judíos y pensamos que era mejor marcharse. Mi padre ya estaba en Francia, pero no conseguía los permisos para que viajáramos con él; al final, compró unos documentos falsos. Queríamos ir a Canadá, tenemos familia allí, pero los alemanes no nos dejaban salir de Holanda. Llegamos a París hace más de cincuenta días, pero no encontramos a mi padre, lo habían detenido y enviado a Alemania. Nos quedamos solas, en un país extraño y con poco dinero. Gracias a Dios, unos amigos judíos nos hablaron de una organización que ayudaba a los nuestros a esconderse. Nos llevaron al sur hasta Lyon, querían refugiarnos en Marsella, pero al parecer las cosas están empezando a ponerse feas también allí —contó la chica, como si tuviera aprendida la lección. Hablaba sin mostrar ningún tipo de emoción.

Jacob se reconoció en las palabras de la niña. Sus vidas parecían ajenas a ellos mismos, como si estuvieran viendo una película. Muchas veces, no se reconocían ni al verse frente a un espejo. En sus mentes continuaban siendo los niños felices y despreocupados que amaban a sus padres, iban al colegio y jugaban a cada momento.

—¿Queda algún lugar dónde esconderse? Nosotros queremos viajar a América, nuestros padres se encuentran en la Argentina.

—Creo que es el único sitio verdaderamente seguro, lo único que puede parar a los nazis es ese inmenso océano —dijo la niña agachando la cara, mostrando por primera vez sus verdaderos sentimientos.

Cuando Anna levantó de nuevo la vista, sus ojos se posaron en los de Jacob. Él experimentó algo que no había sentido nunca: una especie de hormigueo en la tripa; después, un calor sofocante y, por último, temor.

—¿Te encuentras bien?

El niño afirmó con la cabeza. Aunque en su cara roja se podía comprobar que mentía.

—Será mejor que juguemos un poco más.

Los tres continuaron jugando hasta la hora del almuerzo. Antes de las doce, el señor Perrot subió con una bandeja; no era un gran manjar, pero los cuatro se colocaron frente a una pequeña mesa. Los dos chicos se sentaron al borde la cama, y la señora y su hija, en un par de sillas de madera.

—¿Viajáis solos? —preguntó la mujer.

—Sí, nuestra tía falleció en la redada que hubo en París hace unos días —comentó Jacob.

—He leído algo en los periódicos, parece una cosa terrible. Afortunadamente, nos fuimos a tiempo de la ciudad. Yo no quería, tenía la esperanza de que mi esposo apareciese, aunque sabía que le habían capturado. A veces, los seres humanos nos movemos por falsas ilusiones y absurdas esperanzas —dijo la mujer, con un tono melancólico que ensombreció aún más la sobria comida.

—Pero estamos vivas, madre. Somos libres y vamos a un lugar maravilloso —intervino la niña, intentando alegrar a la señora.

Ella acarició el pelo de Anna, después siguió comiendo en silencio.

—¿A dónde se dirigen? —preguntó Jacob, intrigado.

Las dos se miraron antes de responder, no sabían si estaban autorizadas a hablar de eso, pero al final la niña contestó:

—Nos dirigimos a Le Chambon-sur-Lignon. Una comuna francesa situada en el departamento del Alto Loira, en la región de Auvernia.

—No había escuchado jamás ese nombre —dijo Jacob.

—Es una zona apartada, rodeada de montañas. Antes, la gente pasaba las vacaciones de verano en los alrededores, pero desde que comenzó la guerra se ha convertido en un refugio y una tierra de acogida. Allí nadie te pregunta de dónde vienes o cuál es tu religión. Es un lugar en el que las personas son de nuevo simplemente eso, personas —explicó Anna.

A Jacob le sonó todo aquello a cuento de hadas. Había llevado una estrella amarilla en el pecho, le habían escupido en la cara, pegado e insultado. A todo el mundo le preocupaba de qué país eras, cuál era tu religión y el dinero que tenías.

—Parece un sitio maravilloso —dijo Moisés, que hasta ese momento había permanecido en silencio.

—Es un sitio maravilloso —contestó Anna—. Estaremos allí hasta que termine la guerra.

—¿Qué sucederá si ganan la guerra los nazis? —preguntó Jacob.

La niña frunció el ceño. No entendía por qué ese niño se empeñaba en fastidiarla, aunque lo único que pretendía Jacob era que Anna fuera consciente de que el peligro podía acechar en todas partes y que no había ningún lugar realmente seguro.

—Lo siento, no quería molestarte. Nunca había escuchado que existiera ese sitio. Simplemente tenía curiosidad.

La madre de Anna sonrió, luego abrazó a su hija para que se tranquilizase y dijo:

—¿A dónde os dirigís vosotros?

—Vamos a la Argentina, esperamos encontrarnos con nuestros padres allí —contestó Moisés.

—Estupendo, seguro que dentro de poco tiempo estaréis con ellos.

Jacob se quedó un buen rato en silencio, pero después se dirigió de nuevo a la niña:

—¿Por qué crees que ese lugar es tan especial? He recorrido muchos pueblos de Francia, he encontrado gente buena, mala y valiente. ¿Qué puede hacer a ese pueblo diferente?

Anna intentó contenerse, se sentía muy ofendida, pero respiró hondo y le contestó:

—No todo el mundo es igual. La gente de ese pueblo y los pueblos de alrededor se ha negado a obedecer al mariscal Pétain. Los niños no llevan estrellas amarillas, tampoco tienen que hacer el saludo nazi; podré ir a la escuela con el resto de niños y hacer una vida normal. Si los nazis ganan la guerra, no merecerá la pena vivir en el mundo que ellos gobiernen. Entonces será mejor la muerte. A veces pensamos que existir es mejor que perecer, pero no siempre es así.

—Anna, no me gusta que hables de ese modo —le reprendió su madre.

—Tiene razón, hay momentos en los que la muerte parece la mejor elección, aunque nosotros conservamos la esperanza. Francia ya no es la nación de la libertad y la fraternidad, sería mejor que dejaran el país.

Se produjo un incómodo silencio. Jacob se arrepintió de sus palabras, pero la mujer comenzó a hablar de otro tema, no quería que los pocos días en que su hija tendría la compañía de otros niños todos sufrieran innecesariamente.

La tarde pasó monótona. Moisés y Anna jugaron, pero Jacob se dedicó a leer en francés un libro de Dumas. Durante unas horas pudo olvidarse del miedo que sentía, se relajó y dejó que su imaginación viajara al siglo XVII.

La cena fue frugal y al anochecer todos estaban durmiendo. Madre e hija estaban descansando en la cama, mientras los chicos dormían en un jergón en el suelo.

A media noche, Jacob se levantó y se asomó al tragaluz del techo. Las estrellas brillaban con intensidad, parecían pintadas sobre un lienzo negro.

—¿Estás bien? —preguntó en un susurro una voz a su espalda.

El niño se giró y vio a Anna vestida con un camisón rosa, llevaba el pelo suelto y su cara de rasgos perfectos parecía de mármol a la luz de las estrellas.

—Sí, no podía dormir.

—Yo tampoco.

—Lamento mi comportamiento de antes, no quería molestarte. En el fondo, estoy buscando un lugar como ese, pero he dejado de creer que exista.

—A veces, la fe es el único camino —contestó la niña.

—No sé qué es la fe —replicó el niño, confuso.

—Tener fe es confiar —dijo ella.

—¿Confiar en quién?

Jacob no entendía a qué se refería Anna.

—En Dios, ¿no eres judío?

—Bueno, mis padres eran judíos, pero nunca me hablaban de esas cosas. Mi tía era más religiosa, pero lo único que sé es lo que aprendí este verano en la sinagoga. Somos un pueblo elegido, Dios nos apartó de las naciones y debemos adorarle a él, que es el único Dios verdadero, pero la verdad es que no entiendo nada de eso. ¿Para qué nos escogió? ¿Para que los demás nos persigan y desprecien? Mi padre es ateo, cree que el mundo es una bella casualidad y nosotros, simples animales con raciocinio.

—Bueno, puede que tu padre piense eso, pero yo creo que Dios nos observa y cuida, aunque a veces tenga dudas. Quiero enseñarte un lugar que he descubierto.

Anna llevó por las escaleras hasta el escenario al muchacho. No había casi luz, pero se sentía seguro al lado de la niña. Entraron en una pequeña habitación y la chica levantó algo con gran esfuerzo, después le tomó de la mano y se dirigieron de nuevo al auditorio. La sala se encontraba completamente iluminada, los palcos dorados con cortinas rojas brillaban como si fueran mágicos. Las butacas color burdeos de la platea se alineaban como un ejército y, en el escenario, el telón estaba completamente abierto. Llegaron justo a la mitad de la plataforma y miraron a lo alto.

—¡Qué bello es! —exclamó el niño.

—La belleza es una de las cosas que me ayuda a creer. Hemos sido capaces de crear lugares como este. La belleza nos rodea por todas partes, aunque a veces no lo percibamos.

Jacob miró a la chica. Sus ojos brillaban con tal intensidad que temió quedarse para siempre atrapado en ellos. Acercó sus mejillas a las de Anna y sintió el calor que desprendía.

—Tú eres tan bella…, pero lo que más me gusta de ti son esas ganas de vivir. Dios mío, apenas te conozco, pero no me gustaría separarme de ti.

—Venid a Le Chambon-sur-Lignon, cuando pase la guerra podréis buscar a vuestros padres. En Marsella ya no están dando visados, correréis mucho peligro —dijo ella, en tono suplicante.

Jacob se quedó en silencio, disfrutando de ese momento, sintiéndose por fin protagonista de su propia vida.

19

Valence, 8 de agosto de 1942

ANNA Y SU MADRE SE MARCHARON AL DÍA SIGUIENTE. POR LA noche llegó un transporte; apenas habían tenido tiempo para despedirse, pero Jacob tomó la mano de la chica y le prometió que volverían a verse. Fue una promesa impulsiva, motivada por el deseo de que la realidad por una vez se doblegara ante los sueños, pero que no evitó que, en cuanto los dos hermanos se encontraron a solas, Jacob se derrumbara. Moisés intentó consolarle. Sabía que, en aquel vaivén de emociones, a cada instante parecías caer en la desesperación, para después recuperar de nuevo la ilusión y la esperanza.

Los días siguientes, las visitas del señor Vipond y las atenciones del señor Perrot les hicieron al menos sentirse menos perdidos. El encierro comenzaba a afectarles y, aunque por las noches se dedicaban a explorar el edificio, disfrazarse de caballeros, soldados o romanos, cada día les parecía más largo y desesperante.

Una noche, cuando agosto ya llevaba unos días repartiendo su asfixiante calor, sus dos benefactores se reunieron con ellos. Llevaron una cena especial, como si quisieran celebrar la ocasión como lo merecía.

—Bueno, esta será vuestra última noche en la ciudad —dijo el señor Perrot, sin poder ocultar más la intención de aquella cena.

—¿Han conseguido los visados? —preguntó Jacob, sin disimular su alegría. Moisés comenzó a saltar sobre el borde de la cama, hasta que el rostro del señor Vipond les hizo entender que no hablaban de eso.

—Marsella se encuentra asediada por los gendarmes y la policía de inmigración, incluso han dejado operar a la Gestapo. Parece que la política de tolerancia en la Francia Libre ha terminado. Llegan noticias de redadas por todas partes y hasta algunos embajadores están asustados. Es imposible conseguir un visado en estas circunstancias —comentó Perrot, con el semblante triste.

—No se preocupen, al menos lo han intentado. Viajaremos hasta España, puede que allí tengamos más suerte —dijo Jacob.

—No llegaríais ni a Aviñón. Los caminos están llenos de controles, no queremos que terminéis en un campo de concentración. Nos han contado que las condiciones de vida son terribles y que las autoridades mandan a los judíos a Alemania. Seguiremos intentando encontrar la forma de que viajéis a la Argentina, pero mientras tanto os llevaremos a un lugar seguro, un sitio donde podáis respirar aire puro, jugar con otros niños y vivir tranquilos. Puede que esos nazis nos asesinen, pero no debemos dejar que nos arrebaten la vida. Cada día que pasáis aquí encerrados, de alguna forma ellos ganan la batalla. Mañana temprano partiréis para los valles del centro —señaló Vipond.

Jacob frunció el ceño y se cruzó de brazos. Prefería caer en manos de los nazis que renunciar a encontrar a sus padres.

—Seguiremos intentándolo, os lo prometemos. Antes de que termine el año, estaréis viajando a América, pero ahora es un suicidio —dijo Perrot, al ver el rostro del chico.

Moisés miró a su hermano, esperaba su reacción. Él haría lo que Jacob quisiera, nunca se separarían.

—¿Dónde está ese lugar tan maravilloso? —preguntó el niño, con cierta indiferencia.

—Es el pueblo de Le Chambon-sur-Lignon, el lugar donde fueron Anna y su madre. Llevan algo más de una semana allí y parecen muy contentas —le explicó Vipond.

Por primera vez en toda la cena, Jacob esbozó una leve sonrisa. Estarían junto a Anna. Se había acordado de ella cada día, no podía quitársela de la cabeza.

—¿Partiremos hacia Le Chambon-sur-Lignon? —preguntó el muchacho para cerciorarse.

—Sí, hemos hablado con el pastor protestante André Trocmé, podréis quedaros unos meses en el pueblo. Tú te alojarás en la Maison des Roches con otros chicos de tu edad; tu hermano, con unos granjeros —dijo Perrot.

—¿Quieren separarnos? Prometí a mis padres que cuidaría de Moisés —protestó Jacob, angustiado.

—Os veréis todas las semanas, sobre todo los sábados y domingos. Él estará bien, pero es mejor así. No hemos encontrado otra manera. Esta medida será provisional, apenas unas semanas, como mucho unos meses —le consoló Perrot.

Moisés tomó la mano de su hermano.

—Será mejor que nos marchemos. Ya no aguantamos más aquí; además, es peligroso, cuando puedan sacarnos de Francia nos avisarán.

Jacob miró a su hermano pequeño, sabía que tenía razón.

—Está bien, viajaremos hasta Le Chambon-sur-Lignon, pero, si no pueden sacarnos de allí antes de que termine el año, nos iremos por nuestros propios medios.

Los dos hombres sonrieron, sabían que aquel muchacho era valiente y decidido, siempre dispuesto a cumplir su palabra.

—Terminemos la cena antes de que se enfríe —dijo Vipond. Le iba a costar mucho separarse de aquellos muchachos, pero Valence no era un lugar seguro para ellos.

Terminaron la cena y, tras una breve conversación, los dejaron descansar. Les costó mucho conciliar el sueño; por un lado, deseaban salir de aquellas cuatro paredes que cada vez se parecían más a una prisión, pero volver a correr peligro les angustiaba.

—Tengo ganas de ver a nuestros padres —declaró Moisés, como si de alguna manera fuera consciente de que aquel nuevo viaje los separaría aún más de ellos.

—Puede que tengamos la sensación de que se aleja el momento de reencontrarnos con ellos, pero cada día estamos un poco más cerca. El señor Perrot me contó que los alemanes están perdiendo en el norte de África y que en Rusia hace tiempo que no avanzan, perderán la guerra. Seguro que dentro de muy poco podremos viajar sin ningún problema —dijo Jacob, siendo más optimista de lo habitual. Quería animar a su hermano, sabía que poco a poco se olvidaba de sus padres; para él, dentro de poco sería como si ellos no hubieran existido jamás.

—Eso espero, que les den una buena paliza. Malditos «boches» —comentó Moisés, muy serio.

A Jacob le hizo gracia el comentario de su hermano. Al fin y al cabo, ellos eran alemanes, aunque se sintieran franceses.

—Duerme un poco —le ordenó Jacob.

El niño se dio la vuelta, pero él permaneció boca arriba, recordó a Anna, notó cómo su corazón se aceleraba al pensar en ella. La volvería a ver como le había prometido. Aquel viaje merecía la pena, aunque fuera únicamente para estar un breve instante a su lado; después soñó con regresar a Francia cuando terminase la guerra y llevarla a la Argentina. Serían felices en Buenos Aires, una tierra de provisión y libertad. A nadie le importaría que fueran judíos, alemanes u holandeses. En ese instante supo de alguna forma que la felicidad estaba compuesta por pequeñas decisiones que te aproximaban a tus sueños. Antes de disfrutarla, siempre había que imaginar la vida como si se tratara de una novela emocionante con un final feliz.

20

Le Chambon-sur-Lignon, 9 de agosto de 1942

A LA MAÑANA SIGUIENTE, UN HOMBRE VESTIDO CON UN MONO de trabajo los esperaba en la puerta del teatro, junto a una vieja furgoneta Renault con el motor encendido. Antes de que atravesaran el umbral, el señor Perrot se acercó a ellos y les puso una mano en el hombro.

—Tengan paciencia, estoy seguro de que muy pronto tendrán noticias nuestras. Haremos todo lo posible para que puedan reunirse con sus padres en América.

El señor Vipond se agachó con dificultad y se puso a la altura de Moisés.

—Eres un niño valiente y soñador, no olvides que siempre podrás alcanzar lo que te propongas.

Después se incorporó con dificultad y le dijo a Jacob:

—Cuida de tu hermano, no tomes ninguna decisión equivocada, confía en nosotros y ten paciencia. A veces, las mejores cosas de la vida se hacen esperar.

El muchacho sonrió, sabía que el hombre tenía razón. Luego, el señor Vipond dio varios besos en las mejillas de los dos niños e intentó tragar saliva para aguantar el llanto.

—Que Dios os guarde —dijo, tapándose la boca con la mano.

Acompañaron a los niños hasta el vehículo. El mayor se acomodó en la parte delantera y el pequeño, en la parte trasera. La furgoneta vieja y destartalada estaba algo oxidada, pero aún conservaba en algunas partes la pintura gris original. El conductor no les dijo nada, se limitó a arrancar el vehículo y dirigirse hacia el este. Le Chambon-sur-Lignon se encontraba a unas dos horas y media de Valence. Las carreteras no eran muy buenas; además de las curvas y los precipicios, el firme en algunas partes no se encontraba en buen estado y, en invierno, el camino era casi impracticable. La gente de la zona estaba acostumbrada a quedarse aislada, por eso durante el verano preparaban la leña y la comida necesaria para los largos inviernos de la comarca.

El conductor era uno de los duros y poco expresivos habitantes de la zona. Cumplía con su obligación, pero nunca mostraba quejas o satisfacción por su trabajo. Tras siglos perseguidos y aislados en medio de una tierra pobre y dura, los protestantes de la zona habían creado una gruesa coraza de autoprotección. No era sencillo llegar a ellos, integrarse o encajar, pero, una vez que eras aceptado, aquel pequeño grupo de personas sencillas y rudas sería capaz de morir por lo que consideraban justo o por aquellos perseguidos y parias de la tierra.

El paisaje fue cambiando paulatinamente, como si los bosques que salpicaban Valence fueran creciendo como gigantescas olas verdes hasta devorar prácticamente todo. La furgoneta parecía traspasar la vegetación que crecía a ambos lados de la carretera. La floresta era tan espesa y los árboles tan recios que no permitían que penetrara la luz, por lo que el soleado día de agosto parecía más bien una oscura tarde de otoño.

Apenas atravesaron pueblos, las granjas escaseaban y muy pocas casas rompían con algún claro pequeño la monótona alfombra verde. Justo antes de llegar a Le Chambon-sur-Lignon, los primeros prados abrían un poco más el paisaje y les permitieron observar la zona con algo más de perspectiva. Las vacas pastaban indiferentes mientras el ruidoso vehículo intentaba alterar la profunda paz que reinaba en los pequeños valles de la zona.

Atravesaron Saint-Agrève, que se encontraba completamente desierto a pesar de ser casi la hora de la comida. Los bosques comenzaron a ser de nuevo más densos, hasta que detrás de una curva cerrada aparecieron las primeras casas. Primero dispersas, con sus fachadas de granito y sus contraventanas de madera pintadas de blanco, después alineadas hasta llegar a las calles principales con fachadas pintadas, edificios algo más altos y tiendas en los bajos. A diferencia del pueblo anterior, la vida bullía en cada rincón. Personas bien vestidas se confundían con los campesinos que vendían sus productos o los restaurantes que ofrecían sus platos en el interior o en las terrazas rodeadas de flores.

La gente caminaba relajada y sonriente, algunas banderolas con los colores de Francia colgaban de las calles, como si estuvieran celebrando alguna fiesta. Entonces, por primera vez en todo el viaje, el conductor se dirigió a ellos y les dijo:

—Mañana vienen el ministro George Lamirand y el prefecto Robert Bach. Al parecer, el viejo mariscal no se ha atrevido a pasar de Le Puy-en-Velay, ha visitado a la virgen negra y ha regresado a Vichy como alma que persigue el diablo. No queremos a nadie como él por aquí.

La voz recia del hombre los atemorizó un poco, pero a medida que hablaba se dieron cuenta de que era un sencillo y franco campesino, cansado de las promesas vanas del mariscal Pétain.

—Os dejaré en la casa del pastor Trocmé, él se encargará de vosotros. Cuidad vuestros modales, aún le queda algo de la sangre germana de su madre y no soporta la falta de respeto.

Los dos chicos se pusieron muy serios. Aquella advertencia los atemorizó un poco, lo que hizo que el conductor soltara una gran carcajada. Después de atravesar el pueblo, bajó por una cuesta y se paró enfrente de una iglesia de piedra de formas sencillas. Salió del vehículo y tomó las dos maletillas que el señor Vipond había preparado a los niños. También les había entregado una buena suma de dinero, por si se torcían las cosas y debían escapar precipitadamente.

Caminaron hasta la fachada de piedra. Sobre la entrada, en el frontispicio, se podía leer la frase «*Aimez-vous les uns les autres*» (Amaos los unos a los otros). Una pequeña vidriera apagada y un campanario eran los someros adornos de la iglesia. Dos grandes ventanales a cada lado y la puerta de madera marrón terminaban el austero conjunto.

El conductor se introdujo en el edificio, se quitó la gorra y entró en el despacho pastoral. Los dos niños le siguieron algo atemorizados; la sobriedad de la fachada se correspondía con la fría austeridad del recibidor. Subieron un par de escalones y entraron en un sencillo despacho. La mesa de madera oscura y las estanterías eran muy pequeñas y el resto del cuarto estaba sin amueblar, excepto por un par de cuadros con textos bíblicos y algunos montones de folletos y nuevos testamentos.

Sentado a la mesa se encontraba un señor delgado, vestido con un traje simple, pero bien planchado y muy limpio. El hombre estaba leyendo algo, por lo que vieron su cabeza despoblada y su pelo rubio que comenzaba a emblanquecerse. Cuando levantó la vista, sus ojos claros y expresivos les hicieron tranquilizarse al momento. Les sonrió, dejando que dos hoyuelos crecieran en sus mejillas de piel muy blanca. Las gafas redondas se movieron y el pastor dejó en la mesa la pluma.

—Pastor Trocmé, le traigo a los dos niños de Valence, los recomiendan el señor Perrot y el señor Vipond —anunció el conductor, con la gorra en la mano y la voz susurrante, que no se parecía en nada a su voz ronca y fuerte.

—Gracias, Marc —dijo el pastor, con una voz suave.

El hombre se retiró y los dos niños quedaron a solas delante del pastor.

—No quiero decir que me alegra veros. Si estáis aquí es porque estáis escapando de algo; además, no veo a vuestros padres. Creo que los señores Vipond y Perrot me dijeron que están en la Argentina. Espero que la estancia en nuestro humilde pueblo os haga olvidar en parte la guerra y todas las cosas malas que habéis vivido. Por favor, sentaos —dijo, invitando a los dos chicos.

—Gracias, señor… pastor —contestó Jacob, dubitativo.

El señor Trocmé sonrió y comenzó a pedirles unos datos, después se puso en pie y se dirigió a la ventana. El día estaba algo nublado y el edificio se encontraba completamente helado. El pastor llevaba la chaqueta puesta y una pajarita pequeña de color rojo, que daba un toque de color al sobrio traje. Caminó hasta ellos, su paso era ligero y elegante. No parecía un hombre de pueblo.

—Ya sabéis que es necesario que os separéis por un tiempo. Ninguna familia podía hacerse cargo de los dos. La familia Arnaud cuidará de Moisés, ellos tienen otros dos hijos de su edad. Viven a unos cinco kilómetros del pueblo en una granja muy bonita, seguro que disfruta con ellos. Todos los días vendrá a la escuela y podrás ver a tu hermano los sábados en las reuniones de *scouts* y los domingos en la iglesia.

Jacob se puso algo nervioso, pero intentó calmarse y dirigirse al hombre:

—¿No podría ser de otra manera? Diga a esa familia que haré lo que sea, mis brazos son fuertes y les vendrán bien que les eche una mano.

—Lo siento, pero no es posible. Tú te alojarás con mi primo segundo Daniel en la Maison des Roches; él nos está ayudando con el proyecto de *L'École Nouvelle Cévenol*. Están todas las casas llenas. El año pasado, tu hermano podría haberse quedado en la Maison d'enfance, pero ya no hay más sitio. En las últimas semanas han llegado muchas personas escapando de las persecuciones de París.

En aquel momento apareció un hombre joven vestido con un traje más sencillo. Tenía el pelo muy corto, a excepción de un pequeño tupé. Les sonrió y se detuvo justo al lado del pastor.

—Estos son Jacob y Moisés Stein —dijo André, presentando a los niños.

—Hola chicos, en unos días estaremos jugando un partido de fútbol. ¿Os gusta darle a la pelota?

—Sí —respondió Moisés al instante.

—Qué bien, aquí vais a hacer un montón de amigos y a aprender juntos —expresó el joven.

—Este es mi ayudante y amigo Edouard Theis —intervino André.

—Encantado —dijo Edouard, dando la mano a los niños, después se giró al pastor—. ¿Podemos hablar un momento?

Los dos hombres se apartaron a un lado y hablaron en voz baja.

—Mañana llega el prefecto Bach y el ministro de juventud Lamirand. Al final, el Consistorio ha elegido al pastor Marcel Jeannet para que hable, nadie quiere causar más problemas.

—El problema siempre lo generan ellos. Al menos no ha venido el mariscal, pero este Lamirand creo que es un hueso duro de roer —contestó André.

—¿Estarán todos los chicos controlados? —preguntó Edouard.

—No lo sé, la gente está muy indignada por lo que ha sucedido en París —dijo André.

—No es ni el momento ni el lugar, André. Hasta ahora, el prefecto ha hecho la vista gorda, pero no sabemos cuánto tiempo continuará esta situación.

—Sabes que hemos tenido que luchar contra muchas presiones, pero siempre debemos decir la verdad y pedir justicia. Eso es lo que enseñamos a los chicos, no podemos impedir que lo hagan, cuando piensan que es necesario.

—Que Dios nos asista —dijo Edouard, recuperando la sonrisa de nuevo.

—Nadie nos asegura el futuro, cada acción tiene una consecuencia, pero la inacción también las tiene.

El joven pasó la mano por el brazo del pastor y después salió del despacho tan rápidamente como había entrado.

El hombre se dio la vuelta y les volvió a sonreír.

—Mi esposa Magda ha preparado algo para que almorcéis, imagino que tenéis mucha hambre. Vamos a mi casa. El señor Arnaud tardará un rato en venir a recoger a Moisés, también mi primo segundo Daniel tiene que hacer hasta tarde.

Los tres entraron en la capilla. Era más amplia de lo que habían imaginado. Unas descomunales columnas jónicas sobre amplios pedestales sujetaban una larga bóveda de cañón; a ambos lados, varias filas de bancos color marrón oscuro terminaban en una gran plataforma; detrás estaba la pared del fondo, forrada de madera, hasta converger en un púlpito central, coronado con un pequeño techo. Las baldosas de piedra, grandes y pesadas, absorbieron el sonido de las pisadas mientras los tres recorrían el pasillo central hasta la parte trasera; un pequeño pasillo comunicaba la capilla con la casa pastoral.

Magda se encontraba en la cocina con otra señora mayor; varios niños leían y jugaban en el salón, aprovechando la poca luz de aquel día nublado.

—Estos son mis hijos: Nelly, Jean-Pierre, Jacques y Daniel.

Menos la niña, todos eran más pequeños que los dos hermanos.

—Hola —los saludaron los niños, sin mucha efusividad, estaban acostumbrados a ver a gente nueva en su casa prácticamente todos los días.

En ese momento salió de la cocina una mujer morena, delgada y con una larga trenza en la cabeza.

—Hola niños, tú debes de ser Jacob y tú Moisés, ¿verdad?

Los chicos se quedaron impresionados de que supiera sus nombres. Su expresión era cansada, tenía unas largas ojeras que empequeñecían en parte sus, en otro tiempo, grandes ojos.

—Me marcho —anunció la otra mujer.

—Gracias —le dijo Magda, sonriente.

La familia se sentó a la mesa y comenzó a cenar en silencio, hasta que Moisés levantó tímidamente la mano. Jacob se quedó sorprendido ante la osadía de su hermano.

—Señor, hay una cosa que no entiendo —dijo el niño, muy serio.

—¿Qué no entiendes? —preguntó André con una sonrisa.

—Todo el mundo le llama pastor, pero no he visto ni una sola oveja.

Todos comenzaron a reír. Moisés frunció el ceño y agachó la cabeza.

—No soy pastor de ovejas, soy pastor de personas. Aunque la pregunta es muy buena, Moisés.

Jean Pierre miró al niño que estaba sentado justo a su lado y le mostró del bolsillo algunas canicas.

—¿Qué haces? No toques guarrerías mientras comes —comentó Magda a su hijo.

—Mamá, son canicas.

—Pero han estado en el suelo, ¿verdad?

—Sí, mamá —reconoció el niño, volviendo a tomar la sopa.

Escucharon un coche y el pastor se puso en pie. Justo habían terminado la cena. Se dirigieron hasta la puerta de la casa. Una furgoneta aún más vieja y destartalada que la que los había traído estaba justo en la puerta. Un hombre moreno de ojos oscuros y rostro arrugado saludó al pastor.

—Este es el señor Arnaud. El sábado te veremos —dijo el pastor, intentando calmar al pequeño.

Moisés corrió hasta su hermano y le abrazó llorando.

—Vete con él. Estarás bien —dijo Jacob, aguantando las lágrimas.

—No me abandones, por favor —suplicó Moisés.

—Nunca te abandonaré, aunque el mundo se hundiera a nuestros pies, nunca te dejaré, hermano.

Los dos niños se besaron. Era la primera vez que se separaban en su vida. Jacob existía desde antes que su hermano, pero no recordaba ningún acontecimiento importante en el que Moisés no hubiera estado. Solo se tenían el uno al otro. Por eso, cuando la pequeña figura de su hermano se alejó y entró en el vehículo, sintió un desgarro en el corazón. Aguantó las lágrimas y le despidió con la mano. Enseguida la furgoneta desapareció en la oscuridad.

André puso su mano en el hombro del niño, este le abrazó y comenzó a llorar desconsolado.

—Lo verás en unos días. Se encontrará bien. Durante semanas habéis vivido en un infierno, pero ahora estáis aquí y nada malo os pasará. Te lo prometo.

Las palabras de André Trocmé parecían tan sinceras que Jacob logró calmarse. Había algo en la mirada de aquel hombre, una bondad que no había visto nunca en otro. Parecía como si su alma se asomara a sus ojos.

Jacob pensó en Anna y sus palabras. Para ella, Le Chambon-sur-Lignon era mucho más que un pueblo apartado de Francia, era una montaña secreta, el último lugar de Europa donde las personas seguían siendo simplemente personas y los seres humanos podían vivir en armonía.

21

Le Chambon-sur-Lignon, 10 de agosto de 1942

EL SOL APARECIÓ PARA RECIBIR AL PRECEPTO BACH Y AL MINIS-tro Lamirand, como si con su calor y luz deseara darles la bienvenida, pero fue el único que aquella mañana de agosto recibió con los brazos abiertos a los dos hombres y su séquito de funcionarios y colaboracionistas.

La gente no se agolpaba en las calles como en otros pueblos de la región. El régimen de Vichy al principio había sido bien recibido entre algunos campesinos conservadores, que no estaban de acuerdo con el desenfreno de la República, pero muy pronto los partidarios de Pétain se habían dado cuenta de que el viejo mariscal no era más que una marioneta en manos de los nazis. André Trocmé, Edouard Theis, Charles Guillon, Louis Comte y la mayoría de los líderes de la comarca se habían opuesto sistemáticamente a las medidas tomadas desde Vichy. El prefecto Bach les había llamado varias veces la atención, pero ni los líderes religiosos ni los líderes civiles estaban dispuestos a someterse a la autoridad de los nazis ni a sus colaboradores franceses.

Algunos de los colegios y casas de niños habían acudido a la celebración para no ofender a las autoridades. Jacob se encontraba en la primera fila junto a Daniel Trocmé, que apoyaba su mano derecha en el hombro del muchacho. El niño estaba un poco asustado, era la primera vez que participaba en un acto público desde su huida de París. Notó que la multitud le producía una especie de angustia, tal vez por los recuerdos de lo sucedido en el Velódromo unas semanas antes.

Lamirand apareció en Le Chambon-sur-Lignon con su uniforme azul, sus botas de cuero negro y a su lado el prefecto Robert Bach con el ceño fruncido y los brazos cruzados. Antes de la comida en el campamento de Jouvet de la YMCA, el ministro de Juventud de Vichy se puso delante de los pocos vecinos que habían acudido para recibirle y comenzó a hablar:

—Estimados vecinos y ciudadanos de la comuna de Le Chambon-sur-Lignon, es para mí un placer saludaros en nombre de nuestro presidente, su excelencia Philippe Pétain, mariscal de Francia y héroe de la Gran Guerra. Nuestro líder nos salvó de los desastres de la Primera Guerra Mundial con su astucia militar, pero ahora ha salvado a la nación de todos aquellos que, traicionándola, la metieron en una guerra contra Alemania. Los valores de la República se habían desvirtuado, la decadencia moral de nuestro país, por el gobierno inmoral de masones, comunistas y judíos, terminó por desmoronar nuestro lema de libertad, igualdad y fraternidad. Por eso, nuestro líder ha forjado para nosotros principios más sólidos que se sustentan en valores más profundos, valores que nacen de nuestro credo cristiano y nuestra tradición de libertad. Trabajo, familia y patria son ahora las columnas vertebrales de nuestra nación. Aquellos que no amen Francia, que no busquen su pronto renacimiento, no tienen cabida en esta nueva nación.

Se produjo un largo silencio, después Lamirand alzó la mano derecha y comenzó a señalar a los asistentes.

—Los jóvenes son el futuro de Francia. En Le Chambon- sur-Lignon se está haciendo un trabajo ejemplar con ellos, desde hace años se les adoctrina en los valores cristianos, en el amor a la naturaleza y en la grandeza de nuestro hermoso país. Hoy quiero reconocer esa labor y animar a que todas las asociaciones y organizaciones se unan al Gobierno en el esfuerzo común de luchar por una nueva Francia. Todos unidos en Les Chantiers de la Jeunesse Française, para la grandeza de nuestra nación y la gloria del mariscal.

Apenas se escucharon dos o tres aplausos dispersos; el ministro frunció los labios y el prefecto tomó la palabra para evitar una situación tan incómoda.

—Amados ciudadanos de Le Chambon-sur-Lignon. La larga tradición de ayuda, protección y refugio de vuestras hermosas tierras honra a Francia. El amor de vuestros líderes por la paz y la no violencia es un ejemplo para todo el país, pero este es un momento clave en la historia. Todos tenemos que decidir con qué bando estamos, no podemos permanecer neutrales y callar ante aquellos que desean la total destrucción de Francia y que, desde fuera de nuestro país, se pavonean junto a nuestros enemigos. Amigos y ciudadanos, nuestro mariscal es el único remedio para la enfermedad moral de nuestra amada tierra. Como cristianos y franceses, os pido que os unáis a la enorme labor de reconstruir nuestro amado país.

Comenzó a sonar la Marsellesa y todos se unieron en una sola voz, aunque detrás del himno nacional no podía ocultarse la incomodidad de los vecinos y su rechazo a Vichy.

—¡Ahora a almorzar! —gritó una de las mujeres que se habían ocupado de la comida.

Las autoridades se dirigieron a la mesa principal. Junto al precepto Bach se sentó el pastor André Trocmé; a su lado, Edouard Theis. La esposa del ayudante de André era norteamericana y, por protocolo, se había intentado alejarla lo más posible del ministro. Al otro lado, junto a Lamirand, estaba el pastor suizo Marcel Jeannet, que iba a predicar el sermón en el acto religioso posterior.

Jacob tomó varios platos y se dirigió hasta la mesa presidencial; le temblaban las piernas mientras se aproximaba al ministro, vestido a la manera fascista.

—Muchacho, gracias por la comida —dijo el ministro; después se giró a ambos lados de la mesa—. Aquí un ejemplo de la juventud de Francia, en la pureza de su raza y la fuerza de sus convicciones cristianas.

Jacob se puso rojo como un tomate. Se retiró aún más nervioso de lo que había ido e intentó pasar desapercibido.

—Pastor Trocmé, lo que comentaba hace un momento era algo muy serio. Los alemanes nos están presionando, ya no podemos mirar más hacia otro lado. Tiene que darme una lista con todos los refugiados extranjeros de origen judío —reclamó el prefecto, en tono bajo, al pastor.

—No le entiendo —contestó André, intentando evadir la conversación.

—Claro que me entiende. Desde hace un par de años, están refugiando a cientos de judíos extranjeros. Hemos recibido varios anónimos en los que nos cuentan que usted y los otros pastores están animando a la población a la desobediencia civil. Eso es inadmisible. Si nos facilitan la lista con los judíos extranjeros, podrán seguir ayudando al resto sin sufrir ninguna molestia —dijo el prefecto en un tono tan amenazador que el semblante tranquilo de André se tornó en una expresión de enfado e indignación.

El pastor intentó controlarse y dejar que el prefecto terminara.

—Tiene cuarenta y ocho horas para darme esa lista. Esas personas no son feligreses suyos, ni siquiera son cristianos. Entiendo su celo, pero por salvar a unos pocos puede poner en peligro a todos.

—Yo no distingo entre extranjeros y franceses, tampoco me importa el credo de esas personas. Para mí son refugiados, gente que escapa de la guerra y la muerte. Mi parroquia es el mundo, y cada persona, mi prójimo. Lo lamento, pero no le daré ninguna lista —dijo André, intentando frenar su furia.

—Usted lo ha querido, recibirá noticias nuestras muy pronto. Advertiremos a sus superiores de una actitud que puede poner en peligro a todos los protestantes franceses. No olvide que su deber primero es proteger a los suyos. Ya han sufrido suficiente a lo largo de la historia.

El ministro se giró hacia el prefecto y André. Estaba escuchando en parte la conversación y quería participar, pero en ese momento Magda llevaba una olla con comida que, por accidente, vertió sobre la espalda del ministro.

—Lo lamento —se disculpó la esposa de André.

La sopa abrasó la espalda del ministro y arruinó su hermosa camisa azul. El hombre se giró con los ojos encendidos, pero en el último momento se calmó y, con una sonrisa forzada, le dijo que no pasaba nada.

La comida concluyó y André se levantó el primero de la mesa, no soportaba ni un minuto más junto al prefecto. Se cruzó con su primo segundo Daniel, que le paró sujetándole del brazo.

—Los estudiantes lo van a hacer —le anunció.

—Que sea lo que Dios quiera, no podemos negar nuestra conciencia —dijo André, mientras se aproximaba a su esposa.

La comitiva se levantó de la mesa para dirigirse al templo protestante, pero apenas había dado un par de pasos cuando un grupo de estudiantes se puso enfrente del ministro y el prefecto.

—Señor ministro de la Juventud, queremos entregarle una carta de protesta.

Los guardaespaldas se interpusieron, pero Lamirand les dijo que se apartasen.

—¿Una carta de protesta? —preguntó el ministro.

—Sí, ante los sucesos ocurridos en París y otras ciudades del país, con el apresamiento ilegal de personas por su religión. Está prohibido por nuestras leyes y tradición perseguir a las personas por sus creencias —dijo el muchacho; su voz titubeante comenzaba a tomar más seguridad.

Algunos jóvenes vestidos con camisas azules comenzaron a abuchear a los estudiantes.

—No me corresponde a mí la política hacia los judíos, soy ministro de Juventud —contestó Lamirand.

—Usted es miembro del Gobierno y, como tal, responsable de las decisiones que tomó —respondió el estudiante.

—Eso ha sucedido en la Francia Ocupada —dijo el prefecto, indignado, intentando terminar la conversación.

—Se están produciendo redadas en la Francia Libre. Además, su Gobierno debería haber protestado por el trato inhumano infligido a cientos de niños que tienen nuestra nacionalidad. Por no hablar de los derechos del hombre.

Lamirand extendió su mano enguantada y tomó la carta. Después sonrió al público y continuó caminando. La situación era tan incómoda que el prefecto estuvo a punto de suspender el último acto del día, pero pensó que un poco de sosiego no dejaría al ministro un sabor de boca tan amargo.

Entraron en la pequeña avenida de árboles, se dirigieron directamente al templo y pasaron entre los bancos repletos de gente hasta la plataforma. El pastor Marcel Jeannet esperaba en el púlpito, algo inquieto.

Jacob se sentó junto a Daniel Trocmé, en la segunda fila, justo detrás de las autoridades. A pesar de la multitud, había un silencio casi sepulcral. El pastor invitó a la congregación a ponerse de pie. Hicieron una breve oración y después cantaron un himno.

—Por favor, siéntense —dijo Marcel al público.

El joven pastor suizo miró las bancadas repletas de gente. «Parece que nadie quiere perderse esta charla», pensó mientras colocaba, nervioso, sus papeles.

—Estimados hermanos y amigos, hoy nos reúne aquí mucho más que nuestras ideologías, creencias u opiniones. Estamos en la Casa de Dios con un propósito: que su verdad nos inspire, como ha hecho hasta ahora, en la tarea de ayudar a la juventud de Francia. Nos alegra ver el interés de este Gobierno por la juventud, cada generación construye su propio destino, y esta nueva generación ha sufrido los azotes de la guerra y la violencia.

»Por eso quiero felicitar a los profesores, educadores y pedagogos que cada día intentan modelar a los jóvenes que nos acompañan en esta tarde.

La iglesia seguía en completo silencio, los últimos rezagados se quedaron en la parte trasera del templo o comenzaron a ocupar los pasillos laterales.

—Los cristianos y todos los hombres de bien siempre nos encontramos ante la misma tesitura. ¿Debemos obedecer a los hombres antes que a Dios? Aunque en la Biblia se nos exhorta a respetar a las autoridades, porque están establecidas por Dios, cuando el Estado promulga leyes en contra de la ley de Dios o los derechos del hombre, nuestro deber es decir «no».

Un murmullo recorrió toda la iglesia. El precepto se puso la mano derecha en la frente e intentó agachar la cabeza, aquel final parecía aún más desastroso de lo que había imaginado.

—El Estado no está ni puede estar por encima de las leyes de Dios ni de los derechos humanos. Es su deber proteger a los ciudadanos, sea cual sea su fe, su ideología o procedencia. Hoy, aquí, todos somos franceses, todos somos libres, todos somos hermanos. Puede que fuera de este valle, al otro lado de esos bosques, los hombres se maten por esas cosas, pero no en esta comarca. Nosotros, los protestantes, fuimos perseguidos, casi exterminados por los enemigos de nuestra fe. Luchamos contra ellos, pero hoy sabemos que nuestras armas son las del Espíritu. Paz, armonía y convivencia serán siempre los signos de identidad de este valle. Mientras tengamos aliento y vida, amaremos a nuestro prójimo como a nosotros mismos. En esta casa no hay gentiles ni judíos, esclavos o libres, únicamente hay hijos de Dios.

El público se puso en pie y comenzó a aplaudir, mientras que las autoridades permanecían sentadas. Jacob observó el rostro de Daniel y después el de su tío André: parecían eufóricos, como si acabasen de ganar una gran batalla.

El precepto salió de la iglesia precipitadamente con el ministro, mientras se producía un largo silencio.

Daniel se volvió a su primo y le dijo:

—Parece que escapan como almas que se lleva el diablo.

—Volverán, Daniel. Tenemos que estar preparados para lo peor.

Jacob no entendió las palabras del pastor, pero, en cuanto las autoridades atravesaron las puertas del templo, la gente comenzó a gritar de alegría. André se puso frente a ellos e hizo un gesto con las manos para que se tranquilizasen.

—¡Contención, mesura y prudencia! No provoquemos, debemos proteger a mucha gente.

La gente comenzó a calmarse y fue poco a poco abandonando el templo mientras se despedía de los pastores. En dirección contraria, luchando contra corriente, un hombre con el pelo largo y despeinado, con profundas ojeras y el rostro pálido como la muerte se aproximó a André Trocmé.

—Pastor Trocmé, soy Albert Camus, llevo unos días en el pueblo, he venido a curarme de un problema pulmonar. Quería felicitarle.

André frunció el ceño.

—No he hecho nada extraordinario, el que habló fue el pastor Jeannet.

—Sé lo que está haciendo en este lugar. Le admiro y respeto, espero que su ejemplo se extienda al resto del país —dijo Camus, con una sonrisa.

—Estimado Albert, mire a esa gente —respondió, señalando a la multitud que se alejaba poco a poco—. Ellos son los verdaderos héroes: el panadero, el farmacéutico, el dueño del hotel, el jornalero, el campesino. Sus vidas son tranquilas, podían pasar esta guerra sin sobresaltos, pero se han decidido a amar. Amar siempre es un riesgo.

—Sin duda, sobre todo ante la marea, la peste fascista que nos asedia —contestó Camus.

—Ni siquiera eso es lo importante, la verdadera marea, la peste, como dice usted, es el odio en el corazón del hombre. La única forma de combatirlo es con el amor. Advertimos de esta ola de odio hace años, cuando Hitler subió al poder en Alemania, pero nadie nos quiso escuchar. Ahora apenas podemos contenerla, ellos han sembrado todo ese odio y violencia, han marcado a toda una generación. Contengamos la ola y sembremos amor, querido amigo.

Albert Camus sonrió por primera vez, sentía los pulmones pesados por la enfermedad y en las últimas semanas había experimentado tan cerca la muerte que las palabras de André le hicieron renovar su esperanza. Le dio la mano y se dirigió a la salida con el resto de la multitud.

Daniel se aproximó a su primo y le dio una palmada en la espalda, después sonrió a Jacob y le dijo:

—La familia Arnaud ha traído a tu hermano. ¿Quieres verlo antes de que se marchen?

La mirada del muchacho se iluminó. Llevaba unas pocas horas sin estar con Moisés, pero se le había hecho eterna.

Salieron de la iglesia y se acercaron a los Arnaud.

—Este es Jacob, el hermano de Moisés —informó a la pareja.

—Un placer, yo soy Martha y este es mi esposo Lorik. Tu hermano estará muy bien con nosotros. Puedes ir a verle siempre que quieras —le dijo una mujer rubia, vestida con un austero traje negro.

—Gracias, señora —contestó Jacob.

Daniel le hizo un gesto y el muchacho corrió hasta su hermano.

—¡Jacob! —gritó el niño—. ¡Es mi hermano!

Los dos se abrazaron y estuvieron charlando un rato mientras la multitud comenzaba a disiparse. Tras unos minutos juntos, se despidieron.

—Nos tenemos que ir —dijo Daniel al chico.

Caminaron hacia la residencia. La noche era muy hermosa, la bóveda celeste parecía brillar con especial fuerza.

—Tu hermano estará bien. Los Arnaud son darbystas, una iglesia sencilla de hermanos. Son muy austeros, pero también trabajadores y bondadosos.

Jacob sonrió a Daniel. Desde su llegada un día antes a Le Chambon-sur-Lignon no había podido dejar de pensar en Anna. La había buscado entre la multitud, pero no la había encontrado.

—¿Conoce a una mujer y su hija que se llaman María y Anna Emdem? Llegaron hace algunas semanas, son holandesas.

—Anna es compañera tuya de clase, seguro que la ves mañana en la escuela. ¿De qué la conoces? —preguntó Daniel, extrañado.

—Coincidimos en Valence y nos hicimos buenos amigos.

El resto del camino lo hicieron en silencio, Jacob no podía esperar al día siguiente para ver a Anna. Sintió cosquillas en la tripa y la sensación de flotar. Realmente, aquel sitio sí parecía el paraíso, un lugar en el que olvidarse de la guerra y del miedo.

22

Le Chambon-sur-Lignon, 25 de agosto de 1942

UN FUERTE GOLPE EN LA PUERTA LE SOBRESALTÓ. MIRÓ ALREDE-
dor, todavía estaba oscuro y tuvo que tantear la ropa para vestirse
rápidamente y bajar a ver qué sucedía. En el salón se encontraba
Daniel Trocmé con algunos chicos mayores y Auguste Bohny, uno de
los cuidadores de los niños.

—Primero vinieron a nuestra casa, preguntaban por el señor Steckler.
Les dije que no estaba allí, entonces fueron a la Casa de las Abejas. Al
parecer, le encontraron y le ordenaron que se vistiera. Aproveché para
arreglar a mis alumnos y esconderlos. Cuando volvieron los gendarmes,
estaban muy enfadados, querían ver a los niños. En cuanto he podido he
venido a avisaros. Será mejor que os llevéis a todo el mundo al bosque.

—No creo que nos molesten a nosotros. La escuela está protegida
por el Gobierno —comentó Daniel.

—Eso no importa, a los gendarmes los ha enviado el prefecto desde Le Puy, quiere encontrar a los judíos extranjeros y entregárselos a
los alemanes. Si no lleva un número de judíos, levantará sospechas, y
sabe que aquí refugiamos a muchos.

Jacob bajó las escaleras corriendo. Llevaba puestos los zapatos y los pantalones, pero aún se estaba colocando la camisa.

—Chicos, llevad a los más pequeños al bosque, no vengáis hasta que alguien os dé la señal.

—Daniel, ¿qué pasará con los que están en las casas? —preguntó Jacob, asustado.

—No creo que les suceda nada. Los gendarmes están registrando las escuelas y residencias de niños y jóvenes.

—Pero mi hermano está muy cerca de la casa El Refugio —dijo Jacob, preocupado.

—No podemos avisar a todas las casas y granjas, son decenas. Si los gendarmes van a la casa de los Arnaud, ellos sabrán qué hacer —dijo Daniel, que no podía perder más tiempo con el muchacho.

Jacob se abotonó con rapidez la camisa y salió a la calle. Estaba oscuro y hacía fresco, pero no le importó. Corrió hacia la casa de los Arnaud, tenía que llegar allí lo antes posible. No le importaba lo que pudiera decir Daniel, debía asegurarse de que no le pasara nada a Moisés.

—¿Dónde vas? —le preguntó uno de los mayores.

—Me reuniré con vosotros en cuanto sepa que mi hermano se encuentra bien —contestó Jacob mientras se alejaba.

Ascendió por varias calles. En algunos de los hoteles, las luces estaban encendidas, vio a inquilinos correr a medio vestir hacia los árboles y un par de pequeños autobuses aparcados en la plaza del ayuntamiento. Después escuchó algunos silbatos y voces. El corazón le latía con fuerza, apenas tenía aliento, pero continuó corriendo hasta ascender por un camino de tierra. Entonces vio la casa. No era muy grande. Tenía una sola planta, el tejado de pizarra y un cobertizo justo al lado. Antes de llegar a la fachada principal, escuchó voces, vio el reflejo de unas linternas y se escondió. Eran dos gendarmes que se dirigían directamente a la casa.

Al principio se quedó paralizado de miedo, no sabía qué hacer. Los gendarmes no tardarían en llamar a la puerta y las luces de la casa aún estaban apagadas, la familia no se había enterado de la redada que se estaba efectuando en el pueblo.

Después de titubear, corrió por la colina, fuera del camino, entre los árboles. Se tropezó un par de veces, pero logró llegar hasta el granero. Los gendarmes se encontraban a pocos metros de la puerta. Corrió por la parte de atrás y entró por una de las ventanas.

—Moisés —susurró, pero nadie parecía haberlo oído. Se encontraba en la cocina. Corrió hasta la primera habitación y la abrió, los hijos del granjero dormían plácidamente, en la otra estaban el granjero y su esposa.

Entonces se dio cuenta de que su hermano debía de dormir en algún cuarto en el establo. A pesar de haberle visto varias veces, no le había contado nada, tal vez para no preocuparle. Salió por la ventana justo cuando los gendarmes aporreaban la puerta. Cruzó el estrecho pasillo que separaba los dos edificios y entró en el granero.

Tuvo que caminar a tientas hasta el centro y luego comenzó a llamar a su hermano.

—Moisés —dijo en voz baja.

Afuera se escuchaban voces y el golpe de muebles.

—¿Jacob? ¿Qué pasa?

—Ponte la ropa, tenemos que irnos de inmediato.

Moisés se vistió a toda prisa, se escucharon voces y unos pasos que se acercaban. Jacob subió las escaleras hasta donde estaba su hermano.

—¿Hay otra salida? —preguntó nervioso.

—Sí, la ventana —dijo, señalando un pequeño hueco.

Moisés salió primero, le siguió a continuación su hermano. Apenas habían pisado el suelo de la parte trasera cuando escucharon a los gendarmes dentro del granero. Corrieron montaña arriba. Las hierbas les rozaban las piernas, tropezaban con las rocas y las ramas de los árboles, pero no bajaban el ritmo. Escucharon unos perros a sus espaldas. Los gendarmes debían de haber encontrado la ropa de Moisés en el cobertizo y los perseguían monte arriba.

Jacob había caminado algunas tardes con sus compañeros por aquellas montañas, pero todavía estaba oscuro y se encontraba demasiado asustado para saber dónde se hallaba. Lo único en lo que pensaba era en ir más arriba.

Los ladridos de los perros se escuchaban cada vez más cerca. Moisés se cayó y se hizo una herida profunda en la pierna. Comenzó a llorar y quejarse.

—No puedo caminar.

Jacob logró ver una casa unos metros más arriba. Ayudó a su hermano y, cojeando, llegaron hasta la puerta. Llamaron y una mujer mayor les abrió enseguida.

—¿Qué os sucede, muchachos?

—Los gendarmes, vienen persiguiéndonos.

La anciana miró la pierna del niño, los hizo entrar. Después movió una alacena, y vieron una puerta disimulada en la pared, forrada de madera. La abrió y les dijo:

—Entrad, subid las escaleras y no hagáis ruido.

Los pequeños subieron los escalones de madera lo más rápido que pudieron, entraron en un cuarto alargado pero muy bajo, apenas podían ponerse en pie. Al fondo había dos ancianos, no se distinguían sus caras, pero podían escuchar su respiración.

Escucharon los golpes de los gendarmes en la puerta de madera. La anciana tardó un rato en abrir.

—¿Por qué llaman a mi puerta tan temprano? ¿Hay algún incendio? —preguntó la mujer, molesta.

—Estamos buscando a unos fugitivos, subían por la montaña, pero los perros han perdido el rastro —dijo el gendarme.

—¿Y eso qué tiene que ver conmigo? Soy una pobre viuda que vive sola, me han dado un susto de muerte.

—¿Podemos entrar? —preguntó el gendarme.

—Le he dicho que no hay nadie, pero veo que la policía ya no cree a la gente honrada. Pasen y busquen lo que quieran. Yo voy a prepararme un café.

La anciana dejó la puerta abierta y se dirigió a la pequeña cocina. Comenzó a preparar el café con rapidez, esperaba confundir el olfato de los perros y mostrarse lo más tranquila posible.

Escucharon las botas de los gendarmes sobre el suelo de madera. Estuvieron un buen rato buscando. Se olía el aroma del café mientras la cafetera comenzaba a bufar.

—¿Quieren un café? —preguntó la mujer.

—Gracias señora, salimos de Le Puy a las tres de la madrugada. Estamos agotados.

Ella les sirvió el café caliente. Los dos gendarmes echaron fuera al perro y se lo tomaron de pie, al lado de la puerta.

—No se crea que es fácil para nosotros perseguir a gente inocente. La mayoría son niños, madres y ancianos. Se nos rompe el alma cuando los detenemos, pero es nuestro deber —dijo uno de los gendarmes.

—Uno siempre tiene que actuar conforme a su conciencia, no importa el trabajo que tenga —los reprendió ella.

Jacob escuchó en ese momento un goteo, después un borboteo, y miró hacia los ancianos. Entonces se dio cuenta: la pobre mujer de enfrente se estaba orinando de miedo. La orina comenzó a moverse entre la madera y a colarse por las rendijas.

El niño miró por un agujero a la sala, los gendarmes hablaban con la señora, estaban de espaldas al salón. Miró para el otro lado y vio las primeras gotas desprenderse del techo y caer en la mesa.

—Dios mío —susurró. Después se llevó las manos a la boca, temeroso de que le hubieran escuchado.

—Muchas gracias por el café, y perdone las molestias —dijo el gendarme, saludando y volviendo a colocarse la gorra. La mujer estaba a punto de cerrar la puerta cuando el otro gendarme se dio la vuelta y corrió hacia la mesa con la taza en la mano. La dejó sobre la mesa y dijo:

—Perdone, señora. Casi me la llevo. Soy un despistado.

Las gotas caían a unos pocos centímetros, pero no pareció darse cuenta. La anciana vio el agua y miró el techo, se puso pálida y sujetó la puerta. El hombre salió y cerró con rapidez. Se apoyó en ella y comenzó a sudar.

Un par de minutos más tarde, cuando observó por la ventana que los gendarmes se habían alejado lo suficiente, les susurró que bajasen. Los niños fueron los primeros en salir, les siguieron los ancianos. El anciano tuvo que ayudar a la mujer.

La pobre anciana vestía aún su camisón blanco, parecía avergonzada y enojada. Su marido la miró con dulzura.

—No sucede nada, tuviste miedo y el cuerpo reaccionó de esa manera.

—Me oriné como una niña pequeña —dijo ella, comenzando a llorar.

—No te preocupes, te ayudaré a cambiarte.

Se dirigieron a la habitación mientras la anfitriona y los dos niños los observaban.

—¿Para qué seguir viviendo? Únicamente soy una vieja torpe, ya no sirvo para nada. Debíamos habernos quedado en Lyon. Deja que muera de una vez —dijo la mujer en medio de un angustiado llanto.

Vieron cómo el hombre la abrazaba y comenzaba a llorar.

—No mi amor, estamos juntos, siempre estaremos juntos.

—¡Deja que muera! ¡Deja que muera!

Jacob y su hermano sintieron un nudo en la garganta. Recordaron a todas las personas del Velódromo, sin agua, con aquel calor insoportable y sin nada de intimidad.

La mujer cerró la puerta de la habitación y miró a los niños con ternura.

—Esta vez nos hemos escapado de milagro. Dios es bueno. Os pondré un poco de leche. ¿Tenéis a dónde ir?

—Sí, señora, pero no se moleste, ya ha hecho mucho por nosotros.

—Que Dios me asista si os vais sin desayunar de mi casa. No tengo hijos, siempre he vivido sola desde que falleció mi esposo, pero en verano antes venían mis sobrinos.

Su anfitriona trajo dos vasos de leche y un bizcocho. Después del susto, los niños tenían mucha hambre. Comieron en silencio hasta que la mujer volvió a dirigirse a ellos.

—¿Estáis solos en el valle?

—Sí, señora —dijo Moisés.

—Qué guapos sois. Creo que os he visto en la iglesia el domingo. No pensaba que estos gendarmes se atrevieran a tanto. Venir desde Le Puy para robarnos la paz de estas montañas... Era lo último que me quedaba por ver.

Cuando terminaron el desayuno, se despidieron de la mujer. La luz del día los tranquilizó un poco. Jacob reconoció uno de los senderos y fue hasta la cabaña de la montaña. Caminaron casi dos horas hasta dar con ella. Se encontraban agotados y congelados de frío, pero al entrar al edificio de madera recuperaron la calma.

—¿Dónde has estado? —preguntó Daniel, enfadado.

—Fui a buscar a mi hermano. Menos mal que lo encontré, los gendarmes estaban registrando la casa de los Arnaud.

—Todavía estoy asustado —contestó Moisés mientras se tapaba con una manta.

—Menos mal que no estaba en la casa, dormía en el granero —dijo Jacob.

—¿En el granero? —preguntó extrañado Daniel.

Jacob no había caído hasta ese momento, pero le extrañaba que su hermano no le hubiera dicho nada.

—Me orinaba en la cama y el señor Arnaud se enfadó mucho conmigo. Me advirtió que si me volvía a pasar tendría que dormir en el granero. No quería que sus hijos se ensuciaran por mi culpa. Además, dijo que los hombres no se orinaban en la cama.

Jacob frunció el ceño y después abrazó a su hermano.

—Tú no eres un hombre, Moisés, eres un niño. El señor Arnaud no debió hacer eso. Te quedarás en nuestra casa a partir de ahora.

Moisés le sonrió. Aquella era la mejor noticia que le podían dar. No se separaría de su hermano nunca más.

Escucharon pasos y vieron a André Trocmé que caminaba con Edouard Theis hacia la cabaña. Daniel salió a recibirlos.

—¿Qué tal las cosas por el pueblo? —preguntó Daniel.

—Los gendarmes se han marchado. Únicamente han atrapado al señor Steckler y a otra persona. Ayer estuve en Le Puy hablando con el jefe de policía, le comenté que casi todas nuestras casas están bajo la protección de la Cruz Roja y se deben considerar como suelo de Suiza, pero, al parecer, al régimen de Vichy no le parece importar mucho el derecho internacional ni los derechos humanos —dijo André, molesto.

—El prefecto quiere refugiados para justificar su trabajo. Les da igual todo. En el norte de África las cosas van mal para los nazis y cada día más gente se une al general De Gaulle —intervino Edouard.

—Tenemos que sacar al mayor número de refugiados de Le Chambon, aquí ya no están seguros. Al menos, los judíos extranjeros —comentó Daniel.

—Charles Guillon estuvo hace unos días trayendo dinero de Suiza, nos comentó que por aquella ruta aún puede escapar un buen número de judíos —dijo André.

—Antes de que los alemanes terminen ocupando toda Francia, es mejor que salvemos a todos los que podamos. Este valle ya no es seguro —aconsejó Daniel.

—Tenemos que sacarlos en pequeños grupos, tardaremos meses en llevar a Suiza a menos de la mitad de los refugiados. Nos prepararemos para nuevas redadas; al final, se cansarán de subir hasta aquí e irse con las manos vacías —comentó André.

Jacob comenzó a preocuparse, Le Chambon ya no parecía seguro para ellos. Echaría de menos a Anna, pero tenían que intentar llegar a América.

Los tres hombres continuaron hablando un poco más, parecían muy preocupados.

—Creo que el que ha propiciado todo esto es Léopold Praly, el policía que envió el prefecto para husmear. Todavía no han abierto una comisaría permanente, pero me temo que no tardarán en hacerlo —dijo Edouard Theis.

—Le tendremos vigilado —comentó Daniel.

—El domingo estaba en la iglesia —informó André.

—Seguramente pasa informe al prefecto de lo que decimos. Varios feligreses me han comentado que los ha importunado con amenazas.

—No os preocupéis. Es mejor confiar que preocuparse. Que los niños bajen al pueblo mañana temprano y, hasta que las cosas se calmen, no habrá clases. Subiréis a la montaña temprano y nadie podrá pasearse por el pueblo —dijo André a su primo segundo.

El grupo comenzó a descender por la montaña y André se acercó hasta Jacob y su hermano.

—Jean-Pierre me ha preguntado por vosotros. Cuando pase todo esto podréis venir a comer, Magda hace unos platos deliciosos.

—Gracias, señor pastor —dijo Jacob.

—Puedes llamarme André. Hablé hace unos días con el señor Perrot, me comentó que continúa intentándolo, pero no ha conseguido un pasaje para vosotros ni un visado. Hasta que pasen unos meses y las cosas se tranquilicen, será imposible salir de Francia.

Jacob se alegró de que sus amigos de Valence aún se acordaran de ellos y siguieran intentando ayudarles.

—Me dijo que habían recibido una carta de vuestros padres. Han llegado a Buenos Aires; en unos días, llegará una carta para vosotros que os envía el señor Vipond, donde os cuenta algunos detalles y dónde se han instalado por ahora vuestros padres.

Moisés gritó de alegría, pegó un salto y se abrazó a André. El hombre se rio a carcajadas, a pesar de que no solía ser muy expresivo. Se había criado en una rigurosa familia protestante, donde las emociones estaban prohibidas, pero su esposa Magda, con sangre italiana en sus venas, había conseguido con el tiempo que lograra mostrar más sus sentimientos.

Jacob observó el pueblo desde la montaña. Las casas dispersas entre los árboles, hasta formar un par de calles, eran la comuna que formaba Le Chambon-sur-Lignon. Se distinguían la iglesia católica, el ayuntamiento, la iglesia protestante y la estación de trenes. El color gris de la piedra destacaba sobre el verde oscuro de los bosques. Un pequeño pedazo de cielo en medio del infierno de la guerra. El lugar de refugio para miles de personas de muchas lenguas y naciones.

André se paró con Moisés todavía en sus brazos y dio la mano a Jacob. Él ya no era un niño, pero apretó la palma suave y blanda del pastor. Le admiraba, sentía que, en su corazón pacífico y amoroso, había un tipo de valor muy difícil de encontrar entre los hombres y que él quería tener cuando creciera: el valor de estar dispuesto a morir por aquello que amas y ser capaz de amar hasta a tus enemigos.

23

Le Chambon-sur-Lignon, 20 de noviembre de 1942

LA PÉRDIDA DE ARGELIA Y EL HUNDIMIENTO DE LA FLOTA FRANcesa por los aliados había propiciado la ocupación alemana de la Francia Libre. El Gobierno de Vichy seguía teniendo algunas competencias, pero los alemanes controlaban el territorio, las fronteras y los recursos del país. La Gestapo comenzó a hacer sus purgas en la zona del sur, especialmente en Marsella, donde decenas de refugiados se habían escondido con la esperanza de huir a África o América.

La llegada de cientos de exiliados a Le Chambon-sur-Lignon había desbordado todas las expectativas de André, el consistorio de pastores y las organizaciones que ayudaban a alojarse a los perseguidos.

Los refugiados se habían escondido en sus casas y esperaban huir tras el duro invierno que se avecinaba.

Jacob y Moisés habían pasado unos meses de relativa tranquilidad en Maison des Roches, junto a los alumnos de la escuela, bajo el cuidado de Daniel Trocmé, pero no se atrevían a ir solos hasta la iglesia o la casa del pastor. Jean-Pierre iba todas las tardes hasta la residencia de los chicos y jugaban hasta que se hacía de noche. Cada día el frío era más intenso, la luz solar menguaba y las primeras nevadas comenzaban a asomar en las zonas más altas. En unas semanas, el valle quedaría completamente aislado.

Aquella tarde, los tres chicos jugaban tranquilamente cuando se acercó Anna hasta ellos.

—Anna, ¿te encuentras bien?

La niña temblaba, tenía la chaqueta rosa y el vestido marrón sucios de barro. Sus ojos rojos parecían hinchados de tanto llorar y, en cuanto vio a Jacob, se abrazó a él.

—¿Qué sucede? —preguntó el chico.

—Se han llevado a mi madre. Llegaron a la casa, yo estaba con unas amigas, se llevaron a mi madre unos gendarmes y el policía.

Jacob sabía que hablaba del desagradable señor Léopold Praly. Desde el verano merodeaba por el pueblo, pero una semana antes se había instalado definitivamente en él. Ellos evitaban cruzarse con el policía. Siempre con su guardapolvo de cuero y su sombrero calado, parecía un gánster de película más que un agente de la ley.

—¿Se lo has dicho al pastor? —preguntó Jacob a la niña.

—No, no sabía qué hacer —dijo, sin parar de llorar.

Los cuatro corrieron hasta la iglesia, entraron sin llamar en el despacho de André y Jacob comenzó a hablar nervioso:

—André, se han llevado a la madre de Anna.

El pastor reaccionó rápidamente, tomó el abrigo de la percha. Caminaron a toda prisa hasta el ayuntamiento. El policía no tenía una comisaría propiamente dicha, pero se alojaba en un hotel cercano.

André vio al hombre dentro de un restaurante y entró con la cara roja de furia. Apretó los puños e intentó contenerse.

—Reverendo Trocmé, ¿a qué debo el honor? Pensaba que usted y sus feligreses no eran muy amigos de las autoridades.

El pastor respiró hondo, relajó los hombros y forzó una sonrisa.

—Vengo a hablarle de un asunto muy importante. Al parecer, la policía ha detenido a la señora Emdem, una mujer intachable, integrada en la comunidad…

—Y judía —añadió, con desprecio, el policía.

—¿Desde cuándo es un delito ser judío en Francia?

—Me pregunto dónde ha estado todo este tiempo. El presidente aprobó leyes de limitación de libertades a los judíos en octubre de 1940, pero esta dama ha sido detenida por las disposiciones del Estatuto de los Judíos aprobada en Consejo de Ministros el 2 de junio de 1941. Todos los judíos residentes pierden sus derechos y podrán ser deportados a sus países de origen. Entonces, incumplen las leyes por desconocimiento, no por rebeldía. Discúlpeme, reverendo, creía que su iglesia era un nido de comunistas. Usted fue uno de los primeros pastores objetores de conciencia, que rechazaban servir a Francia; además crearon esa especie de socialismo cristiano, con esas cooperativas y los valores comunistas. ¿Todavía no se ha enterado de lo que hacen los comunistas con los cristianos?

André no estaba allí para discutir con el policía. Se limitó a fruncir el ceño y preguntarle directamente:

—¿Ya se han llevado a la señora Emdem?

—Me temo que está de camino a Le Puy, ya no puede hacer nada por ella.

André se dio la vuelta sin despedirse. La carretera no se encontraba en muy buen estado, al día siguiente iría a la prefectura a interceder por la pobre señora.

Los niños habían estado esperando fuera del local. Anna, con la cabeza apoyada en el hombro de Jacob, no paraba de llorar. André se acercó a ella y la abrazó.

—Lo solucionaremos. Venid todos a casa, será mejor que cenemos juntos. Hoy Anna puede dormir con Nelly —dijo el hombre, intentando calmar un poco a la niña. Cuanto más entretenida estuviera, menos se acordaría de su madre.

Caminaron despacio hasta la casa parroquial. La tarde era fría y las nubes blanquecinas anunciaban nieve. Ya había caído un par de veces a lo largo del otoño, pero aquella sería la primera gran nevada del año. André pensó en la capacidad que tenía aquella blancura para embellecer aun lo más sucio y deteriorado. Imaginó que el amor era algo parecido, capaz de cubrir multitud de faltas y culpas.

En cuanto entraron en la casa, Magda supo lo que había sucedido. Besó a la niña, se agachó y, con una sonrisa dulce, le dijo:

—Nelly y tú me ayudaréis a hacer la comida. Después haremos un pastel, mañana es el cumpleaños de un niño de la iglesia.

La niña afirmó con la cabeza, aún con lágrimas en los ojos. A Jacob le costó dejarla, pero al final fue al cuarto de los pequeños y se puso a jugar con ellos. Una hora más tarde, los llamaban a todos para la cena.

La mesa estaba repleta de críos. La alegría, a pesar de la detención de la madre de Anna, podía percibirse en las caras alegres de los niños. André pensó en el tesoro de la inocencia infantil, en cómo él había tenido que afrontar una infancia sin madre y con un padre distante y exigente que no se perdonaba haber provocado el accidente en el que había fallecido su esposa. André recordaba su infancia como una etapa muy triste. Al menos, en la adolescencia había encontrado la respuesta a sus dudas existenciales y había descubierto su vocación como pastor. La vida no había sido fácil, la Gran Guerra le había hecho experimentar las atrocidades de las que era capaz el hombre. Su viaje a Estados Unidos como profesor de los hijos del multimillonario John D. Rockefeller fue un hecho crucial en su juventud, un viaje que le cambiaría la vida y donde conocería a Magda.

Después de la oración, los niños comieron con avidez. André y su esposa les preguntaron algunas cosas sobre su día de clase y juegos, pero luego se enfrascaron en una conversación entre ellos.

—Cada día las cosas se ponen más difíciles. Hasta ahora no había escasez, pero ya no se encuentra nada. Algunos de los refugiados ricos están acaparando alimentos. Tenemos que hacer algo, la gente comienza a quejarse y puede que algún descontento denuncie a alguien —comentó Marga, algo molesta.

—Lo sé, pero no es sencillo. Te lo aseguro, desde que los alemanes ocuparon toda Francia, el número de refugiados se ha multiplicado. Está viniendo gente desde Marsella y otras partes del país; algunos se han escondido en la parte ocupada por Italia, pero la mayoría se ha ocultado en zonas del interior. Ahora hay policías en el pueblo y la Gestapo está haciendo redadas en Lyon, Valence y hasta en Le Puy. No creo que tarden mucho en llegar aquí.

Magda se estremeció. Era una mujer muy valiente, pero la sola palabra Gestapo le producía escalofríos. Se sentía agotada y notaba cómo empezaba a afectarle a su salud.

—Tengo miedo —dijo sin reprimir sus sentimientos. Intentaba mostrar fortaleza en todo momento, pero hasta ella comenzaba a estar agotada.

—No nos pasará nada, debemos tener fe.

—Sí, pero no tengo miedo por mí. ¿Qué pasará si te detienen? ¿Qué puede hacer esa gente a los niños?

André le hizo un gesto para que cambiara de tema, sabía que los chicos parecían no escuchar, pero no se les escapaban ese tipo de comentarios.

—Hasta ahora hemos logrado superar todas las pruebas. ¿Te acuerdas de cuando estuvimos destinados en Maubeuge, de lo difícil que era la situación allí? Nosotros éramos tan jóvenes…, aquellos obreros vivían de forma infrahumana, después el consistorio nos negó el pastorado en varias iglesias y por eso llegamos a Le Chambon-sur-Lignon. Dios quería que viniéramos aquí, él siempre ha guiado nuestros pasos. Lo que tenga que suceder sucederá.

Jacob escuchó el final de la conversación de los señores Trocmé. Estaba muy preocupado por Anna, pero también por su hermano Moisés. Se habían salvado de milagro de las redadas de agosto y septiembre. Ahora estaban los alemanes y el temido policía Léopold Praly rondando cerca del pueblo. Tenía la sensación de que aquel paraíso se convertiría poco a poco en un infierno, como el resto de Francia y Europa.

—Será mejor que os lleve a vosotros dos a vuestra residencia, Anna se quedará esta noche con nosotros —dijo André, poniéndose en pie.

Los dos chicos le imitaron, pero, antes de salir del salón, Jacob se acercó a la chica.

—Todo saldrá bien. Puedes avisarme si necesitas cualquier cosa.

—Gracias, Jacob —contestó la niña. Después se acercó a él y le dio un beso en la mejilla.

Fue apenas un instante, pero los labios de Anna en su rostro le produjeron una profunda sensación de felicidad. Salió del salón como si caminara sobre una nube. Moisés se burló de él, pero no parecía preocuparle nada.

André los llevó por la carretera mientras caían los primeros copos de nieve. El hombre levantó la mano y observó cómo la nieve se deshacía al contacto del calor.

—Es una de las cosas más bellas del mundo —dijo el pastor, mirando al cielo negro.

Los chicos caminaron emocionados pensando en lo que se encontrarían al día siguiente. El gran manto blanco les haría olvidar durante unos días el triste crespón negro que cubría cada vez más partes del mundo. La guerra se extendía de norte a sur y de este a oeste, como una mancha de muerte y destrucción que parecía devorarlo todo, hasta aquel valle secreto donde la esperanza aún no se había perdido.

24

Le Chambon-sur-Lignon, 24 de diciembre de 1942

LA REGIÓN ESTABA GOBERNADA DESDE PRINCIPIOS DE DICIEMBRE por los alemanes. El comandante Julius Schamähling se había instalado en Le Puy y, aunque no habían destinado un destacamento de soldados en Le Chambon-sur-Lignon para tomar el control de la ciudad, habían elegido la zona como un lugar de reposo para algunos de sus soldados del frente en África y en Rusia.

Los alemanes habían ocupado por la fuerza el Hotel du Lignon, justo al lado de la casa de huéspedes de Tante-Soly, llena de niños judíos refugiados. Los soldados a veces se refugiaban de la lluvia justo en la puerta de la casa y saludaban a los pequeños, sin saber que la ciudad estaba llena de refugiados judíos.

Los habitantes del pueblo no habían visto un soldado alemán durante toda la guerra, pero en aquel momento los nazis habían requisado varios hoteles para alojar a sus soldados convalecientes. Los que se encontraban en mejores condiciones frecuentaban los restaurantes o paseaban en grupos por las calles del pueblo.

En las últimas semanas, los refugiados se habían escondido en sus casas y esperaban huir a Suiza tras el duro invierno que se avecinaba.

Aunque no todo era miedo y angustia aquella Navidad. Los fieles de la iglesia habían talado un inmenso abeto para colocarlo dentro del templo, las mujeres habían decorado las paredes y los bancos, los regalos podían verse amontonados a los pies del gigantesco árbol. Los niños habían ensayado una representación para el día de Navidad y se respiraba una alegría que, en aquel año tan difícil, parecía como un soplo de esperanza en mitad de la guerra.

Jacob llegó al templo y contempló los adornos con asombro. Su hermano pequeño no dejaba de mirar de un lado para el otro. Aquel lugar austero y frío, por unas semanas se convertía en una especie de sala de juegos gigante. Moisés iba disfrazado de pastor y Jacob vestía un traje con corbata, para poder participar en el coro. A pesar de ser judíos, no querían perderse una fiesta que para ellos simbolizaba un momento de poder compartir y mostrar algo de amor por los demás.

El muchacho vio a Anna de lejos y se quedó absolutamente prendado. Vestía un hermoso traje blanco con lazos rosas, llevaba el pelo recogido y una guirnalda de flores. Desde la detención de su madre se habían unido más aún, solían pasar todas las tardes jugando y se sentaban juntos los domingos en la iglesia. Anna parecía más melancólica y taciturna que antes, pero, cuando estaba con Jacob, la pareja desprendía felicidad.

—¡Jacob! —gritó la niña desde la otra punta. Moisés frunció el ceño y tomó de la mano a su hermano. Él no se encontraba tan entusiasmado con la relación entre Anna y Jacob; desde que se veían tanto, ya no pasaba tiempo jugando con él.

—Hola —dijo Jacob, nervioso. No importaba cuánto se conocieran y todo lo que sabían el uno del otro, cuando la veía acercarse se ponía muy azorado.

—¿Te gusta mi vestido? —preguntó la chica, girando y permitiendo que la tela volara por el aire.

—Estás preciosa —elogió Jacob.

La chica se acercó y le dio un beso en la mejilla. Moisés refunfuñó y Anna se agachó y le dio otro beso.

—No te pongas celoso, pequeñín.

—No soy pequeñín —dijo, con aquel aspecto angelical que tenía vestido de pastor.

Magda llamó a los niños para el coro, mientras algunas profesoras organizaban la corta obra de teatro. Todo el mundo parecía ocupado la víspera de la fiesta y nadie hizo mucho caso a una mujer que entraba por la puerta y dejaba un par de maletas pequeñas en el suelo. Parecía congelada, su abrigo estaba cubierto de nieve y tenía los zapatos calados, pero su expresión, en cambio, transmitía simpatía y dulzura.

Magda dejó a los niños ensayando la letra del coro. Al ver a la mujer, había recordado que André tenía que ir a recoger a una nueva ayudante, enviada por la misión para que les echara una mano durante el invierno.

—¿Es usted Alice Reymier? —preguntó Magda, avergonzada.

—Sí, ¿usted es la señora Trocmé? —respondió la recién llegada, sonriente.

—Lo siento, pensé que mi esposo se acordaría. Le advertí que su tren llegaba hace una hora. Estamos con los últimos ensayos y… —dijo Magda, poniéndose las manos sobre la cara.

—No se preocupe, señora Trocmé, llevo toda la vida ayudando en congregaciones y sé que este es uno de los momentos más complicados del año —comentó Alice, sin perder la sonrisa.

—Un placer conocerla —saludó Magda, dándole dos besos.

—Lo mismo digo, señora Trocmé —contestó Alice.

—Por favor, llámame Magda —dijo la esposa de André, sonriente.

—Magda, creo que voy a disfrutar de la estancia en Le Chambon-sur-Lignon.

—Estoy segura. Déjame que te enseñe la iglesia, pero antes guardemos tus maletas en casa.

Magda llevaba meses esperando un poco de ayuda. Su adaptación al pueblo no había sido sencilla. Únicamente era protestante en parte. La habían criado como católica en Italia y parte de su familia había huido de Rusia tras la Revolución. Tardó mucho en comprender que precisamente esa diferencia era lo que mejor se compenetraba con André y su forma de ver el mundo.

Magda condujo a Alice hasta el cuarto que le había preparado al lado de la cocina. La mujer pareció encantada con la habitación a pesar de lo pequeña y estrecha que era. Nunca había conocido a alguien tan positivo y que desprendería tanta bondad. Cuando su marido le comentó que la misión enviaría alguien para ayudarles, su primera reacción había sido negarse a aceptarla. Sabía que estaba en el límite de sus fuerzas, pero no quería a una «santurrona» que le estuviera haciendo sentir todo el día que ella no era lo suficientemente buena.

—Me han comentado que tienes cuatro hijos —dijo Alice, sacando las cosas de la maleta.

—Sí, tres niños y una niña. Lo cierto es que no paran en todo el día; además, siempre tengo por casa dos o tres niños más, comidas con amigos de André, con las visitas, los predicadores invitados y todo el mundo que pasa por el pueblo. A veces pienso que tenemos un hostal más que una iglesia —bromeó Magda, que enseguida había entrado en confianza.

—Yo trabajo en un campamento de verano, siempre estoy haciendo comida y limpiando las habitaciones; acabo con una y la otra ya está sucia. Los trabajos del hogar no son muy agradecidos —comentó Alice.

Magda se había enfrentado a muchas mujeres en Le Chambon-sur-Lignon desde su llegada al pueblo. Las damas de la iglesia la criticaban por no ser la típica esposa de pastor. Ella se rebelaba a llevar la cabeza cubierta en las reuniones y convertirse en la esclava de su familia y su esposo. Las mujeres tenían mucho que aportar a la nueva sociedad.

Las dos regresaron de nuevo al salón de capilla. Los niños corrían de un lado a otro, las señoras estaban terminando de adornar las paredes y el ambiente parecía aún más alegre que unos minutos antes. Daba la sensación de que ya nadie se acordaba de la guerra ni de los problemas que esta conllevaba.

Alice ayudó a la esposa de André con el coro y, después de varios ensayos, los feligreses comenzaron a abandonar la iglesia. Al día siguiente celebrarían la gran fiesta.

—¡Anna, Jacob y Moisés! —gritó Magda.

—Sí, señora —dijeron los tres mientras se acercaban a la mujer.

—Esta noche os quedaréis a cenar. Mañana la celebración empezará muy temprano, pero mis hijos parece que no pueden vivir sin vosotros —dijo Magda, resignada. Dar de comer a otros tres niños era mucho más trabajo, pero tenía que reconocer que ella también se había encariñado muchos con ellos.

Los tres comenzaron a gritar de alegría, después se reunieron con el resto de los hijos de Magda. Para ellos era como estar en familia, por un momento podían olvidar lo lejos que se encontraban sus padres.

—¿Entiendes ahora lo que te decía? —preguntó de broma a Alice.

André llegó a la casa media hora más tarde, se encontraba hambriento. Al ver a la señora Reymier se quedó algo sorprendido. No se acordaba de que llegaba ese día.

—André, te dije que tenías que ir a buscar a la estación a Alice Reymier —le reprochó su esposa.

—Lo siento, se me pasó por completo. Tuve varias reuniones y se me fue de la cabeza. Disculpe, señora Reymier. Quiero que sepa que es muy bienvenida.

—Soy Alice, llámame por mi nombre de pila —dijo, con una amplia sonrisa.

—Creo que nos será de gran ayuda, Alice —afirmó Magda.

Su esposo se sorprendió por su cambio de actitud. Al principio se había opuesto con vehemencia a que alguien la ayudara, pero sabía que Magda era así, puro temperamento. La cena fue muy alegre, todos parecían emocionados por la fiesta del día siguiente. Nada impediría que pudieran celebrar aquella Navidad.

A la mañana siguiente, la casa pastoral estaba en plena actividad. Las mujeres retocaban los disfraces, los niños corrían de un lado al otro y los feligreses comenzaban a llegar en pequeños grupos para reservar las mejores sillas y acompañar a sus invitados.

—¿Os queda mucho? —preguntó André, algo nervioso. La hora se echaba encima y parecía que aún había mucho por hacer.

Magda negó con la cabeza, estaba arreglando el chaleco de lana de Moisés. Él no dejaba de observarla.

—¿Estás bien? —preguntó ella, al percibir la mirada apagada del niño.

El pequeño hizo un puchero y comenzó a llorar. Magda le abrazó con fuerza y, sin darse cuenta, le pinchó con un alfiler. Moisés se quejó y se apartó un poco.

—Lo siento —dijo la mujer, sonriente.

El niño sonrió un segundo, pero volvió a llorar al poco rato.

—¿Qué te pasa, Moisés?

—Echo de menos a mi madre.

A la mujer se le partió el alma. A veces olvidaba que muchos de aquellos niños no tenían a sus padres en el pueblo. Sabía que la mayoría de ellos no volverían a verlos jamás. Los alemanes estaban vaciando los campos de concentración de Francia. Se llevaban a los judíos al norte y, aunque no sabía qué diantres hacían con ellos, la guerra cada vez era más cruenta y los aliados bombardeaban las ciudades alemanas. Hasta André estaba algo preocupado por su familia en Alemania, no sabía cómo se encontraban. Magda era consciente de que el conflicto era cada día más duro y no estaba segura de por cuánto tiempo más Le Chambon se salvaría de sufrirlo directamente.

—Seguro que la verás muy pronto. Al menos, tú sabes dónde están tus padres. Después del invierno podrás ir a la Argentina.

Moisés cerró los ojos e imaginó que aquella mujer que le abrazaba era su madre. Necesitaba sus besos, sentir de nuevo que era para alguien la persona más importante del mundo.

—Gracias, señora —dijo mientras se alejaba secándose las lágrimas con la mano.

Moisés se dirigió a la capilla. Los bancos estaban completamente abarrotados, pero a los niños les habían reservado las primeras filas. Se sentó junto a su hermano y esperó a que comenzara la ceremonia.

Comenzó la música y André salió vestido con una toga negra y un cuello blanco con dos tiras. Le seguían Edouard y algunos de los diáconos. La gente se puso en pie hasta que las autoridades ocuparon los lugares principales.

—Estimados amigos y hermanos, es un placer dar comienzo a esta hermosa fiesta de Navidad. Muchos piensan que en tiempos como este hay muy pocas cosas que celebrar. Muchas personas en todo el mundo no tienen nada que comer, otros agonizan enfermos o heridos en los hospitales o sufren las consecuencias de la guerra. Hoy queremos celebrar la paz y el amor para con todos los hombres —dijo André mientras el coro infantil se acercaba al estrado.

Los niños cantaron con sus voces angelicales varios villancicos ante un público que escuchaba en silencio. Los padres sonreían, mientras que las madres murmuraban entre dientes las letras de las canciones. Todos habían hecho un gran trabajo y, al tiempo que las voces del coro se elevaban por las paredes del templo, afuera regresaba la nieve para recordar a todo el mundo que estaban en invierno. Las luces del árbol y las paredes tiritaban por el viento que se colaba por debajo de las puertas, el frío de las últimas semanas parecía haber adormecido los corazones de los campesinos y ganaderos, pero, por un momento, en el corazón de Le Chambon-sur-Lignon, pareció reinar la paz de nuevo. Aquella comunidad que tanto había sufrido intentaba curar sus heridas a la luz de las velas, debajo del inmenso pino repleto de paquetes, mientras la música sanaba sus corazones asustados y doloridos.

Cuando los niños terminaron sus villancicos, el pastor Trocmé tomó un acordeón de una silla cercana y dijo a todos:

—Vamos a cantar ahora todos juntos:

Noël c'est l'amour
Viens chanter toi mon frère
Noël c'est l'amour
C'est un cœur éternel.
Aux temps de ma mère,
Sa voix familière
Chantait douce et claire
Un enfant est né
La voix de ma mère
Amour et prière
La voix de ma mère
Qui m'a tant donné.
Des lumières dans la neige
Mille étoiles du berger
Et des hommes en cortège

Vont chanter la joie d'aimer.
Noël c'est l'amour
Dans les yeux de l'enfance...[1]

Cuando el villancico terminó, los ojos de Jacob estaban cubiertos de lágrimas. Moisés y Anna aferraron sus manos, mientras André entonaba dos canciones más.

La congregación se sentó de nuevo y el pastor dejó a un lado el acordeón, carraspeó, abrió una vieja Biblia sobre el púlpito y comenzó a hablar:

—Hace un año o dos, muchos de los que estáis con nosotros en Le Chambon sur-Lignon no pensasteis que celebraríais este día con nosotros. En aquel momento éramos unos completos desconocidos para vosotros. Caminábamos por sendas totalmente distintas, algunos vivíais en países extranjeros y en zonas lejanas, pero hoy todos estamos a la sombra de este gran árbol. Nos asomamos a la vida con la incertidumbre de lo que sucederá el año que viene, con el corazón encogido por temor, desconociendo la suerte de muchos de nuestros seres queridos. Puede que hasta ahora sintieseis que caminabais solos en este mundo, que no le importabais a nadie, pero eso no es cierto. Sois un regalo para todos nosotros. A muchos os han echado de

1. La Navidad es amor,
    Ven a cantar, mi hermano,
    La Navidad es amor,
    Es un corazón eterno.
    En tiempos de mi madre,
    Su voz familiar
    Sonaba suave y clara,
    Un niño ha nacido.
    La voz de mi madre,
    amor y oración.
    La voz de mi madre,
    Que tanto me dio.
    Luces en la nieve,
    Mil estrellas del pastor
    Y hombres en procesión
    Cantarán la alegría de amar.
    La Navidad es amor
    En los ojos de los niños.

vuestros hogares, os han escupido a la cara y os han maldecido, pero nosotros queremos bendeciros y llamaros hermanos.

El público estaba tan atento que las palabras de André resonaban en cada rincón del local, como si estuviera completamente vacío.

—Heridos, abandonados, sin patria, erais para muchos los parias de la tierra. Los que no teníais una herencia, caminando por el desierto de la vida, pero habéis llegado a una tierra de promisión. Una tierra prometida que no son los bellos y verdes valles de Le Chambon-sur-Lignon, tampoco los bosques frondosos de la región de Auvernia, ni el hermoso río Loira: habéis llegado a nuestros corazones. Nos habéis conquistado con vuestras risas y vuestras lágrimas, ya no seremos nunca más los mismos. Algún día regresaréis a vuestras casas, comeréis al lado de las personas amadas, pero en momentos como estos estoy convencido de que nos recordaréis. Dios nos juntó por un tiempo, para que transmitiéramos unidos un mensaje, el mensaje de la fraternidad.

Se escuchaban algunos llantos y suspiros, y la gente afirmaba con la cabeza o pasaba el brazo por el hombro del vecino.

—Nuestro amado país se sustenta sobre tres principios inconmovibles, tres deseos que nos han convertido en lo que somos: Igualdad, Libertad y Fraternidad. Durante siglos, hemos intentado la igualdad entre todos los ciudadanos. Igualdad ante la justicia, ante las oportunidades, sin importar credo, ideología, raza o sexo. La Libertad ha sido otro de nuestros grandes lemas: Libertad para ser mejores, construyendo una nación de personas dueñas de sus destinos, pero se ha descuidado la Fraternidad. Se ha dado por hecho que todos pertenecemos a la gran familia de la humanidad, pero no es así. La familia de la humanidad también hay que construirla. Amar es una decisión más que un sentimiento, y yo en esta noche he decidido amaros. Ahora sois mis hermanos, ya nunca podré olvidaros.

Apenas había terminado las últimas palabras cuando un grupo de alemanes entró por la puerta principal. Una corriente fría inundó el templo. Se escucharon sus botas sobre las losas del suelo. Como las paredes y los bancos estaban repletos de gente, se quedaron de pie en medio del pasillo. Un murmullo recorrió toda la iglesia. Algunos se apartaron temerosos de los nazis. El oficial de los alemanes se quitó el sombrero y el resto de soldados le imitó. Con su uniforme gris, sus botas de cuero negro y sus insignias plateadas, parecían verdaderos ángeles de la muerte.

André los miró directamente a los ojos y comenzó a hablar de nuevo:

—Ahora somos hermanos. Puede que hoy en las lejanas tierras de Rusia o África, en las islas del Pacífico o los desiertos de Siria, hermanos estén matando a otros hermanos, pero eso no cambia nada. Por eso estamos hoy aquí, celebrando el cumpleaños de uno que se hizo hombre por amor al hombre. Un niño en un pesebre humilde, que, como muchos de los que están hoy aquí, se encontraba lejos de su hogar; uno para el que tampoco hubo sitio en el mesón. Esta noche brilla una estrella en el firmamento y su luz nos ilumina. Puede que creas que la oscuridad nunca más se disipará, pero muy pronto volveremos a ver la estrella anunciando Paz y Amor para todos los hombres y mujeres de buena voluntad.

La iglesia se puso en pie al unísono. Comenzaron a cantar el himno Noche de Paz, las voces salían de lo más profundo del corazón. Decenas de acentos distintos, caras con los más diversos rasgos y edades cantaron como si tuvieran un solo corazón.

Al terminar el himno, Magda sacó con las profesoras a los niños para que hicieran su representación. Moisés dijo su frase en la obra con mucha gracia, provocando la carcajada de todos los asistentes. Después repartieron los regalos de Navidad a los pequeños. Uno por uno salieron hasta la plataforma, mientras los pastores André y Edouard les daban los paquetes y un beso.

Al terminar la ceremonia, se colocaron unas mesas con comida en el lateral del templo. La gente dejó los bancos y comenzó a felicitarse. Se abrazaban y besaban; algunos cantaban algún villancico en idiomas desconocidos o se dirigían a las mesas con más bandejas. Los alemanes estaban quietos, serios e inexpresivos en mitad de la capilla. Nadie se acercó a ellos. El oficial hizo un gesto a sus hombres para salir, pero justo en ese momento los alcanzó André, que había tenido que saludar a media docena de feligreses antes de poder acercarse.

—Capitán. Feliz Navidad —dijo en perfecto alemán.

El hombre frunció el ceño. Tenía el pelo muy rubio cortado al cero, no aparentaba más de treinta años y su abrigo de cuero le daba una apariencia inquietante.

—Feliz Navidad. ¿Habla el idioma alemán, pastor? —preguntó el oficial.

—Mi madre era alemana.

—No lo hubiera imaginado. Muy bueno el sermón. Puede que consideren que somos salvajes, pero también en Alemania hay iglesias y se celebra la Navidad.

—No creo que nadie considere que son salvajes. Al menos, yo no pienso así. Simplemente nos ha tocado vivir tiempos difíciles, capitán. Usted tiene su ejército, manda a sus hombres y ellos le obedecen; nosotros también somos un ejército, pero nuestras armas son distintas y nuestras batallas también.

El capitán se quedó muy serio, como si recordara un tiempo lejano cuando él aún creía en la paz y el amor. Había visto y hecho demasiadas cosas como para que unos simples villancicos cambiaran algo, pero aún ardía algo en su interior.

—Es difícil estar lejos de la familia, no saber si algún avión sobrevolará esta noche sobre tu hogar iluminado con luces de colores, pero estamos aquí con un propósito y nos sentimos orgullosos de él. Dios está siempre con los más fuertes —declaró el capitán.

—El Dios que yo conozco dijo que estaba con los más débiles, con los despreciados y abandonados.

—Evidentemente, no hablamos del mismo Dios. Algún día sabremos cuál de los dos termina por ganar esta guerra.

—Lo sabremos, capitán.

—Feliz Navidad.

—Feliz Navidad —dijo el pastor, mientras sentía un escalofrío que le recorría toda la espalda. De alguna manera, fue consciente de que aquella noche alguien más que un simple capitán alemán había ido a visitarle, y presagiaba una lucha sin cuartel entre el bien y el mal.

Los soldados se dieron la vuelta y sus botas retumbaron sobre las losas de piedra. En cuanto salieron del edificio y se cerraron las puertas, todos respiraron más aliviados.

Jacob, Moisés y Anna se sentaron en un banco y comenzaron a abrir sus regalos. El pequeño arrancó el papel plateado y sacó una pequeña máquina de vapor de hojalata.

—¡Qué bonito! —dijo, enseñándoselo a su hermano y a Anna.

Jacob abrió la caja y sacó media docena de soldados de plomo de la época de Napoleón. Se los acercó a los ojos y contempló cada detalle. Sus guerreras pintadas de azul, los pantalones blancos y los gorros alargados.

Anna extrajo de su caja una muñeca de trapo y comenzó a acariciarle el cabello.

A pesar de la alegría que parecía llenarlo todo aquella noche, Jacob no pudo evitar pensar en sus padres, intentó quitárselo de la cabeza, para no entristecer a su hermano ni a Anna, pero no podía evitarlo. Las Navidades pasadas habían sido difíciles, no tenían mucho que comer ni hermosos regalos, pero al menos estaban junto a sus padres. Pensó que estarían en Buenos Aires acordándose de ellos. A pesar de que eran judíos, la Navidad les recordaría el tiempo en familia y lo lejos que estaban de sus hijos.

Moisés puso su tren sobre el banco y comenzó a moverlo, Anna continuó cuidando de su muñeca y Jacob dejó los soldados sobre el banco. Los miró un rato, después levantó la vista y vio a la gente riendo, bromeando y comiendo. Por un instante, se sintió en casa. Puede que aquella gente no fuera su familia, pero, como había dicho el pastor, ahora eran sus hermanos. Nunca podría olvidar aquel lugar, ni aquella Navidad. Siempre llevaría en lo más profundo de su corazón a Le Chambon-sur-Lignon, a Anna, a la familia Trocmé y a Daniel.

El gran árbol de Navidad, iluminado con las velas y coronado con la estrella, parecía tan grande y poderoso que todos hubieran podido cobijarse bajo sus ramas, pero una sombra larga y oscura se cernía sobre todo el valle. La sombra de la muerte y el temor, la oscuridad y el odio, que esperaba su oportunidad para extenderse por cada hogar, campo y camino, hasta devorar el último rayo de esperanza en los corazones de los hombres y mujeres de Le Chambon-sur-Lignon.

25

Le Chambon-sur-Lignon, 13 de febrero de 1943

LOS DÍAS MÁS DUROS SUELEN COMENZAR CON UNA EXTRAÑA calma. Aún quedaba mucho invierno, pero el sol había logrado calentar el ambiente a lo largo del día. Las noticias fuera del valle eran cada día peores. La salida de refugiados por Marsella o cualquier otro punto de la costa mediterránea era prácticamente imposible. Desde el atentado el 3 de enero en Marsella contra miembros del ejército alemán, la persecución a disidentes y judíos se había intensificado. El 22 de enero, más de doce mil policías y cinco mil soldados alemanes peinaron toda la ciudad en busca de miembros de la resistencia y judíos. Se detuvo a más de ochocientas personas, la mayor parte judíos. El señor Perrot había avisado a André de que la evacuación de Jacob y Moisés de Le Chambon-sur-Lignon, por el momento, era imposible. Los niños estaban tan metidos en las actividades de la escuela que apenas habían tenido tiempo de pensar en su viaje a América. Los días eran mucho más cortos y llegaban a sus camas completamente agotados.

Un gran manto cubría casi por completo los prados y bosques, el invierno estaba siendo extremadamente frío. Los chicos se levantaban muy pronto, realizaban sus ejercicios matinales y más tarde acudían a clase. Jacob había disfrutado de los ejercicios físicos de la mañana, de las clases prácticas y de la compañía de sus amigos. Daniel le había felicitado por sus progresos y estaba deseando contarles todo a Anna y a Moisés.

Jacob salió a toda prisa de la escuela y corrió hasta donde daba clase su hermano. Esperó impaciente en la puerta hasta que le vio aparecer con su amigo Jean-Pierre, eran inseparables. Era sábado, pero en invierno lo dedicaban a repasar y poner en práctica algunos de los conocimientos. No podían ir al río ni hacer caminatas por el campo y era mejor aprovechar bien el tiempo.

—Hola, Jacob —saludó Moisés al ver a su hermano.

—Hola. Había pensado que podríamos lanzarnos con un trineo por la ladera, he encontrado este en la escuela —dijo el muchacho mientras mostraba orgulloso un viejo trineo de madera.

Los dos chicos le miraron con los ojos desorbitados. Los domingos por la tarde les dejaban tirarse en trineo, pero eran tantos que apenas podían lanzarse un par de veces. Pero ahora podrían pasar toda una tarde disfrutando.

—Vamos a buscar a Anna, no se lo diremos a nadie más —les advirtió Jacob.

—Vale, pero por la noche venís a cenar a casa. Mi madre me comentó que os lo dijera.

—Me encanta cómo cocinan tu madre y Alicia —dijo Jacob, rela-miéndose de gusto. Después caminaron por una calle paralela, para que el resto de los niños no los siguiera y se vieran obligados a com-partir el trineo.

Jacob subió a la segunda planta de la casa donde Anna recibía clases. Aquella tarde parecía más melancólica que otros días. Llevaba meses sin saber nada de su madre y las noticias de lo que ocurría en el norte a los judíos deportados eran cada vez peores.

—Tengo una sorpresa —anunció Jacob, tapando por detrás los ojos de Anna.

—¿Una sorpresa? Estás loco.

—Bueno, eso ya lo sabías —dijo, mientras apartaba las manos.

—Pero, ¿dónde está la sorpresa? —preguntó la chica, decepcionada.

—No la he subido hasta aquí, pero si te das prisa la verás en un momento —comentó Jacob.

Los dos corrieron escaleras abajo, salieron del edificio, caminaron por la calle y se encontraron con Moisés y Jean-Pierre en el callejón.

—¡Un trineo! —exclamó Anna al ver el bulto detrás de los dos niños.

—Sí, y solo para nosotros. Tengo que devolverlo esta noche, pero podremos disfrutarlo hasta que cenemos en casa de Jean-Pierre.

Los cuatro se dirigieron a una de las laderas más empinadas a las afueras de Le Chambon-sur-Lignon. Subieron costosamente por la nieve y, cuando llegaron a la cima, miraron con asombro la bajada.

—¿No será peligroso? —preguntó Anna al observar la pendiente.

—Me tiraré yo primero para asegurarnos —dijo Jacob. Se subió al trineo y, sin pensárselo dos veces, se deslizó a toda velocidad.

Mientras el trineo descendía, Jacob no dejaba de gritar. Intentaba mantener el equilibrio para no volcar. Unos segundos más tarde, llegó al final de la cuesta y subió corriendo con el trineo en la mano.

—¡Ha sido increíble! ¡Tenéis que probarlo! Aunque, para mayor seguridad, nos tiraremos de dos en dos. ¿Quién es el primero en lanzarse conmigo?

Moisés y Jean-Pierre levantaron la mano y corrieron para montarse los primeros en el trineo.

—Dejad primero a Anna, los chicos tienen que ser caballerosos —ordenó Jacob.

Los dos niños fruncieron el ceño y se quejaron por unos momentos, pero al final cedieron el sitio a Anna. La chica se sentó detrás de Jacob, Moisés y su amigo los impulsaron y el trineo, al llevar más peso, se aceleró rápidamente.

Durante más de una hora, continuaron deslizándose por la ladera hasta que llegó la hora de cenar.

—Esta será la última —dijo Jacob, colocando el trineo de nuevo en posición. Anna se sentó detrás y se lanzaron. Justo al llegar, el aparato se volcó y los dos cayeron en la nieve. Jacob se incorporó un poco y, antes de que pudiera levantarse, la chica se acercó y le dio un beso en los labios. Fue apenas un segundo, pero a él se le hizo como una agradable eternidad.

Los dos niños bajaron corriendo y, al verlos besándose, les comenzaron a lanzar bolas de nieve.

—¡Qué asco! —exclamó Moisés.

Jacob le persiguió y logró alcanzarle. Los cuatro comenzaron a rodar sobre el manto blanco y terminaron completamente empapados.

—Tenemos que irnos, mi padre no tardará mucho en llegar y nos esperan para cenar —comentó Jean-Pierre.

Recogieron las carteras, se arreglaron un poco la ropa y quitaron la nieve de los abrigos y sombreros. Después corrieron hacia la casa pastoral. Ya era de noche y la poca luz que desprendían las farolas brillaba sobre la nieve impoluta detrás de la iglesia. Se limpiaron los pies antes de cruzar el umbral y colgaron los abrigos en la entrada. En cuanto pasaron la puerta, sintieron el agradable calor de la chimenea. Temblaban de frío, se acercaron al fuego e intentaron calentarse un poco. Nelly, la hermana mayor de Jean-Pierre se acercó a ellos algo molesta.

—He tenido que poner la mesa y hacerlo todo yo sola. ¿Se puede saber dónde habéis estado?

Jacob había dejado escondido cerca de la casa el trineo y les había advertido a los demás que no dijeran nada, no quería que le regañaran en la residencia.

Magda salió de la cocina llevando una gran sopera blanca. Parecía muy contenta mientras charlaba con Alice, apenas se fijó en la ropa empapada de los niños.

—¿Os habéis lavado las manos? —preguntó.

Todos corrieron hasta el baño, peleándose por ser los primeros, después regresaron ruidosamente al salón.

—Cenaréis vosotros primero, no quiero que os acostéis muy tarde, y vosotros, chicos, tenéis que volver pronto a vuestras residencias. André está en una reunión con los líderes de los jóvenes y aún puede tardar un rato —dijo, mirando a los tres invitados, aunque ellos se sentían ya como parte de la familia.

—Si quieres, yo puedo llevarlos luego a sus residencias —se ofreció Alice, que siempre estaba dispuesta a echar una mano. Desde la llegada de la mujer en Navidad, Magda parecía haber recuperado su antigua energía y su espíritu alegre, aunque en ocasiones se preocupaba por lo que les podía suceder a su esposo y a los otros líderes del movimiento civil contra los nazis, eso no le impedía seguir trabajando sin descanso.

Los chicos se sentaron precipitadamente en la mesa y, justo después de dar gracias por la comida, tomaron sus cucharas y devoraron la sopa. Unos minutos más tarde ya estaban comiendo el segundo plato.

Las dos mujeres se dirigieron de nuevo a la cocina. Les gustaba ver comer a los niños, pero aún debían organizar varias actividades para el día siguiente. Apenas llevaban unos minutos trabajando cuando escucharon que alguien llamaba a la puerta.

Magda se dirigió a la entrada y abrió despreocupadamente. Un aire frío con pequeños copos de nieve entró en el pequeño recibidor. Aún estaba con una sonrisa en los labios cuando vio las figuras imponentes y oscuras de dos gendarmes.

Al principio, no supo cómo reaccionar. Era una hora inusual para visitar a su marido, sobre todo en invierno.

—¿Qué desean?

—¿Vive aquí el pastor André Trocmé? —preguntó uno de los policías.

—Sí, pero en este momento no está. ¿Para qué quieren verle? —preguntó Magda, algo extrañada.

—Un asunto personal.

La mujer pensó en ese momento que se trataba de algún traslado. Muchas veces lograban sacar a algunos niños de un campamento de refugiados y los gendarmes hacían los traslados.

—Mi marido está muy solicitado, pero pueden pasar y esperarle en el estudio, no puede tardar mucho en regresar.

Los dos hombres se quitaron educadamente el sombrero y la acompañaron por el pasillo hasta el despacho del pastor. Después los dejó solos y volvió a la cocina.

—¿Quién era? —preguntó Alice, que no había visto pasar a los agentes.

—Unos gendarmes que quieren hablar con André —contestó Magda, despreocupada.

Las dos mujeres continuaron trabajando, sin darse cuenta de que el pastor había entrado por la iglesia a la casa y se había dirigido directamente al despacho, encontrándose con los dos gendarmes.

—Buenas noches —dijo el pastor, algo sorprendido. No esperaba ver a nadie en su despacho a esas horas.

—¿Es usted el pastor André Trocmé? —preguntó el cabo.

—Sí, señor. ¿Por qué lo pregunta?

—Lo siento, pero queda detenido.

—¿Detenido? —se extrañó André. Llevaba meses esperando aquel momento, pero se lo había imaginado de otra forma. No en mitad de la noche, con dos gendarmes metidos en su despacho.

—¿Por qué me arrestan? —preguntó el pastor.

—Nosotros únicamente cumplimos órdenes. Por favor, recoja sus efectos personales, nos marcharemos en un momento —dijo, inexpresivo, el gendarme.

—¿Puedo despedirme de mi familia?

André tenía miedo de cómo podrían reaccionar Magda y sus hijos, pero no podía marcharse sin más.

—Sí, pero le rogamos que no se alargue mucho. Será mejor para todos.

Los tres se dirigieron hacia el salón, pero los gendarmes no cruzaron la puerta. André entró en la cocina y su mujer se volvió para saludarlos.

—Hay dos gendarmes en el despacho —le dijo su esposa, que ya casi se había olvidado del asunto.

—Ya los he visto —comentó el hombre muy tranquilo, como si fuera lo más normal del mundo.

—¿Qué querían? —preguntó Magda, al ver que su marido no le preguntaba nada.

—Detenerme, han venido para llevarme a la gendarmería en Tence.

Magda abrió los ojos de par en par, pensó que no había entendido bien a su marido, pero la expresión angustiada de André le confirmó lo peor.

—¡Dios mío! ¿Por qué te detienen? —preguntó la mujer, nerviosa.

—No lo sé, me imagino que por no colaborar con los alemanes ni con el prefecto. Será mejor que me prepare para el viaje —comentó el hombre, sin mostrar la más mínima emoción en la voz.

Magda salió de la cocina y se dirigió a la habitación, bajó una maleta del armario y comprobó que se encontraba vacía. La dejó sobre la cama y se dirigió de nuevo al pasillo, donde su marido y los gendarmes esperaban.

—No tengo hecha la maleta, tendrán que esperar un poco. Desde el verano tenía preparada una, pero, como ha hecho tanto frío este invierno, he ido sacando poco a poco la ropa de abrigo. ¿Pueden darnos un poco más de tiempo?

—Naturalmente, señora —dijo el gendarme.

—Estábamos a punto de cenar y se va a quedar todo frío. Imagino que ustedes no han cenado, ¿no les importa que cenemos todos juntos?

Los gendarmes se quedaron asombrados ante las palabras de la mujer. ¿Realmente estaba invitando a cenar a las personas que se querían llevar a su marido detenido? Se miraron el uno al otro. El más joven no pudo evitar sentir un nudo en la garganta y sus ojos se aguaron.

—Señora, no sabe lo que sentimos hacer esto. Todo el mundo conoce a su marido y…

—No se disculpe, gendarme, están cumpliendo con su deber —dijo Magda.

Los dos hombres se sintieron miserables, comenzaron a secarse las lágrimas con las mangas de la chaqueta.

Alice apareció con algo de comida y se la ofreció a los dos policías. Al principio la rechazaron, pero después tomaron algo de embutido y pan. En aquel momento, Suzanne Gibert, la ahijada de Trocmé, entró en el presbiterio y vio a los dos gendarmes. Se dio la vuelta y corrió hacia el pueblo.

La jovencita comenzó a llamar a los feligreses de la parroquia y a los residentes de los colegios. Mientras los Trocmé comían rápidamente parte de la cena, una pequeña multitud comenzaba a aproximarse a la iglesia.

Jacob se levantó de la mesa, André y Magda habían comido en la cocina. Al niño le había extrañado, pero cuando vio a los dos policías en la puerta se asustó.

—Señora, hay dos gendarmes en…

—Ya lo sabemos, no te preocupes. André tiene que irse con ellos.

Jacob se puso muy nervioso, pero intentó tranquilizarse, no quería que Moisés y los otros se asustaran.

—Pero el pastor no ha hecho nada malo. ¿Por qué le detienen? —preguntó el muchacho en voz baja.

—A veces, la justicia y la autoridad no son lo mismo. La policía normalmente detiene a personas peligrosas y a criminales, pero vivimos tiempo difíciles, ya lo sabes. Pero Dios le protegerá, no te preocupes —dijo Magda, mientras le acariciaba la cabeza.

André tomó su maleta pequeña y se acercó a sus hijos. Le rodearon y comenzaron a abrazarse.

—No os preocupéis, estaré de vuelta antes de lo que imagináis. Portaos bien y obedeced a vuestra madre. Ayudadla en todo, para que cuando regrese pueda decirme que habéis sido buenos chicos.

Moisés y Anna le abrazaron; al final, Jacob también corrió hacia él. En los últimos meses había sido un padre para todos.

—Gracias, sin usted no hubiera podido soportar todo este tiempo sin mis padres.

—No te preocupes Jacob, volveré. Cuida de los más pequeños —le pidió André con una sonrisa, aunque detrás de sus gafas las lágrimas ya recorrían sus ojos y descendían por las mejillas hasta el cuello de la camisa.

El hombre se secó las lágrimas con un pañuelo. No quería que la gente pensara que tenía miedo.

—Caballeros —dijo a los dos gendarmes.

—Salgamos por la puerta de la iglesia. Intentemos hacer todo esto lo menos difícil y más rápido posible. No queremos que se produzcan altercados, piense en sus feligreses —le comentó el gendarme.

—Por mi parte, no los habrá. Los hermanos de la iglesia no intentarán hacer ninguna locura, saben que yo no lo aprobaría.

André besó en la frente a su esposa, dio la mano a Alice y, atravesando el pasillo, llegó hasta el despacho, pero al salir al recibidor vieron una multitud que los esperaba. Los gendarmes tomaron uno por cada brazo a André. Lo rostros de los feligreses parecían realmente enfurecidos, pero el pastor les hizo gestos con las manos para que se tranquilizasen.

—No deje de andar —le dijo el gendarme.

Entonces, los policías vieron que la gente se acercaba con todo tipo de cosas y las depositaba encima de una gran mesa. Comida, alguna prenda de abrigo, guantes, plumas, papel y, entre los últimos utensilios, un rollo de papel higiénico.

André se emocionó al ver todas aquellas muestras de afecto; la gente le tocaba el brazo, le daba palabras de aliento.

Jacob y el resto de los niños salieron de la casa y rodearon la iglesia por un lateral. Al llegar a la fachada principal vieron a la multitud, cinco coches de policías con gendarmes armados y un grupo de estudiantes de la Nueva Escuela de Cévenole. Los chicos formaban un pasillo de protección y al final del todo se encontraba Daniel Trocmé. Jacob corrió hasta ellos y se unió al grupo.

Dentro de la iglesia, Trocmé guardó todas las cosas que le habían entregado en la maleta, pero, antes de que la cerrase, uno de los gendarmes le tocó el hombro y le entregó una caja de cerillas.

—Por favor, acepte esto de mi parte.

André se emocionó de nuevo, como si entendiera la fuerza del amor operando en ese momento, a pesar de todo el sufrimiento generado. Pensó en sus feligreses y se preguntó si tendrían valor para continuar la lucha, pero enseguida supo que sí. Estaban todos allí, hombres, mujeres, niños y ancianos, como una muestra más de su valor. Con lágrimas en los ojos, mostrándole su respeto y cariño, esa gente no se rendiría con facilidad. En ese momento fue consciente de que eran ellos los que le estaban enseñando una gran lección, de que, a pesar de los sacrificios y desvelos, siempre había recibido mucho más de lo que había dado.

—Gracias —dijo al gendarme, y se guardó las cerillas en el bolsillo.

El aire frío de la calle le hizo sentir de nuevo el peso inexorable de la realidad, pero la multitud que se había reunido fuera del templo era mucho mayor que la del recibidor. Escuchó varias palabras de aliento, reconocía las voces, podía imaginar sus caras, las mismas que veía cada domingo. Después se preocupó de quién hablaría al día siguiente en la iglesia; era sábado y ya tenía el sermón preparado. Aunque estaba seguro que alguien le sustituiría.

Entonces, los estudiantes comenzaron a cantar el himno compuesto por Martín Lutero casi quinientos años antes, *Castillo fuerte es nuestro Dios*.

Castillo fuerte es nuestro Dios.
Defensa y buen escudo;
Con su poder nos librará
En todo trance agudo...

Mientras André caminaba hacia el coche, vio que también estaban detenidos su buen amigo Edouard Theis y, a su lado, el señor Roger Darcissac. Aquello le dolió más que su propia captura. Cerró los ojos y continuó caminando. Jacob extendió la mano y le dio un lapicero. Lo había guardado todo aquel tiempo, su padre lo utilizaba para subrayar los libros que leía, era lo único que le quedaba de él, pero de alguna manera quería expresar a André el amor y respeto que sentía por él.

—Gracias, Jacob —dijo al niño. Su rostro cubierto de lágrimas sonrió; después, saltándose la fila, le abrazó de nuevo. Los gendarmes se pusieron algo nerviosos, pero el pastor se limitó a acariciar la cabeza del muchacho.

—Nos vemos pronto, gracias por el lapicero.

El pastor caminó los últimos metros. Los otros dos prisioneros le abrazaron y los gendarmes los introdujeron en los vehículos. Se hizo un silencio hasta que los motores de los coches arrancaron y la policía salió del pueblo.

Mientras los coches se alejaban, la multitud se quedó quieta, bajo el cielo helado teñido de negro. Poco a poco, todo el mundo comenzó a regresar a sus casas. Daniel Trocmé llamó a Jacob, Anna y Moisés.

—Vamos —dijo, cabizbajo. No tenía fuerzas para animarlos, a pesar de que sabía que estaban muy tristes.

Primero llevaron a Anna a su residencia. Jacob se adelantó con ella hasta la puerta para despedirse.

—Tengo miedo —le confesó la niña, sin poder parar de temblar.

Jacob la abrazó, sintió su abrigo helado y empapado, después la miró.

—André me ha dicho que volverá, y él siempre cumple sus promesas.

Anna le besó levemente en los labios, se dio la vuelta y entró en el edificio. El chico se quedó unos segundos paralizado. Aquel día había sido el mejor y el peor de su vida al mismo tiempo. Amaba a Anna, aunque apenas conocía el verdadero significado de esa palabra. Aunque se había mostrado tranquilo, él también se encontraba asustado. Tenía la sensación de que André, aunque únicamente era un hombre, se había convertido en un símbolo para toda aquella gente y, en cierto sentido, representaba el valor que podían tener unidos, frente al miedo de luchar en solitario.

—¿Estás bien? —le preguntó Daniel al chico, al verle con la mirada perdida.

—No, pero creo que esta noche he aprendido algo —contestó Jacob.

—Todos hemos aprendido algo esta noche —dijo Daniel, con la voz quebrada.

Los tres caminaron despacio, como si quisieran que el tiempo pasara deprisa, para intentar engañarlo, pero el tiempo jamás puede ser burlado. La maldad que había recorrido Europa como una niebla espesa ya estaba en Le Chambon-sur-Lignon, pero, mientras la luz siguiera brillando en cada uno de sus corazones, el demonio de la guerra podría seguir combatiéndose, si permanecían unidos. No fue así, algo se había roto en el corazón de la comunidad aquella noche fría de invierno.

TERCERA
PARTE

26

Le Chambon-sur-Lignon, 29 de junio de 1943

EL SONIDO DE LOS MOTORES LOS DESPERTÓ A TODOS. JACOB SE asomó por la ventana y vio cómo al fondo del camino aparecían dos coches Citroën con más de una docena de policías alemanes y un camión cubierto con una lona detrás de ellos. El chico saltó de la cama, se puso los pantalones cortos y llamó a su hermano Moisés.

—Vienen los alemanes —dijo Jacob, después se colocó la camiseta y los zapatos.

Moisés tardó unos segundos en reaccionar, pero al final se vistió lo más rápido que pudo. Su hermano le ayudó a atarse los cordones de los zapatos y corrieron escaleras abajo. Cuando llegaron al salón, escucharon un fuerte golpe y cómo la puerta saltaba en mil pedazos. Los nazis entraron gritando.

—¡*Raus, raus*!

Subieron por las escaleras aporreando las puertas y sacando a los chicos de las camas. Jacob y Moisés intentaron salir por la parte trasera, pero los alemanes habían rodeado el edificio. Un soldado alemán gigantesco los agarró por las ropas y los llevó adentro de nuevo.

Los jóvenes y niños aterrorizados fueron llegando al salón. Algunos lloraban, otros gritaban, pero la mayoría se limitó a agachar la cabeza y esperar que una vez más los alemanes se conformaran con asustarlos.

—¿Dónde está Daniel Trocmé? —preguntaron los alemanes.

Jacob se atrevió a levantar la vista y mirar a su alrededor, pero no vio al profesor.

—¿Qué miras, cerdo? —dijo un alemán, y después abofeteó al muchacho.

El golpe fue tan fuerte que le hizo sangrar por la nariz y sentirse algo aturdido. Moisés intentó acercarse, pero el alemán le empujó con fuerza y cayó al suelo.

En ese momento, Daniel Trocmé apareció por la parte trasera. Había logrado llegar hasta el bosque, pero, mientras se alejaba, escuchó los gritos de los niños y se dio la vuelta, no podía dejar a sus alumnos en manos de esos asesinos.

—¿Usted es Daniel Trocmé? Tenemos sospechas de que aquí se ocultan miembros de la Resistencia y refugiados judíos. Quiero que nos diga qué niños no son franceses y cuáles son judíos.

—Para mí todos son simplemente alumnos —contestó el profesor.

El jefe de la Gestapo se adelantó un par de pasos hasta poner su cara a la altura del joven y comenzó a gritar:

—No me venga con esas estúpidas moralinas pacifistas. Esos terroristas están matando cobardemente a nuestros hombres. Si no denuncia a los judíos y los miembros de la Resistencia nos llevaremos a todos. ¿Ha entendido?

—Los niños están protegidos por el Gobierno de Suiza, ellos aportan su manutención. Si detiene a cualquiera de ellos estará contraviniendo los tratados internacionales… —dijo Daniel, pero, antes de que pudiera terminar la frase, el alemán le golpeó en la cara.

—Llévenlo a la habitación trasera para interrogarlo.

El ruido de los vehículos había llamado la atención de una joven colaboradora llamada Suzanne Heim, que, al ver lo que sucedía en la casa, se dio media vuelta y se dirigió directamente hacia la iglesia. Cuando entró en el presbiterio se encontraba sin aliento.

—¿Qué pasa? —preguntó Magda al ver el estado de nervios de la joven.

—La Gestapo está en la Maison des Roches —dijo la joven, mientras intentaba respirar.

—¡Dios mío! —gritó Magda. Corrió hacia la entrada de la iglesia, tomó una bicicleta y se dirigió a toda velocidad hacia la casa.

Nada más llegar, tiró la bicicleta a un lado y entró por la cocina. Los alemanes pensaron que era la cocinera y no se lo impidieron. Comenzó a preparar algo de comida mientras observaba cómo los alemanes iban llamando uno a uno a los chicos a un almacén para identificarlos. La mujer sintió compasión al ver las caras asustadas de los niños, todavía medio dormidos y confusos.

La esposa del pastor ofreció algo de comida a los alemanes y se acercó a Daniel.

—Daniel, ¿recuerdas lo que pasó hace unas semanas? El chico español que salvó al alemán cuando se estaba ahogando en el río. Tal vez pueda ayudarnos —le dijo Magda en voz baja.

—Inténtalo —contestó disimuladamente.

Magda dejó el mandil en una percha y volvió a salir de la casa, tomó de nuevo la bicicleta y se dirigió otra vez al pueblo. Fue directamente al Hotel du Lignon, donde se alojaban los alemanes. La mujer saltó de la bicicleta, subió las escaleras, pero el guarda de la entrada la detuvo. Entonces comenzó a hablarle en alemán y a explicarle que quería hablar con un soldado. El guarda sabía que era la esposa del pastor protestante.

—Pase, señora —dijo el soldado.

En la sala del *hall* del hotel vio a tres soldados tomando algo y charlando. Se fue directamente hasta ellos.

—¿Algunos de ustedes llevan más de tres semanas en Le Chambon-sur-Lignon?

Los oficiales la miraron sorprendidos.

—¿Por qué lo pregunta, señora?

—Hace tres semanas, un soldado estuvo a punto de morir ahogado y uno de los estudiantes de la Maison des Roches le ayudó —dijo Magda, rezando para que alguno de los oficiales lo recordara.

—Sí, señora. Yo estaba ese día —contestó uno de ellos.

—Esta mañana la Gestapo ha llegado a la casa y quiere llevarse a todos. ¿Podrían venir a ayudarnos?

Los alemanes se miraron entre sí. No entendían qué quería aquella mujer a esas horas de la mañana.

—Nosotros no somos de la Gestapo, no sé cómo podríamos ayudarla —dijo el mayor de los tres oficiales.

—Son hombres de honor, como caballeros y oficiales les pido que testifiquen a favor de esos niños. No pueden llevárselos sin más.

Dos de los oficiales se levantaron, se colocaron las gorras y siguieron a la mujer. La imagen parecía surrealista. Magda caminaba por la calle principal del pueblo empujando una bicicleta mientras dos oficiales la escoltaban. Apenas habían avanzado unos metros cuando se cruzaron con dos chicas de la iglesia que montaban en bicicleta.

—¿Podéis prestarnos las bicicletas? Las necesitamos para algo urgente.

Las chicas la miraron sorprendidas, pero se bajaron de las bicicletas y se las entregaron a los oficiales. Entonces, los tres salieron a toda velocidad para la Maison des Roches.

Cuando llegaron, la Gestapo les dio el alto.

—Queremos hablar con el oficial al cargo —dijo uno de los alemanes, sin dejarse amedrentar por el miembro de la Gestapo.

El soldado se quedó un momento pensativo, pero el oficial volvió a insistir. Al final entró en la casa y avisó a su superior.

—¿Qué sucede? Esto no es asunto vuestro —dijo el oficial de la Gestapo en cuanto salió de la casa.

—Queríamos comunicarle que un estudiante de esta casa salvó a uno de nuestros hombres de ser ahogado hace unos días. No creemos que sean miembros de la Resistencia —contestó el oficial.

—Gracias, pero tenemos información sobre la casa y las actividades delictivas de algunos de sus miembros y del profesor Daniel Trocmé.

Los oficiales se encogieron de hombros, dejaron las bicicletas en el suelo y se volvieron hacia su hotel. No podían hacer nada más por los niños, pero al menos lo habían intentado.

Magda se quedó mirando al oficial de la Gestapo y le dijo muy seria:

—Quiero hablar con Daniel Trocmé.

—No puede entrar ahora, venga por la tarde —le contestó el hombre, sin mirarla a la cara.

La mujer se quedó quieta, como si no lograra asimilar lo que estaba sucediendo, después tomó la bicicleta y la arrastró colina abajo. Se encontraba desolada, unos meses antes había sufrido la separación de su marido. Durante algo más de un mes, André, Edouard y Roger Darcissac estuvieron encerrados en el Campo de Saint-Paul, pero lograron salir gracias a la mediación de varios personajes públicos, justo antes de que la mayoría de los prisioneros de aquel campo fueran enviados a Alemania. ¿Qué sucedería ahora con Daniel y los chicos? ¿Correrían la misma suerte? ¿Lograrían regresar sanos y salvos?

En su casa le esperaba Alice, que se había hecho cargo de los niños. En cuanto vio su cara de preocupación, se fue a la cocina y le preparó un té.

—¿Cómo están los chicos? —le preguntó Alice.

—No lo sé, no he podido entrar. La última vez que tomaron algo de comida fue esta mañana. Imagino que se encuentran aterrorizados, debemos intentar sacarlos de allí.

—Descansa y reserva todas tus fuerzas, dentro de un par de horas puede que todo haya cambiado —dijo Alice para animarla, aunque su rostro reflejaba la misma angustia que el de su amiga.

Magda se sentó hundida en el sillón, comenzó a llorar, después se puso de rodillas y comenzó a orar:

—¡Dios mío, Dios mío!

Dos horas más tarde, se dirigió con su hijo Jean-Pierre a la casa. Sabía que se encontraban allí sus amigos Jacob y Moisés. Al acercarse, vio a todos los chicos colocados en una fila. El primero de todos era Daniel. Los soldados no la dejaron acercarse, pero ella comenzó a gritar.

—¡Daniel, no te preocupes!

—Estoy bien, tengo que ir con mis alumnos. Debo protegerlos —declaró el joven.

—¿Por qué os llevan? —preguntó Magda llorando, mientras aferraba con fuerza a su hijo con la mano.

—Me acusan de ser judío y ayudar a la Resistencia.

—Pero eso es absurdo —protestó, desesperada. Si al menos su marido estuviera allí para ayudarla, pero no había logrado localizarle en todo el día.

—Di a mis padres que los quiero, que estaré bien. En cuanto pueda, me pondré en contacto con ellos —dijo Daniel alzando la mano. A su lado estaban Jacob, Anna y Moisés. Jean-Pierre los vio y comenzó a gritar.

—¿Dónde los llevan, madre? —preguntó el niño, angustiado.

Magda no sabía qué responder, se mordía los labios, se movía de un lado para el otro, mientras los soldados empujaban a los estudiantes hacia el camión. Uno a uno fueron ascendiendo, pero, cuando estaba a punto de hacerlo Moisés, Jean-Pierre corrió hacia él y le abrazó.

—Amigo, no te vayas —rogó entre lágrimas.

Magda corrió hacia su hijo, el oficial de la Gestapo se acercó y le pegó con una fusta.

—Estos dos son muy pequeños —dijo la mujer, señalando a los hermanos.

—Son cerdos judíos, parece mentira que usted sea la esposa de un pastor protestante —comentó con desprecio el alemán.

—Son unos niños, no son judíos. Simplemente son huérfanos —replicó ella.

El oficial la miró fijamente a los ojos.

—¿No sabe que la mujer de un reverendo no debe mentir?

—No miento, oficial, son únicamente huérfanos de París. Niños inocentes —dijo, y comenzó a llorar.

Jean-Pierre se aferraba a su amigo, se escuchaba su llanto y el de Jacob, que ya estaba subido en el camión. El oficial dudó por unos segundos; después, ordenó que liberaran a los dos.

Jacob agarró la mano de Anna, la niña se aferró con fuerza a él, pero un soldado lo bajó del camión y los dedos se soltaron.

Magda vio a Anna, la niña con sus ojos claros, su pelo rubio y una expresión de pánico.

—Ella tampoco es judía —dijo la mujer, intentando agarrar a Anna.

El alemán apartó la mano de la niña.

—¡Ella no! —gritó el alemán.

Dos soldados separaron a Magda del camión a rastras. Jacob, Moisés y Jean-Pierre corrieron a ayudarla, pero los soldados se lo impidieron. Los chicos continuaron subiendo al camión hasta que estuvo lleno casi por completo. Además de Daniel Trocmé, la Gestapo detuvo a cinco estudiantes españoles, dos holandeses, dos belgas, dos luxemburgueses, dos alemanes, un austriaco y un rumano.

El soldado golpeó la parte trasera del camión, cerraron la portezuela y corrieron a los vehículos. Los coches se pusieron en marcha en medio de una gran polvareda. Jacob comenzó a correr detrás del camión. De la parte trasera asomaba el rostro pálido de Anna. A medida que se alejaba, el niño corría más rápido, pero era inútil intentar alcanzarlos. En cuanto el convoy tomó la carretera principal, Jacob comenzó a quedar atrás y se paró para recuperar el aliento. El rostro de Anna se convirtió en una pequeña mancha blanca y después desapareció por completo. Jacob se hincó de rodillas y comenzó a golpear el suelo con los puños. Se levantó unos minutos más tarde con los hombros caídos; se dirigió de nuevo a la casa. No había nadie fuera, entró en el salón, media docena de chicos permanecían en silencio, entre ellos el español que había salvado al soldado alemán, del que los alemanes se habían compadecido en el último momento. Magda repartía agua a los chicos, mientras Moisés y Jean-Pierre la ayudaban.

—¿Se la han llevado? —preguntó Moisés a su hermano.

Jacob se abrazó a él, no había podido cumplir su promesa de protegerla. Anna había sido su primer amor, la única chica que le había besado y con la que había creído que pasaría el resto de su vida. La había perdido para siempre.

—No he podido ayudarla —dijo Jacob, mientras su voz se ahogaba en su llanto desconsolado. Ese día fue consciente de que ya no podían esperar más, tenían que partir cuanto antes. No importaba si los capturaban en el intento. Lo único que le importaba era llevar a su hermano a un lugar seguro y que volviera a ver a sus padres. En muchos sentidos, el niño que había salido de París un año antes ya no existía. Ahora, en su lugar, se encontraba un adulto que había borrado de su mente y de su corazón para siempre la magia de la infancia, la edad en la que todo es posible y la imaginación es tan poderosa que, con un simple chasquido de dedos, la realidad se transforma y todo puede comenzar de nuevo. Ya no existía esa magia, lo único que sentía era una profunda soledad y vergüenza, como Adán el día que descubrió la terrible diferencia entre el bien y el mal.

27

Le Chambon-sur-Lignon, 10 de agosto de 1943

LAS COSAS NO HABÍAN MEJORADO EN EL VALLE. ANDRÉ TROCMÉ llevaba más de un mes oculto a petición de su esposa y algunos de sus colaboradores. Los actos de resistencia violenta cada vez eran más frecuentes, lo que producía una respuesta exacerbada de los nazis y la Milicia Francesa. Los caminos estaban más vigilados que nunca y las fronteras eran prácticamente impermeables. Suiza había cerrado sus fronteras a los judíos y otros exiliados, el paso por los Pirineos a España era muy complicado en invierno y, en verano, las autoridades españolas devolvían a muchos fugitivos a manos de los alemanes.

Magda había intentado disuadir a los dos hermanos Stein de su arriesgado viaje a América para conseguir escapar de Francia. Todo el mundo esperaba un desembarco inminente de los aliados en el país y los alemanes perdían batallas en casi todos los frentes, pero, cuanto más acorralados se sentían, más peligrosos se volvían.

Jacob llevaba días comiendo poco, escapándose por las tardes para ver los atardeceres en las mismas colinas desde donde los contemplaba con Anna. Todos los esfuerzos para salvar a los estudiantes apresados por la Gestapo fueron inútiles. Hasta el prefecto Bach había intercedido por ellos a los alemanes, pero no había conseguido que los liberaran. Daniel Trocmé había escrito una carta a sus padres en la que intentaba tranquilizarlos, pero, cada día que pasaba, la posibilidad de que escaparan con vida de aquella situación era más remota.

Los soldados alemanes ya no se movían con tanta libertad por Le Chambon-sur-Lignon, aquella había dejado de ser la tierra pacífica de comienzos de la guerra. La Resistencia se escondía por los bosques intentando minar la moral de los nazis, atentando constantemente contra hombres y material militar. Salir del valle en aquellas condiciones podía ser muy peligroso, acercarse a la costa una misión casi imposible.

Magda terminó de preparar junto a Alice las maletas de los niños. Eran pequeñas, de cartón y con los cierres desgastados por el uso, pero suficientes para algunas mudas, un poco de comida y un par de libros.

Jacob aún guardaba el dinero que le habían dado los amigos de su madre. Al principio había pensado en hacer el viaje ellos dos solos, pero, en cuanto el señor Perrot y el señor Vipond se enteraron, se ofrecieron a ayudarlos.

La mujer llevó las dos maletas hasta la puerta, Jean-Pierre estaba despidiéndose de Moisés y algunos niños se habían acercado hasta la entrada de la iglesia para saludarlos por última vez. Eran conscientes de que aquella pequeña villa en medio de Francia los había reunido por un tiempo, pero la mayoría de ellos volverían a sus hogares tarde o temprano y el recuerdo de Le Chambon-sur-Lignon les parecería casi un sueño, una breve interrupción en la larga vida que aún les quedaba por delante.

Alice besó a los dos niños, luego Magda se agachó frente a Moisés y le dijo al oído:

—Cuida de tu hermano, pórtate bien y, cuando veas a tus padres, diles que tienen dos hijos maravillosos de los que sentirse orgullosos.

Él la miró con sus ojos grandes y expresivos, después la abrazó, pero aguantó las lágrimas. No quería llorar delante de sus compañeros.

—Adiós, amigo —se despidió Jean-Pierre, y le entregó su tirachinas preferido.

—No, puedo aceptarlo, es tuyo —dijo Moisés, devolviéndoselo.

—Quiero que lo lleves a América, cuando lo uses te acordarás de mí —contestó el niño. Después se abrazaron y Moisés tomó su pequeña maleta.

Magda se acercó a Jacob y le dio varios besos en las mejillas.

—Ya no eres un niño, has crecido y te estás convirtiendo en un muchacho. No nos olvides. Llévanos en tu corazón. No te preocupes por Anna; Dios os juntó por un tiempo, puede que permita que la vuelvas a ver. Ella siempre hubiera deseado que fueras feliz. Las personas que nos aman, aunque tengan que dejarnos por un tiempo, estarán para siempre en nuestros corazones.

—Gracias por todos sus cuidados. Salude a su esposo y agradézcale todo lo que ha hecho por nosotros —dijo el chico.

—Sé prudente, busca el momento adecuado y no dejes nunca de confiar. Algún día serás un gran hombre y podrás ayudar a otros a encontrar su propio destino. Aunque todos estos meses hayan sido muy duros, te han enseñado el valor de las cosas, la importancia de la amistad y el poder de la gente corriente. No lo olvides.

Un coche entró en la calle, atravesó el puente y se paró frente a la iglesia. Enseguida reconocieron al conductor, se trataba del señor Perrot. Su aspecto prácticamente no había cambiado, pero sus sienes se habían emblanquecido un poco más y los pelos de la barba parecían más grises.

El hombre los ayudó a guardar las maletas y después entraron en el vehículo, se escuchó el motor del Renault y, mientras se alejaban, se asomaron a las ventanas para despedir a sus amigos.

Las casas de granito dejaron paso a los hermosos prados que comenzaban a amarillear levemente por el calor. Los bosques continuaban tan frondosos e inquietantes como en el invierno, pero las flores ocupaban los lados de la carretera y el sol calentaba con intensidad.

—Los echaréis de menos —aseguró el señor Perrot.

Los dos niños miraban por la ventana en silencio. Para ellos, Le Chambon-sur-Lignon había sido más que un lugar de refugio, que un valle secreto, que un pueblo lleno de personas valientes y desprendidas, significaba que ya no había excusas, que siempre se podía encontrar una salida y que el poder de una buena acción era infinitamente más impactante que el de una mala.

Permanecieron en silencio hasta Valence, observando cómo el paisaje se transformaba paulatinamente hasta convertirse en llanuras largas y tierras de cultivo. El coche se detuvo enfrente de la casa del señor Vipond y los tres descendieron, sin sacar el equipaje.

—No sabía que regresaríamos aquí —dijo Jacob, extrañado.

—El señor Vipond quiere hablar con vosotros —fue la única contestación del hombre.

Subieron hasta la última planta. La escalera estaba silenciosa y oscura, pero, cuando llegaron al descansillo de la buhardilla, la luz penetraba directamente hasta la puerta.

Llamaron y el señor Vipond no tardó en abrir, como si llevara tiempo esperándolos.

—Mis queridos muchachos. Cuánto habéis crecido. Pero si Moisés parece ya un caballerete —comentó, intentando esbozar una sonrisa, aunque parecía más enfermo y envejecido que un año antes.

—Nos alegra mucho verle, señor Vipond —dijo Jacob.

—Pasad adentro, seguro que ya tenéis hambre. Yo a vuestra edad nunca me saciaba, aunque la verdad es que aún ahora sigo comiendo demasiado, pero cuando te queda tan poco tiempo de vida eso deja de tener importancia.

La casa olía a cerrado, como si el aire puro de la calle ya no se atreviera a penetrar en un lugar en el que la muerte estaba tan presente. Se sentaron en el sillón y al poco rato el anciano apareció con unos pasaportes en las manos.

—Es un buen trabajo. Han falsificado el pasaporte, la autorización de vuestros padres para viajar y un salvoconducto. Supuestamente, vuestra familia paterna vive en España, por eso el apellido español. Podréis entrar en el país y después dirigiros hasta Barcelona, allí os hemos comprado unos pasajes para Buenos Aires en la Compañía Trasatlántica Española. El buque sale justo dentro de cinco días. Creemos que es suficiente, pero tampoco nos parecía buena idea que estuvierais mucho tiempo en España. La policía franquista podría sospechar.

—Muchas gracias —contestó Jacob tomando los papeles.

—El señor Perrot y yo hemos acordado que os acompañaré. Espero no ser un estorbo, pero no nos quedamos tranquilos dejando que viajéis solos. Llegar a la frontera española es difícil, pero atravesar el país y luego el océano es una verdadera hazaña, preferimos que uno de nosotros viaje con vosotros. El señor Perrot no puede, por sus obligaciones en el teatro, pero a este viejo lo único que le queda es morir. Prefiero hacerlo lejos de estas paredes que lo único que me recuerdan es mi decrepitud. Además, me gustaría ver a vuestros padres por última vez.

Los dos hermanos no se esperaban aquel regalo, para ellos era mucho mejor viajar acompañados. El mundo era demasiado peligroso para dos niños, mucho más en los tiempos que corrían. España era un país totalmente desconocido para ellos, por no hablar de la angustia que les producía la posibilidad de no encontrar a sus padres en Buenos Aires.

—¿Cuándo saldremos? —preguntó Jacob.

—Esta noche. Cada día las redadas son más frecuentes. Al principio pensamos que escaparais por Marsella, pero los nazis han arrasado la ciudad, capturado a todos los refugiados y disidentes, expulsado a los cónsules y cerrado el puerto. La única posibilidad es ir por España. Salen barcos directos a Buenos Aires, aunque hacen escala en Brasil y Uruguay.

—¿Cuánto tardaremos? No me gusta mucho estar todo ese tiempo en un barco —comentó Moisés.

—Cuatro o cinco semanas. Si todo marcha como está previsto, a finales de septiembre podréis ver a vuestros padres —dijo el señor Vipond.

Los chicos habían esperado tanto tiempo que apenas podían creerse que volverían a ver a sus padres en apenas un mes.

El señor Perrot trajo, con la ayuda de Jacob y Moisés, algunas cosas de la cocina y almorzaron los cuatro. Durante la comida, los dos hombres les preguntaron sobre su estancia en Le Chambon-sur-Lignon. Ellos les explicaron cómo había sido su llegada, la visita del ministro Lamirand, las redadas de los gendarmes el verano anterior, la Navidad en el pueblo, la detención del pastor André Trocmé en febrero y de los estudiantes unos días antes junto a Daniel Trocmé.

—Nos enteramos de lo del pastor André Trocmé y su primo Daniel, la gente está cada vez más indignada. Si no hubiera consecuencias, creo que todo el mundo saldría a la calle a cazar nazis, pero ya les queda poco tiempo. Los alemanes han perdido la batalla en Stalingrado, también en Túnez, los fascistas han derrocado a Mussolini y han pedido el armisticio. Los aliados han desembarcado en Sicilia, aunque todos esperábamos que lo hicieran en Marsella —comentó el señor Perrot.

—Se habla de que habrá otro gran desembarco en el Atlántico. A lo mejor, antes de que se termine el año Francia será de nuevo libre —dijo el señor Vipond, aunque era consciente de que él podía no llegar a verlo. Aquel viaje a América era en cierto sentido una despedida.

Los grandes actores tienen que saber cuándo bajarse del escenario. En las últimas semanas había cerrado el hostal, vendido sus propiedades y metido su dinero en fideicomiso, para que los niños pudieran disponer de su herencia cuando fueran adultos. Nunca había tenido hijos. Ahora que las fuerzas le comenzaban a abandonar por completo, era más consciente que nunca de lo egoísta que había sido. Viviendo siempre para el aplauso del público, dejándose amar, pero siendo incapaz de corresponder a los demás con ese tipo de amor. En cambio, sentía una profunda ternura hacia los hijos de Jana.

—Será mejor que me retire un rato, tengo que resistir toda la noche conduciendo, y, a mi edad, eso es una verdadera epopeya —comentó el señor Vipond.

En cuanto se quedaron solos, el señor Perrot se puso en pie y tomó su sombrero.

—Espero que tengáis un buen viaje y encontréis pronto a vuestros padres. Fueron muy amables cuando estuvieron en Valence, no es fácil encontrar personas como ellos. Vivimos en un mundo en el que el hombre se ha convertido en un lobo para el hombre.

—Los saludaremos de su parte. Gracias por su ayuda, por arriesgar su vida por nosotros —dijo Jacob, poniéndose también en pie.

—Una vida no merece la pena ser vivida si no la entregas a los demás. No nos llevaremos nada al otro mundo, espero que, al menos, el tiempo que han pasado con nosotros hayamos podido enseñarles algo bueno.

El señor Perrot extendió la mano y saludó a Jacob. El chico se sintió mayor por primera vez, como si se estuviera despidiendo de un igual.

Moisés se puso en pie y extendió su mano regordeta e infantil.

—Me han ayudado a recordar muchas cosas, sobre todo por qué amo la vida —dijo en un tono algo teatral, como si estuviera escribiendo el guion para una de las obras de su teatro.

—Adiós, señor Perrot —se despidió Jacob.

—Es hora de cerrar el telón.

El hombre se dirigió a la puerta sin darse la vuelta, después cerró con cuidado y la casa se envolvió de nuevo en el silencio.

Los dos hermanos se sentaron en el sofá. Estaban emocionados, intentaron descansar un poco, pero apenas pudieron permanecer quietos unos minutos.

—En un mes los veremos —dijo Moisés, repitiendo las palabras de sus dos benefactores.

—Ya tenemos billetes para América y papeles para poder salir de Francia —comentó Jacob, mientras ojeaba los pasaportes y el resto de documentos—. Además, el señor Vipond nos acompañará. Prefiero que venga con nosotros a hacer un viaje así solos.

Moisés se quedó pensativo, como si prefiriera no decir nada.

—¿Qué piensas? Le preguntó su hermano.

—Nada, simplemente me pregunto si podrá resistir un viaje como este.

Jacob se puso en pie y buscó entre los libros del anciano un mapa de Francia, después lo extendió sobre una mesita. A continuación, se subió a una silla y tomó un globo terráqueo. Lo colocó también sobre la mesa y se puso a mirarlos.

—Mira. Estamos más o menos aquí. La frontera con España está muy lejos, al menos dos días de viaje. No sé dónde haremos noche. Seguramente cerca de Montpelier. Después cruzaremos la frontera por La Junquera y desde allí directos a Barcelona. Tendremos que hacer noche en otro lugar cercano a la frontera y en la ciudad.

Moisés observó boquiabierto el mapa y entonces, cuando Jacob tomó el globo terráqueo, comenzó a emocionarse de verdad.

—Esto es España. El barco bajará por la costa al estrecho de Gibraltar, después saldrá a alta mar. Desde allí viajaremos a Brasil, luego Montevideo, en Uruguay, y nuestro destino final, Buenos Aires —le explicó su hermano mayor.

El niño aproximó su cara al globo. Miró cada detalle y se imaginó atravesando el ancho océano.

—Seremos como piratas —comentó, sonriente.

—Como piratas —repitió, divertido, Jacob.

Después, como se había quedado con un poco de hambre, se dirigió a la cocina, mientras Moisés continuó imaginando la aventura que estaban a punto de comenzar. Cuando se quisieron dar cuenta, ya era noche cerrada; esperaron a oscuras a que el señor Vipond se despertase, pero no daba señales de vida. Al principio se impacientaron, pero más tarde se preocuparon, pensaron que le podía haber pasado algo malo.

—¿Le despertamos? —preguntó Moisés a su hermano.

—Déjale descansar un poco más.

Unos minutos más tarde escucharon ruido y unos pasos que se acercaban, entonces vieron al señor Vipond vestido y dispuesto.

—Venga, muchachos, estaremos de viaje hasta la madrugada. No quiero que mis vecinos me vean partir, puede que alguno de ellos nos delate a los alemanes.

Se dirigieron al descansillo y después bajaron las escaleras despacio. Aquella noche, el bochorno podía sentirse aun a aquellas horas. El señor Vipond salió primero, se aseguró de que nadie observaba y les hizo un gesto con la mano. Se metieron rápidamente en el coche, el mismo que los había traído desde Le Chambon-sur-Lignon.

El hombre puso el vehículo en marcha y el inevitable ruido del motor se escuchó en mitad del silencio.

—Hay toque de queda, tenemos que dejar la ciudad lo antes posible. Viajaremos por carreteras secundarias; tardaremos un poco más, pero son más seguras. No veremos a muchos alemanes y los gendarmes nos dejarán pasar con más facilidad.

El coche se internó en las carreteras de montaña, para evitar la autopista y las vías más transitadas de los llanos. El señor Vipond era un conductor experto, pero iba muy despacio. Los focos del coche no alumbraban demasiado y la carretera era endiablada. Algunas curvas eran tan cerradas que casi tenía que detener el coche por completo. Circularon al borde de acantilados y recorrieron decenas de kilómetros sin cruzarse con otro coche ni pasar cerca de un pueblo.

Jacob intentó darle conversación al anciano. Temía que pudiera quedarse dormido al volante. Atrás se podían escuchar los ronquidos de Moisés.

—Estuve una vez en España, hace muchos años —dijo el hombre.

—¿Sí? ¿Por alguna actuación?

—No lo vas a creer, pero fue la única vez que amé a una mujer. Lo que me sucedió fue terrible, no lo puedes imaginar. Tal vez por eso me desengañé del amor y no volví a casarme.

—¿Estuvo casado? —preguntó Jacob. Siempre había creído que el señor Vipond era un solterón empedernido.

—Fue hace mucho tiempo, después de triunfar en los escenarios de París. Una de las bailarinas de mi compañía era una joven cubana llamada Mercedes. Era una preciosa mulata. La mujer más bella que he conocido jamás. Tenía unos enormes ojos negros, piel cobriza, pelo negro rizado y una figura de infarto —comenzó a contar, pero se dio cuenta de que estaba hablando con un jovencito, aunque Jacob ya había cumplido los trece años.

—¿Una mulata? —preguntó el chico.

—Sí, su madre era negra y su padre era blanco. Un catalán que había ido a la isla de Cuba para hacer fortuna se casó con su madre y tuvieron cinco hijos. Mercedes había nacido para ser artista. Era una gran bailarina y actriz, aunque no había muchos papeles en París para actrices mulatas. Hizo algo de cine y después recaló en el teatro en el que yo llevaba actuando dos años. En cuanto la vi me enamoré de ella. Fue un flechazo, no lo pude resistir.

El chico no entendía algunas de las expresiones del anciano, pero le gustaba que le contase historias, en cierto sentido era como si las viviera él mismo.

—Ella al principio me rechazó. Me imagino que me veía un poco crío. Me sacaba dos o tres años y había vivido en varios países, mantenido relación con mucha gente. Para ella, París era simplemente una etapa de su vida, yo pensaba quedarme para siempre allí, sobre todo por mi éxito en el teatro. Una noche, después de la última función, reuní valor y la invité a cenar. Te aseguro que las noches de París tienen algo mágico. Fuimos a un bello restaurante en el Barrio Latino, luego paseamos por el Sena y terminamos en los Campos Elíseos. La noche era bellísima, clara, con una inmensa luna que parecía volvernos locos. Al final la besé, no era a la primera mujer que besaba, pero sí a la primera que amaba sinceramente. Siempre había sido un narcisista, tal vez por mi deseo de ser artista y dejarlo todo. Pero en aquel momento lo único que me importaba era ella.

Jacob le entendía perfectamente. Él también sabía lo que era amar. Cada día que pasaba, echaba más de menos a Anna, aunque había decidido seguir el consejo de Magda: debía ser feliz, es lo que ella hubiera querido.

El coche dejó atrás las carreteras más montañosas y llegaron a la zona de Taverne, con prados amplios y bosques pequeños en las laderas más altas. Aún era de noche, pero en el horizonte parecía que el cielo comenzaba a clarear.

El señor Vipond bostezó antes de seguir con su charla. Pensó por unos momentos que eso era precisamente hacerse viejo, tener mucho pasado y ningún futuro. Mientras le contaba su vida a Jacob, sentía que, de alguna manera, había merecido la pena, aunque todo hubiera pasado tan rápido y la muerte se hubiera convertido en una compañera de viaje. Ya no quedaba con vida casi ninguno de sus amigos, tampoco sus padres o familiares. Era el último testigo de un mundo que se extinguía para no volver nunca más.

—¿Qué pasó después? —preguntó Jacob, impaciente. Él, que apenas tenía pasado, desenraizado de su Alemania natal y sus raíces judías, necesitaba sentir que el suelo bajo sus pies significaba algo, que, si desaparecía ese día, alguien le recordaría.

—Paciencia, caballerete. Tenemos mucho viaje por delante y no sé si tu madre aprobaría que te contase esta historia. Ella ya la conoce, los viejos repetimos las mismas cosas siempre.

—Por favor, señor Vipond. Termine la historia —le suplicó Jacob.

—No creo que Jana se enfade conmigo. Únicamente es la vida, la terrible y maravillosa existencia.

Jacob no dijo nada. Quería que el anciano continuara contando su historia de amor con Mercedes, aquella mulata cubana y exótica. En cierto modo, él se imaginaba así América. Un mundo tan distinto al suyo, lleno de colores, olores y sabores nuevos.

—Después de aquel beso, nos comprometimos. Ella era muy reacia a casarse. Siempre había sido libre, había tenido muchos amantes y sentía, en cierto modo, que yo la había domado, pero también me quería a su manera. Tras dos meses juntos, de repente, un día desapareció. Dejó el teatro y cuando fui a su apartamento me dijeron que se había marchado a Madrid. Pensé que me volvería loco. ¿Cómo me había abandonado de esa manera? Tomé un tren ese mismo día para Hendaya. Pasé toda la noche viajando. Después tomé otro tren hasta Madrid. Allí no sabía por dónde buscar, desconocía el idioma, pero al final logré encontrarla. Trabajaba en el Teatro Español, un sitio hermoso en el corazón de la ciudad. Una noche, fui a la función y la vi actuar. Hacía el papel de Desdémona, la mujer de Otelo, un papel que le iba a la perfección.

—¿Qué pasó después? —insistió Jacob. El cielo ya estaba casi completamente abierto. Habían pasado toda la noche charlando.

—La esperé a la salida, ella no pareció sorprenderse al verme. Los actores iban a cenar y me dijo que los acompañara. Estuvo toda la noche coqueteando con el actor principal; yo me moría de celos. Tú nunca los has experimentado, pero es como un fuego abrasador que te devora por dentro. Decidí volver a París, pero ella jugaba conmigo, me mostraba algo de afecto, el suficiente para que no la dejara. Al final, una noche de lluvia furiosa, después de la actuación, yo estaba decidido a regresar, ella corrió detrás de mí por las calles de Madrid y nos casamos al día siguiente en la embajada de Francia, pero me hizo prometer que no consumaríamos el matrimonio hasta llegar a su país. Una locura. Viajamos a Cuba, para que me conociera su familia. Llegamos a La Habana casi un mes más tarde. Yo era completamente feliz. El trayecto en barco había sido un verdadero viaje de placer.

Llegamos a Cuba y me presentó a su familia. Todos me recibieron con cariño, me llamaban «el francés». Pensé en quedarme a vivir allí, era un sitio bello y tranquilo, lejos del bullicio de París. Aquella noche reservamos una habitación en el mejor hotel de la isla. Cenamos solos, a la luz de las velas. Cuando llegó la hora de acostarnos, yo estaba impaciente. Llegamos al lecho y justo en el momento en el que por fin estábamos desnudos uno enfrente del otro, ella comenzó a reírse. No entendía nada. Entonces me dijo que no le gustaban los hombres, que los odiaba, que no me quería y que nunca se acostaría conmigo.

El muchacho se quedó sorprendido, no entendía nada. ¿Por qué aquella mujer le había hecho aquello al señor Vipond?

—Regresé destrozado a París, pero al menos mi profesión me ayudó a seguir adelante. Nunca más me enamoré y únicamente tuve relaciones pasajeras. Mercedes me hizo odiar a las mujeres, hasta que conocí a tu madre. Es un ser tan bello…, fue como una hija para mí.

Llegaron hasta las proximidades de Alès. El anciano detuvo el coche detrás de una zona de árboles.

—Creo que aquí podremos descansar seguros. Saldremos en tres o cuatro horas. Unos amigos nos ayudarán en Carcasona. Pasaremos la noche con ellos y al día siguiente atravesaremos la frontera. Dejaremos Francia para siempre —dijo el anciano. Sus palabras sonaron tristes. La vejez consiste, en cierto sentido, en hacer por última vez muchas cosas. Es como cuando el reloj ya no se puede detener y la vida se escapa tan rápidamente que uno teme despertarse un día y ya no tener futuro.

Jacob miró en el asiento de atrás a su hermano: dormía plácidamente. Después, se recostó en su asiento y soñó con Anna. La veía en el puerto de Barcelona, sobre la cubierta de su barco, con su pelo rubio suelto. Le sonreía con la mirada, pero al acercarse se disipaba como una neblina pasajera, como polvo de ceniza mecido por el viento.

28

Alès, 11 de agosto de 1943

COMIERON ANTES DE DEJAR LOS ALREDEDORES DE ALÈS. ADE-
más de queso de diferentes tipos y algo de fruta, el señor Vipond
guardaba un pedazo de tarta de chocolate para los tres. Moisés disfrutó hasta del último bocado, después recogió las migas de su camisa y
del asiento de atrás y se las comió sin dejar ninguna.

—Tenemos que salir, no quiero llegar a Carcasona muy tarde
—dijo el anciano.

Jacob dudó si irse atrás a dormir un poco, pero al final dejó en el
asiento del copiloto a Moisés y él se echó un rato.

El niño se pasó la mayor parte del tiempo observando los mandos
del coche, tocándolo todo e imitando lo que hacía el señor Vipond.
Este le miraba divertido, siempre le había parecido algo increíble y
maravilloso el poder de la imaginación en los niños.

—¿Estás conduciendo tu coche, Moisés? —preguntó el hombre.

—Sí, me gusta mucho conducir.

El anciano sonrió, después miró de nuevo el paisaje. Hacía décadas que no salía de Valence y casi dos años que apenas dejaba su
apartamento. Se había olvidado de lo que le gustaba la naturaleza,
los bosques interminables y las hermosas praderas. Estaba ansioso

por ver los Pirineos, le habían comentado que eran realmente bellos. Se acordó de su viaje a América, se preguntó cómo sería Buenos Aires. Le parecía sorprendente que en la vejez fuera a hacer el viaje más largo, aunque sabía que el más largo de su vida estaba aún por comenzar.

Recordó su infancia, cuando era como Moisés. Pensó en su temor al infierno, una idea casi infantil que había desechado al crecer. No se había preocupado mucho por su alma en aquellos años, tampoco por su cuerpo envejecido y enfermizo. Se había dejado llevar por la corriente impetuosa de la vida. Un día sucedía a otro, sin que tuviera la sensación en ningún momento de que avanzara hacia un final, ahora tampoco la tenía y eso le preocupaba más. ¿Cómo era posible que estando tan cerca de la muerte apenas pensara en ella? Desde pequeño había intuido que los seres humanos a cierta edad dejan de hacerse preguntas, pero no porque no estuvieran interesados en las respuestas, más bien por el temor a encontrarlas.

—¿Qué piensa? —preguntó el niño de repente, y él no supo qué contestar.

—No creo que puedas entenderlo. Tú todavía estás en el mundo de la fantasía, creas una realidad a tu medida…

—¿No hacen los adultos lo mismo? —preguntó Moisés.

Al principio, el anciano se rio de la inocencia del muchacho, pero después pensó que, en cierto sentido, los adultos también vivían en su mundo imaginario. Preocupados por problemas que nunca llegaban a suceder, deseando cosas por las que no estaban dispuestos a luchar e ignorando la eterna pregunta del verdadero significado de la vida.

—Puede que sí lo hagamos, pero nunca lo había visto de esa manera —dijo al final el anciano.

—¿Sabe? A veces me imagino cómo será América y Buenos Aires —comentó el niño, muy serio.

—¿Cómo la imaginas? —preguntó el hombre, pensando que Moisés le haría una descripción totalmente fantasiosa de la Argentina.

—Imagino que todo es nuevo, por eso lo llaman Nuevo Mundo. Calles limpias y rectas, edificios con fachadas hermosas, como las de

París. Gente próspera; en un país tan joven no les habrá dado tiempo a los ricos a robar a los pobres. Me han dicho que allí nadie pregunta de dónde vienes, porque todos son de fuera. Los días serán muy largos, no creo que haga tanto frío como aquí y, lo más importante, mis padres están allí —dijo el niño, satisfecho de su análisis.

—Seguro que has hecho un retrato muy veraz —contestó el anciano. Él tampoco sabía mucho de la Argentina, aparte de que había sido posesión española, que la habían ambicionado los ingleses y que poseía un vasto territorio aún virgen.

—Creo que hablan español, pero de otra manera; son de cara pálida y no odian a los judíos.

El hombre se quedó sorprendido por la última afirmación.

—¿Por qué dices eso?

—Los franceses odian a los judíos, como los alemanes y los suizos, pero los argentinos no los odian. Nos dejan ir a vivir con ellos —dijo el niño, inocentemente.

Estaban tan absortos en la conversación que no se percataron de que a unos doscientos metros había un puesto de guardia de la Milicia Francesa.

Uno de los milicianos levantó la mano para que el vehículo se detuviera. El señor Vipond dudó si acelerar y arrollar a los fascistas, pero al final se detuvo. No tenían nada que temer, llevaban todos los papeles en regla.

—Caballero, por favor, muestre sus documentos y los de los niños —pidió, muy serio, un cabo vestido con un pantalón azul, una camisa marrón y una boina también azul. Sus compañeros no dejaban de apuntarles con sus ametralladoras.

El señor Vipond sacó los papeles del coche y los pasaportes de los tres de la guantera. Se los entregó al hombre y se quedó callado.

Jacob se despertó y se apoyó en los asientos delanteros. Moisés parecía algo nervioso, pero no dijo nada, se limitó a mirar las armas de los milicianos.

—¿A dónde se dirigen? —preguntó el miliciano.

—A Carcasona —respondió, sin entrar en más explicaciones.

—¿Por qué van a la ciudad? —insistió el miliciano.

El anciano se tocó la cabeza calva, sintió que estaba sudando. Hacía mucho calor, eran más de las cinco de la tarde y, a medida que viajaban al sur, la temperatura seguía aumentando.

—Llevo a los niños a unos familiares, después regreso a Lyon —dijo.

—¿Por qué ha tomado este camino? Estas carreteras son peligrosas y están infectadas de partisanos.

El señor Vipond estuvo tentado a decir que se alegraba mucho por ellos y que dentro de poco todos los colaboracionistas pagarían sus crímenes, pero se limitó a mirar al miliciano con sus ojos cansados, de hombre viejo y experimentado. El miliciano frunció el ceño, abrió los pasaportes y escrutó las caras de los tres pasajeros. Después se fue hasta una garita improvisada de madera podrida y le dijo algo a un mando, luego regresó con los pasaportes.

—Los papeles están en regla, pero estos niños son hijos de españoles.

—Sí —contestó extrañado el hombre. Era la identidad que habían buscado para que pasaran la frontera con más facilidad.

—Todos los españoles deben ser identificados en el Campo de Rivesaltes, tendrán que seguirnos —dijo el miliciano, devolviendo los pasaportes.

—Debe de tratarse de un error. Los niños son franceses, sus padres llevan en el país desde hace veinte años. No son emigrados republicanos —replicó.

—Lo comprobarán en los archivos. Si es verdad, podrán continuar su camino.

La mente del señor Vipond parecía a punto de explotar, tenía que reaccionar, hacer algo. Al final pisó el acelerador y el viejo motor rugió con fuerza, esquivó unos bidones y arremetió contra uno de los milicianos, que saltó a un campo cercano.

—¡Agachaos! —gritó a los niños y él mismo puso los ojos a la altura del volante.

Escucharon ráfagas de ametralladoras, el hombre comenzó a bandear el vehículo para que ninguna alcanzara los neumáticos, después aumentó la velocidad e intentó aclarar su mente. Ya no podían ir a Carcasona, se lo había dicho a los milicianos. Además, en la ciudad había una fuerza militar alemana. Los milicianos podían enviarles su descripción. Debía cambiar de camino, ir por algún paso secundario. No sería muy difícil localizar a dos niños y un anciano en un viejo Renault. Pero, ¿podría conducir sin parar hasta la frontera? No tenía más alternativa, antes de que sus descripciones llegaran a la frontera.

Los disparos continuaron silbando unos segundos, hasta que tomó la primera curva. Condujo a toda velocidad por aquellas carreteras secundarias mientras Moisés lloraba en el asiento delantero. Al final, Jacob lo tomó en brazos y lo sentó atrás; después, con dificultad logró ponerse delante.

—¿Qué vamos a hacer? —preguntó, nervioso.

—Tenemos que ir directamente a la frontera —contestó el anciano, sin dejar de mirar la carretera.

—Pero, ¿a qué distancia está?

El señor Vipond hizo el cálculo, no sabía los kilómetros exactos, todavía no había decidido un itinerario definido.

—Creo que son más de trescientos kilómetros. Hay un paso por Molló; si no tienen teléfono, no les habrá llegado nuestra descripción —comentó el señor Vipond, todavía alterado por el percance.

—¿Podrá llevar el coche hasta allí? Es mucha distancia —dijo Jacob.

El anciano se lo pensó un poco, pero al final afirmó con la cabeza. Sentía un fuerte dolor en las piernas y la espalda, pero, una vez en España, podría descansar.

Durante más de seis horas, el viejo Renault corrió por las carreteras del sur de Francia. El anciano evitó los pueblos y cualquier vía principal. Ya era de noche cuando estuvieron cerca de los Pirineos. No llegarían a la frontera de día, su cuerpo comenzaba a sentirse cada vez más débil. Se tocó la pierna izquierda, dolorida y con calambres, y notó algo húmedo. Se dio cuenta de que lo habían alcanzado con una bala, por eso notaba cómo perdía paulatinamente las fuerzas. Sudores fríos le recorrían la espalda y tenía unas intensas ganas de cerrar los ojos.

—¿Se encuentra bien? —preguntó Jacob al hombre. Ya no había apenas luz, pero aún podía observar las gotas de sudor que le corrían por la cara.

—Sí, no te preocupes. En un par de horas estaremos en la frontera.

—¿Nos dejarán pasar de noche?

—Imagino que sí, nunca he cruzado una frontera en coche —comentó el anciano.

Moisés había vuelto a quedarse dormido. Después del susto había estado un buen rato llorando, pero, al final, el agotamiento había terminado por adormecerle.

Jacob miraba a la carretera y al señor Vipond alternativamente. En muchas ocasiones tenía la sensación de que se iba salir del estrecho camino, pero, en el último momento, siempre rectificaba.

—Sabes que los papeles están en la guantera. Detrás están las maletas, los billetes del barco los guardé en mi cartera. Será mejor que los saques.

Jacob metió la mano en el bolsillo interior de la chaqueta y los extrajo con cuidado.

El señor Vipond tenía un gesto de dolor, pero al mismo tiempo se mostraba calmado, como si estuviera llegando al final de un largo viaje.

—¿Por qué me dice todo eso? Usted vendrá con nosotros, viajará a América. Seguro que mis padres se alegran mucho de verle.

El hombre giró levemente la cabeza y tocó con la mano el pelo del chico.

—Eres muy bueno Jacob, no cambies. A veces este mundo nos convierte en algo que no deberíamos ser. Cuida de tu hermano y tus padres.

No podían ver mucho, apenas unos metros delante del coche. El anciano pensó que nunca podría conocer los Pirineos, se preguntó cuántas cosas le faltaban aún por hacer y qué lugares no conocería jamás. Se arrepintió de aquellos años de apatía, encerrado en su pensión de Valence, lamiendo las heridas de su vejez. Se dijo que debió haber vivido más, pero después se dio cuenta de que la única verdadera razón para salir al mundo era amar. Su corazón seco por el rencor y

el egoísmo le había robado esa facultad de darse a los demás. Únicamente Jana y su marido le habían sacado de esa apatía; ahora, sus hijos
le habían brindado esa aventura y se sentía muy agradecido. Sintió su
corazón rebosando de amor verdadero por aquellos dos muchachos.
Él viviría de alguna manera en su memoria; los niños debían huir y
comenzar de nuevo, junto a sus padres.

El hombre comenzó a llorar cuando vio el cartel que indicaba
diez kilómetros para llegar a la frontera. Debía aguantar, un poco más
de esfuerzo y lo habría conseguido.

—Yo no cruzaré la frontera —le dijo por fin al chico.

—¿Qué?

—No llegaría muy lejos, tendríais que haceros cargo de mí y per-
deríais el barco. La policía os haría preguntas sobre mi herida. Yo os
dejaré en la frontera.

Jacob apretó el brazo del señor Vipond. Estaba empapado en
sudor. Después miró su rostro enfermo, pálido y frágil.

—Doy gracias al cielo por haber tenido la oportunidad de conoceros. He recordado el sabor suave de la felicidad y me ha saciado.
Ahora me importáis vosotros mucho más que yo mismo. Este cuerpo
viejo ya no resiste más, tal vez nos veamos en la eternidad.

El coche comenzó a dar bandazos, el anciano parecía perder el
conocimiento y recuperarlo rápidamente. Jacob sujetaba el volante
para que no se despeñaran por los acantilados.

Entonces vieron el puesto fronterizo. El hombre paró a unos doscientos metros de la garita.

—No podemos dejarle así —dijo Jacob.

El señor Vipond encendió la luz del vehículo y contempló el cuerpo adormecido de Moisés. Después se fijó en los ojos llenos de lágrimas de Jacob.

—Ha sido un placer conoceros. No crezcáis y, si lo hacéis, no os
olvidéis nunca del niño que fuisteis. Da un fuerte beso a tu madre y
un abrazo a tu padre.

—No nos iremos.

El hombre puso una mano en el hombro del muchacho. Estaba
tan pálido que la luz brillaba en su rostro.

Moisés se incorporó. No entendía lo que pasaba. El señor Vipond le sonrió, después cerró los ojos. Estaba muy cansado, sentía que las últimas fuerzas le abandonaban. Pensó en decir algo más, pero desistió, se apoyó en el respaldo y se dejó ir.

—¿Qué le pasa? —preguntó el pequeño.

—El señor Vipond se encuentra muy cansado, se quedará aquí un rato —dijo, secándose las lágrimas con las manos.

Jacob salió del coche, tomó las maletas, los pasaportes, la autorización, el salvoconducto y el dinero. Después entró de nuevo en el coche y apagó los faros y el motor.

—Vamos, Moisés —dijo, mientras llevaba las dos maletas.

Los dos niños caminaron despacio hasta el puesto fronterizo. Un gendarme medio adormilado estaba sentado en la garita. Cuando se acercaron, se sobresaltó. En aquel puesto secundario no había soldados alemanes por la noche. Apenas tenía paso de gente y los nazis sabían que los fugitivos intentaban pasar siempre campo a través. Los que lo lograban, si eran capturados por los españoles y no tenían los papeles en regla, eran devueltos a Francia.

—¿Dónde vais a estas horas? —preguntó el gendarme, sobresaltado. Después los iluminó con una linterna.

—Tenemos que cruzar. Nos espera nuestra familia en España —dijo Jacob.

—¿Sois españoles? —preguntó el hombre, mientras miraba sus pasaportes.

—Nosotros no, pero sí nuestros padres. Nos mandan una temporada con la familia.

—Lo entiendo. Las cosas se están poniendo feas y España es neutral. ¿Quién no haría lo mismo? —comentó el gendarme.

Los dos chicos permanecieron callados. El hombre miró el resto de papeles, después se fijó en el coche con las luces apagadas.

—¿Quién os ha traído?

—Un amigo de mis padres, pero está agotado.

El gendarme selló los pasaportes. Se puso en pie y subió la barrera. Cuando en el otro lado vieron que alguien pasaba, subieron la barrera y encendieron sus linternas.

Los niños cruzaron la pequeña franja de tierra de nadie con tranquilidad. Se sentían muy tristes a pesar de abandonar el peligro, dejaban muchas cosas atrás: personas que los habían ayudado y que, mientras la guerra durase, continuarían en peligro, pero sobre todo pensaban en el señor Vipond. Sentían que una vez más alguien los abandonaba, que estaban solos de nuevo, pero no era verdad. El anciano había dejado este mundo con una sonrisa en los labios, el amor era lo único que permitía a los seres humanos no sufrir la eterna decepción de la vida.

Llegaron a la parte española. Unos policías con capas los esperaban con los brazos en jarras, molestos de haberse despertado a esas horas de la noche.

—Alto —dijo el policía de aduanas.

Jacob le entregó los papeles, el hombre los escudriñó por un momento y después miró sus caras agotadas y tristes.

—Familia española. Está bien. Pasad.

Jacob puso el pie derecho sobre el primer palmo de tierra española y respiró aliviado. Moisés le siguió y, antes de darse cuenta, ya caminaban por las afueras de Molló, una bella aldea de piedra que les recordó a Le Chambon-sur-Lignon. Por fin se encontraban a salvo.

29

Molló, 12 de agosto de 1943

LA NOCHE ERA MUY FRESCA, A PESAR DE ESTAR EN PLENO VERA-no. Se cobijaron en el soportal de la iglesia, no podían hacer nada hasta el día siguiente. Moisés no tardó mucho en quedarse dormido apoyado en el hombro de su hermano, pero Jacob permaneció despierto toda la noche. Se sentía culpable por lo sucedido. Ahora, el cadáver del señor Vipond se encontraba abandonado en un coche al lado de la frontera. No tardarían en descubrirlo, pero le hubiera gustado que le enterraran en un bello cementerio de los Pirineos, con vista a las montañas. Si no los hubiera acompañado, aún estaría vivo; por eso no podía dejar de preguntarse por qué ellos habían escapado. Cuántos niños y adultos judíos habían terminado en Alemania o Polonia, sufriendo la crueldad de los nazis, el duro trabajo y el mortífero clima en invierno de esas regiones. ¿Qué destinaba a unos a una muerte injusta, pero salvaba a otros contra todo pronóstico? Sabía que no había respuesta, pero eso no le hacía sentirse mejor. Lloró durante un buen rato, después dejó la cabeza de su hermano apoyada sobre la maleta y contempló un espectacular amanecer.

Aquello era España, pero las montañas, los árboles, los caballos que pastaban en una cerca próxima, eran iguales que los de Francia. El ser humano siempre ponía fronteras, juzgaba a los hombres según su apariencia, religión, color o fortuna. Los niños no eran así, para ellos todos eran iguales y apenas notaban las diferencias con sus semejantes.

Escuchó unos pasos sobre la gravilla y se giró pensando que se trataba de su hermano, que ya se había despertado y tendría hambre. Al darse la vuelta, se topó con el rostro redondo, con gafas pequeñas y cuadradas de un sacerdote que le miraba con curiosidad.

—No he visto amaneceres más bellos que estos —dijo el hombre, con una voz infantil, algo atildada.

Jacob no entendía español, aunque durante su estancia en Le Chambon-sur-Lignon había procurado aprender lo básico con la ayuda de algunos amigos españoles.

—Lo siento, padre. No le he entendido —contestó en francés.

El sacerdote comenzó a hablarle en un francés muy rudimentario, pero suficiente para que el chico le comprendiese.

—He visto al otro niño durmiendo. ¿Estáis solos? ¿Habéis pasado la noche a la intemperie?

Jacob no supo qué contestar. ¿Podía fiarse de aquel hombre o, por el contrario, iría de inmediato a avisar a las autoridades?

—No te haré nada. Únicamente quiero ayudaros.

El muchacho se cruzó de brazos. Por un lado, era consciente de que necesitaban ayuda para ir hasta Barcelona; no sabía a qué distancia estaban, posiblemente a un día en coche. Pero, por otro lado, prefería relacionarse lo menos posible con los españoles, podían delatarlos a las autoridades. Le habían contado que el gobierno de Franco era aliado de los alemanes y que los policías españoles habían devuelto a muchos judíos a las autoridades francesas.

—Viajamos a Barcelona, tenemos que tomar un barco para la Argentina —dijo en francés.

—¿Cuándo sale ese barco? —preguntó el sacerdote. Se colocó una boina que había llevado guardada en un bolsillo de la sotana y consultó un reloj de bolsillo.

—Parte justo dentro de dos días, desde el puerto de Barcelona.

—No tenéis mucho tiempo. ¿Por qué vais a la Argentina? —preguntó el sacerdote, intrigado.

—Nuestros padres están allí —dijo Jacob, que comenzaba a relajarse, pensando que el hombre parecía realmente sincero.

—Os puedo acercar hasta la ciudad de Vic, desde allí tendréis que tomar un autobús. Creo que salen únicamente por la mañana, por lo que tendréis que hacer noche en la ciudad. Conozco a unas monjas con las que podréis pasar la noche. Me gustaría hacer más, pero debo regresar por la tarde, para celebrar la misa. Nadie puede hacerlo por mí.

Moisés se acercó en ese momento; se frotaba los ojos, aturdido aún por el sueño.

—Este es mi hermano Marcel —dijo el chico, prefiriendo utilizar el nombre falso del pasaporte.

—Un placer conocerte, Marcel, yo soy el padre Fermín.

El pequeño le dio la mano y después, sin ningún tipo de vergüenza, declaró:

—Tengo hambre.

—Eso lo solucionaremos enseguida —comentó el sacerdote.

Se dirigieron al soportal de la iglesia, el religioso tomó las dos maletas de los niños y las guardó dentro de la iglesia. Luego caminó con ellos hasta una cafetería cercana y los invitó a desayunar.

—Jordi, por favor, sírvenos desayuno para los tres —dijo el sacerdote.

Tras unos minutos, el camarero apareció con dos vasos de leche, un café con leche y una bandeja con unos palos alargados fritos.

—¿Qué es esto? —preguntó el crío.

—Son churros —explicó el cura, sonriente. No conocía ningún niño en el mundo al que no le gustaran. Los dos chicos los comieron con gusto, sin dejar uno solo.

El sacerdote se tomó un café con leche y después los acompañó hasta su coche.

—Vuelvo en un momento —dijo, mientras ellos le esperaban en el vehículo.

El hombre salió de la iglesia y cerró la puerta principal con llave. Luego se remangó la sotana y se puso al volante. El coche era un viejo y destartalado Fiat de 1927, parecía que iba a deshacerse en cualquier momento.

El vehículo se puso en marcha y comenzó a emitir extraños sonidos y a echar un humo negro por el tubo de escape.

—El coche está muy viejo y es muy difícil encontrar gasolina, pero no os preocupéis, lograremos llegar a Vic; a Barcelona no estoy tan seguro de que lo hubiéramos logrado con este trasto —comentó el sacerdote.

Los chicos no hablaron en casi todo el trayecto. El sacerdote cumplió su palabra y los llevó hasta un monasterio en el centro de la ciudad. Paró el coche en la entrada y los ayudó a descargar el equipaje. Llamaron a la puerta de madera. Parecía que llevaba cientos de años cerrada, pero se escucharon pasos al otro lado, después el tintinear de unas llaves, y al final la pesada hoja se movió chirriante.

—Hermana Clara, les traigo dos niños que necesitan cobijo esta noche. Mañana temprano toman el autobús para Barcelona.

—Padre Fermín, qué placer verle de nuevo. Dios le bendiga, la madre superiora se pondrá muy contenta de que nos haga esta visita.

Entraron en el edificio, pasaron por el claustro y miraron por los arcos el pequeño jardín y el pozo que se encontraba justo en el centro. Al final llegaron a otro edificio, subieron unas escaleras de piedra y la monja se paró ante una puerta. Llamó y abrió sin esperar contestación.

La madre superiora era inusualmente joven y atractiva. Los recibió con una sonrisa, les hizo unas carantoñas a los pequeños y después les pidió que se sentasen. El sacerdote le explicó brevemente la situación de los niños y ella accedió a cobijarlos.

—Mañana por la mañana los llevaremos hasta el autobús —dijo la madre superiora al sacerdote.

—No hablan español —le advirtió el hombre.

—¿Qué idioma hablan estos chicos? —preguntó, sonriente, la mujer.

—Francés, aunque el mayor entiende un poco el español.

—Afortunadamente, yo lo hablo también un poco y tenemos una hermana francesa entre nosotros.

—Muchas gracias, reverenda madre —dijo Fermín, después se dirigió a los niños—. Portaos bien, las hermanas rara vez cobijan a unos desconocidos.

Jacob afirmó con la cabeza, el hombre salió del despacho y se quedaron a solas con la madre superiora.

—Dormiréis juntos en una pequeña celda —les explicó en francés.

—Gracias, madre —dijo Jacob, sin saber muy bien cómo llamarla.

—Reverenda madre —le corrigió la mujer.

Él sonrió y la monja se enterneció a ver a dos chicos tan desvalidos. Se preguntó por cuántas situaciones difíciles habrían atravesado hasta llegar hasta allí y qué largo camino les quedaba aún.

—Podéis jugar un poco en el patio, os llamaremos a la hora de la cena.

Los dos niños dejaron las maletas en el despacho, pero Jacob se guardó en los pantalones los papeles, los pasajes y el dinero. No se iba a separar de lo único que permitiría que llegaran sanos y salvos a América.

Estuvieron la mayor parte de la tarde explorando el patio, también algunos de los edificios cercanos. Después se acercaron a una fuente y bebieron un poco de agua, se habían sentado a descansar cuando una monja se acercó a ellos. Era tan joven que parecía poco mayor que una muchacha.

—Buenas tardes, soy la hermana Ruth —dijo la monja en francés.

—Buenas tardes, hermana —contestó Jacob.

—Es la hora de la cena. Por favor, seguidme.

Los dos niños celebraron la noticia, estaban realmente hambrientos. Siguieron a la monja por varios pasillos hasta el refectorio, una amplia sala, con una hermosa bóveda decorada y columnas adosadas a la pared.

—Durante la comida no hablamos, una de las hermanas lee aquel libro —les advirtió la monja.

Eran los primeros en llegar, la hermana Ruth los colocó en el extremo de una larga mesa.

—¿De qué parte de Francia sois? —preguntó la mujer.

—De París —contestó rápidamente Moisés.

Jacob le dio un golpe debajo de la mesa, no quería que diera demasiadas explicaciones, aún no estaban a salvo en el barco.

—No conozco la capital, yo nací en un pequeño pueblo del Rosellón. Llevo dos años en España, mi orden me trasladó aquí. Después de la guerra española, muchos conventos se quedaron vacíos y están intentando poblarlos de nuevo.

—Muchas gracias por su hospitalidad —dijo Jacob.

—Es nuestro deber cristiano —contestó la monja. Tenía el pelo cubierto por el hábito, pero sus cejas rojizas y sus facciones pecosas insinuaban un cabello pelirrojo.

—Tengo mucha hambre —comentó Moisés.

—La cena estará enseguida. Luego iréis directamente a la cama y yo os llevaré temprano al autobús. Creo que tarda unas seis horas a Barcelona. La ciudad es muy grande, por eso es mejor que vayáis directamente al barco y habléis con el capitán, por si puede daros cobijo esa noche. Imagino que no tendrá ningún inconveniente.

Las monjas comenzaron a entrar a la enorme sala en fila y se colocaron en las mesas. Eran más de un centenar. Sin hablar entre ellas, se sentaron al unísono, una de las monjas se dirigió hasta un gran atril, bendijo los alimentos y después comenzó a leer con una pesada letanía. Mientras las novicias servían el agua, el pan y el resto de la comida, la voz monótona de la lectora era lo único que se escuchaba en toda la sala.

Los chicos comieron todo lo que les pusieron delante. Luego esperaron pacientemente a que las hermanas terminasen. Algunas monjas los miraban de vez en cuando y les sonreían, pero ninguna se acercó a ellos después de la comida.

La hermana Ruth los llevó hasta su celda. Había dos camas con sábanas blancas y una manta marrón muy tosca. Un crucifijo adornaba las paredes desnudas, sus maletas estaban a los pies de las camas.

—Espero que descanséis bien. Mañana saldremos temprano; no nos dará tiempo a desayunar, pero os prepararé algo para el viaje —dijo la monja. A continuación, apagó la bombilla y cerró la puerta con llave.

En cuanto escucharon que los pasos se alejaban, Moisés se sentó en la cama y comenzó a hablar:

—Este lugar me da miedo, ¿puedo acostarme contigo esta noche?

—Claro. Ven aquí —dijo Jacob, abriendo la manta.

—Un día más y comenzaremos el viaje a América —suspiró Moisés, que ya no podía soportar más la espera.

—Yo también estoy impaciente —confesó Jacob, mientras abrazaba a su hermano.

A pesar del calor del día, la habitación estaba congelada, aunque se agradecía en parte el frescor. El silencio era total y la oscuridad, plena. Jacob tuvo la sensación de que se encontraban metidos en una tumba. Después se acordó del señor Vipond, imaginó que ya habrían encontrado el cadáver y no tardarían en enterrarlo. Nadie sabría dónde estaba su cuerpo, pero él volvería cuando fuera mayor para visitar su tumba. Notó cómo un sopor agradable le invadía poco a poco, hasta que se quedó profundamente dormido.

Por la mañana, escucharon el sonido de unas llaves. Aún estaba oscuro y, cuando la monja encendió la luz, los deslumbró unos instantes. Habían dormido vestidos, únicamente se pusieron los zapatos y la siguieron en silencio. Recorrieron el claustro, luego llegaron a la puerta principal y salieron a la calle. Moisés respiró aliviado, no le gustaba nada estar encerrado entre aquellas cuatro paredes. Caminaron poco más de veinte minutos hasta llegar a un pequeño descampado, allí se veían dos autobuses viejos y un pequeño grupo de personas.

La mujer se cercioró de que tomaban el adecuado, los ayudó a subir las pequeñas maletas, compró sus billetes y los llevó hasta sus asientos.

—El autobús va directo hasta Barcelona, después podéis ir andando al puerto, no está muy lejos.

—Gracias, hermana Ruth.

La monja les sonrió por primera vez, les acarició el pelo y salió del autobús. Esperaron sentados mientras el resto de pasajeros se acomodaban. Unos quince minutos más tarde, el vehículo se puso en marcha, tomó la carretera principal y, cuando el sol comenzaba a salir en el horizonte, dejó atrás el pueblo.

El autobús avanzaba despacio entre montañas, la carretera era muy sinuosa al principio, pero a media mañana el paisaje cambió por completo. Bosques de pinos, campos de cultivo, vides y pueblos pequeños de tejas rojas se sucedían sin cesar.

Después de varias horas de viaje, se detuvieron en un pueblo llamado La Garriga. Los pasajeros bajaron a estirar las piernas y comer algo, pero los chicos se quedaron en sus asientos, sacaron los bocadillos que les habían hecho las monjas y comenzaron a comer. Estaban disfrutando de la comida cuando escucharon unas voces a su espalda. Eran dos jóvenes de poco más de diecisiete años. Jacob se giró y los observó por un instante.

—¿Me das un poco? —preguntó uno de los chicos.

Jacob le hizo un gesto para explicarle que no le entendía.

—Comer, hambre —dijo el joven, tocándose la barriga.

Jacob le dio un pedazo y los dos extraños se acercaron.

—¿Adónde os dirigís? —les preguntaron.

—A Barcelona —respondió Jacob, que los entendía en parte.

—Todos vamos a Barcelona, quiere decir a qué lugar en concreto.

—A Barcelona, puerto...

—Os vais en barco. ¿Has escuchado, Ramón? Los dos franceses van a tomar un barco —dijo uno de los jóvenes.

—Podemos acercaros cuando lleguemos, nosotros no tenemos prisas y podéis perderos —ofreció el otro joven.

Jacob al principio negó con la cabeza, pero después hizo un gesto con los hombros. Pensó, mientras terminaba el bocadillo, que a lo mejor aquellos chicos podrían ayudarlos.

Los pasajeros subieron de nuevo al autobús. El vehículo se puso en marcha y la gente, que parecía más despierta que al comienzo del viaje, comenzó a hablar alegremente. Lo hacían en alta voz, como si estuvieran enfadados.

Por la tarde, el autobús entró por las afueras de Barcelona. Los chicos no veían una ciudad tan grande desde su viaje a Lyon, pegaron su cara al cristal y observaron cada fachada y cada calle hasta llegar a una plaza muy grande en el centro.

Los viajeros comenzaron a recoger su equipaje, Jacob y su hermano tomaron sus maletas y bajaron del vehículo algo confusos. No sabían a dónde dirigirse. Los dos jóvenes con los que habían hablado ya los esperaban en la puerta.

—Dejad que llevemos las maletas —dijo uno de ellos.

—No hace falta —le contestó Jacob.

Caminaron por una calle estrecha, mientras comenzaba a oscurecer. A aquella hora todavía había gente por la calle, pero, en cuanto se hizo de noche, el tumulto desapareció y las tiendas comenzaron a cerrar.

—¿Dónde vais a dormir? —preguntó uno de los jóvenes.

—No importa —comentó Jacob, que comenzaba a ponerse nervioso. No se fiaba mucho de aquellos dos desconocidos.

—Podéis quedaros en nuestra casa, nuestro tío Juan estará encantado de teneros esta noche. No vivimos muy lejos de aquí. El puerto se encuentra a unos veinte minutos, pero no es un sitio muy recomendable para pasar la noche.

Llegaron a una calle más ancha, pero estaba llena de mujeres que charlaban con marineros y algunos bares abiertos. Al fondo de la calle se veía una avenida más amplia. Jacob se dijo que debían llegar hasta allí. Hizo un gesto a su hermano y comenzó a correr. Moisés le siguió con su maleta en la mano. Los dos jóvenes comenzaron a gritarles, pero ellos no hicieron el menor caso, aumentaron la velocidad hasta llegar a unos soportales. Entonces Jacob miró hacia atrás. Su hermano había quedado un poco rezagado, los dos chicos que los perseguían prácticamente le habían alcanzado.

Corrió hacia Moisés y le dio la mano.

—Tira la maleta —dijo Jacob.

—¿Qué? —preguntó extrañado el niño.

Tírala —repitió, después él lanzó la suya a mitad de la calle.

Los jóvenes se pararon a recogerlas y comenzaron a husmear dentro.

Jacob tenía el corazón en un puño. Miró la corta distancia que le quedaba para llegar a la avenida. Su hermano se tropezó y se hizo una herida en la rodilla. Comenzó a llorar y quejarse.

—¡Corre, Moisés! —gritó al ver que los jóvenes emprendían de nuevo su persecución.

Al final llegaron a la gran avenida y corrieron por ella. No había muchos transeúntes, pero vieron a un policía. Se pararon enfrente de él, casi sin aliento. Cuando los ladrones se percataron, se dieron media vuelta y entraron de nuevo en el callejón.

—¿Qué os pasa, muchachos? ¿Os encontráis bien?

—Señor policía —dijo Jacob en un mal español—, nos persiguen unos chicos. Nos han robado.

El hombre miró a un lado y al otro, pero no vio a nadie sospechoso.

—¿De dónde sois? —preguntó el policía al ver que eran extranjeros.

—Somos franceses, mañana salimos en un barco para la Argentina. Por favor, señor policía, ¿puede ayudarnos a ir hasta el barco?

—El puerto no está muy lejos, desde aquí casi se ve el mar —dijo el policía.

Los dos chicos se le quedaron mirando a los ojos y el hombre encogió los hombros.

—Está bien, pero tenemos que ir deprisa. Estoy de servicio y no puedo alejarme de mi ronda.

Jacob y Moisés siguieron al agente. No llevaban nada de equipaje encima, pero conservaban sus pasajes, la documentación y el dinero. Esperaban que el capitán los dejara subir a bordo.

En cuanto se acercaron, comenzaron a ver los grandes buques. Brillaban por las luces del puerto y se reflejaban en parte en las aguas del mar.

—¿Cómo se llama el barco? —preguntó el policía.

El chico sacó el boleto y lo leyó:

—El barco se llama Habana —contestó.

—¿El barco de la Compañía Trasmediterránea Española? Es aquel blanco grande —informó, señalando con la mano un gran buque.

Los acompañó hasta la pasarela, que a esas horas estaba desierta.

—Subid, os espero aquí. Si está todo en orden, asomaos por la cubierta y hacedme una señal —dijo el policía.

Los chicos subieron por la pasarela y llegaron a la cubierta principal. Varios marineros se movían de un lado al otro sin prestarles apenas atención.

—Señor —dijo Jacob, parando a uno de ellos.

Era un hombre muy moreno, con rasgos marcados. Llevaba un uniforme de rayas negras y blancas y una gorra.

—¿Qué quiere, señorito? —preguntó el marinero con urgencia, como si no tuviera tiempo que perder.

—Somos pasajeros de este barco. Partimos mañana, pero estamos solos en Barcelona y queríamos hablar con el capitán.

—Aquella es la sala de mandos —dijo el hombre, señalando con el dedo unas ventanas en una cubierta superior.

Los chicos subieron por unas escaleras hasta la otra cubierta y abrieron una puerta. En la sala de mandos estaban el timonel y algunos oficiales. En cuanto entraron los dos chicos, se los quedaron mirando.

—Buenas noches, ¿podemos hablar con el capitán? —preguntó Jacob con su mal español.

—¿Qué sucede? —preguntó un hombre con uniforme, un bigote prominente y la cabeza calva.

—Capitán, somos los hermanos Stein. Mañana partimos a la Argentina, pero estamos solos en Barcelona y no tenemos dónde quedarnos esta noche.

—¿Viajan solos? ¿Tienen la autorización para viajar? —preguntó el capitán.

—Sí, señor —respondió Jacob, entregando los papeles.

—Su camarote no estará disponible hasta mañana, pero, si pueden pagarlo, le facilitaremos uno provisional. ¿Dónde está su equipaje? —preguntó el capitán.

—No llevamos, nos robaron cerca del puerto —dijo el muchacho.

El capitán los miró disgustado. Siempre había vividores cerca de los puertos intentando aprovecharse de la buena gente. Había visto lo mismo en casi todas las partes del mundo.

—Lleven al camarote de los muchachos algunas ropas. A veces, los pasajeros se dejan olvidadas maletas y otros utensilios. No pueden estar cuatro semanas con las mismas prendas —ordenó el capitán, muy serio.

—Muchas gracias, capitán —le contestó Jacob.

—Capitán García Urrutia, para servirles —dijo el hombre.

Los dos niños salieron de la sala de mandos escoltados por un marinero, se asomaron por la cubierta e hicieron una señal al policía. Este los saludó con la mano y se alejó del puerto.

El marinero los condujo por dos cubiertas, después entró en un pasillo, hasta su camarote. Abrió la puerta y los dejó pasar. Se quedaron boquiabiertos. La estancia era amplia, tenía un cuarto de baño privado, un pequeño salón y dos habitaciones.

—¿Está seguro de que este es nuestro camarote? —preguntó, incrédulo, Jacob.

—Sí, señores. Están en primera clase. El comedor se encuentra una planta más abajo y por el otro lado tienen una sala de juegos, un bar y un restaurante. Ya ha pasado la hora de la cena, pero si encargan algo se lo traerán al camarote. Utilicen el timbre —dijo el hombre, señalando un botón rojo.

El marinero salió del camarote y los dos hermanos se miraron en silencio, luego comenzaron a gritar y dar saltos. Se lanzaron sobre la cama, se quitaron los zapatos y saltaron sobre el colchón hasta estar agotados.

Aquella noche no tomaron cena. Después de la sorpresa, se tumbaron sobre los almohadones de plumas y se durmieron casi de inmediato. Soñaron con Buenos Aires, con sus padres y con el futuro que les esperaba en la Argentina. El largo y peligroso viaje por Europa parecía superado por fin, ya nada podría impedir que volvieran a estar todos juntos para siempre.

30

Montevideo, 9 de septiembre de 1943

LAS SEMANAS EN ALTA MAR PASARON MÁS LENTAMENTE DE LO que habían imaginado. El barco hizo su primera escala en Valencia, después en Cádiz y, tras tres días de navegación por el Mediterráneo, por fin salió hacia el grandísimo océano Atlántico. Viajó durante dos días más hasta las islas Canarias, para alejarse definitivamente de tierra firme. Durante casi dos semanas, no vieron más que un interminable paisaje de azules, que cambiaban según la intensidad de la luz y la hora del día. A la semana de la partida, atravesaron una tormenta en alta mar, el barco se zarandeaba con tanta fuerza que estuvieron dos días enteros vomitando.

Por las noches cenaban en la mesa del capitán García Urrutia, un marinero experimentado que había cruzado todos los océanos del mundo y al que ya no le quedaba mucho para retirarse. El capitán era de origen español, aunque llevaba la mayor parte de su vida en Uruguay. Tenía una esposa y tres hijos en Montevideo. Su carácter era amable, pero reservado. Los dos hermanos Stein le habían caído en gracia y prácticamente los había adoptado en aquel largo viaje.

La tripulación y los viajeros le guardaban un gran respeto. Durante el trayecto, el capitán les sirvió de mentor. Cada vez que tenía un rato libre, se acercaba a su camarote o ellos iban al suyo, para aprender más español. Moisés no tardó en dominar el idioma con soltura; Jacob lo entendía muy bien, pero cuando lo hablaba se notaba su acento francés.

Durante el viaje entablaron amistad con los hijos de varias familias de pasajeros, en especial con los hijos del vicecónsul de España en Buenos Aires. No contaron a nadie su verdadera historia, aunque en varias ocasiones estuvieron tentados a hacerlo con algunos de sus amigos y, en especial, con el capitán.

La guerra parecía tan lejana que apenas se hablaba de ella en el barco. Jacob tenía la sensación de que iban literalmente a otro mundo, con diferentes preocupaciones y problemas. Aunque en el barco viajaban muchos refugiados de Francia, Alemania y Bélgica, la mayoría de los viajeros eran españoles o argentinos.

Durante el viaje, los chicos se acordaron muchas veces de sus amigos de Le Chambon-sur-Lignon, se preguntaban cómo se encontrarían. No hubo ni un solo día en que Jacob no pensara en Anna. Quería escribir a los Trocmé en cuanto llegara a Buenos Aires, para preguntarles si sabían algo nuevo de ella.

La mañana del 9 de septiembre, el barco divisó, tras girar en Punta del Este, la ciudad de Montevideo. Jacob y Moisés se encontraban en ese momento con el capitán en el puente de mando.

—Miren, mi amada Montevideo—dijo el capitán, emocionado. No importaba las decenas de veces que había observado el espejismo brillante de la ciudad en la desembocadura del Río de la Plata. Amaba aquel lugar, era su hogar. El último puerto en el que atracaría.

—¿Es bella la ciudad? —preguntó Moisés con un gracioso acento uruguayo.

—Montevideo es hermoso, pero lo mejor es su gente. Qué pena que no puedan conocerlo a fondo. Únicamente estaremos este día atracados, mañana a primera hora partimos a Buenos Aires.

—¿A qué distancia se encuentra Buenos Aires?

—Muy cerca, apenas a cuatro horas de distancia.

La mañana estaba gris y caía una fina llovizna sobre el río. El barco hizo las maniobras de aproximación. En cuanto el buque estuvo en posición y se puso la pasarela, los viajeros que se bajaban en aquella escala ya estaban en cubierta con sus maletas.

El capitán les había prometido que les enseñaría la ciudad. También querían comprar algo de ropa. Las que habían usado en el barco no eran suyas, y querían causar buena impresión a sus padres.

Una hora más tarde, el capitán y los dos chicos ya estaban caminando por las calles cercanas al puerto hasta llegar a la plaza Zabala; el marino tenía allí su residencia. Llamaron a la puerta enrejada y salió a recibirlos una señora negra, que comenzó a dar saltos de alegría en cuanto vio al hombre.

—¡Dios mío! ¡El capitán! —decía la anciana, con su pelo blanco y rizado, mientras le abrazaba.

Enseguida acudieron a la puerta la esposa y dos de los hijos del marino. Su hija Claudia y su hijo Martín; el mayor estaba casado y vivía en la ciudad de Santa Lucía.

Los chicos observaron los afectuosos saludos con cierta envidia, estaban deseosos de encontrarse con sus padres. Apenas quedaban unas horas para verlos, pero no podían esperar más.

—Estos son los hermanos Stein, han venido a la Argentina en busca de sus padres.

—Bienvenidos —dijo la mujer del capitán. Era una hermosa señora rubia, delgada, vestida con un elegante traje azul que le llegaba hasta los tobillos.

—Gracias, señora.

—Mañana verán a sus padres. Los chicos quieren causarles buena impresión. Tienen que ayudarles a comprar algo de ropa —sugirió el capitán.

—Primero tomemos un buen mate para celebrar su llegada —dijo la señora.

Entraron en la casa y se sentaron mientras la criada les preparaba el mate. El día estaba clareando un poco y unos tímidos rayos de sol se colaban por los ventanales. La familia preguntó al capitán por el viaje y cómo iba la guerra en Europa, allí no llegaban muchas noticias. Los periódicos contaban las derrotas de Alemania, pero con tanto retraso que nadie sabía a ciencia cierta en qué punto se encontraba el conflicto.

—En España no hay guerra —bromeó el hombre.

—Ya lo sabemos —refunfuñó ella. Era de origen polaco y estaba preocupada por algunos familiares que aún permanecían en el país.

—Los aliados avanzan despacio por Italia, pero van echando a los alemanes hacia el norte. Los rusos están recuperando posiciones y las ciudades alemanas sufren bombardeos casi todos los días —resumió su esposo.

—Esos nazis se lo merecen. Han destrozado el país de mis antepasados y asesinado a millones de personas —comentó ella.

La hija del capitán le pasó un poco de mate a Jacob. Este lo miró algo extrañado y lo probó; puso cara de impresión y todos se rieron.

—Ya te acostumbrarás —dijo la chica.

—¿Te has enterado de lo que ha sucedido en la Argentina? —preguntó Charlot a su esposo.

—No, ¿qué ha sucedido? —inquirió él, algo extrañado.

—Los militares han dado un golpe de estado y han depuesto al presidente Ramón Castillo —respondió la mujer.

—Bueno, por fin se terminó la farsa de presidentes puestos a dedo por el general José Félix Uriburu. Aunque un nuevo golpe militar no creo que solucione nada en el país —comentó el capitán.

—Dios cuide a la Argentina de sus gobernantes —dijo la mujer, sonriente.

—No hablemos de los de Uruguay, tampoco son muy decentes que digamos —añadió en forma socarrona el capitán. Aunque en aquel momento Uruguay era conocida como la Suiza de América, la crisis de 1929 y los malos gobiernos estaban dilapidando casi toda su riqueza.

Tras tomar el mate, la esposa y la hija del capitán acompañaron a los chicos a comprar unas camisas, chaquetas y pantalones. Cuando regresaron, Jacob estaba totalmente emocionado: había estrenado sus primeros pantalones largos, los dos chicos parecían dos verdaderos príncipes.

El capitán se asombró al verlos tan elegantes, guardaron la ropa en una pequeña maleta que les dio la mujer y salieron de nuevo en dirección al barco, después de despedirse de la familia.

—¿No duerme en su casa? —preguntó Jacob al capitán.

—Un día más y regresaré a Montevideo. Un capitán nunca puede abandonar el barco hasta que lo lleve a su destino —dijo el hombre, sonriente.

Llegaron a la Habana y subieron por la pasarela. Cenaron en el salón principal aquella última noche. Por la mañana, el barco partiría para Buenos Aires y ese mismo día intentarían localizar a sus padres.

—La cena ha estado exquisita —comentó el capitán, vestido con su traje de gala.

Jacob terminó lo que le quedaba en el plato y observó la lujosa mesa. Pensó en toda la pobre gente del Velódromo y los campos que había visto, en las necesidades que comenzaban a tener en Le Chambon-sur-Lignon, y se sintió un poco culpable.

—Mucha gente en Francia no tendrá una cena así esta noche —dijo el chico, como si necesitara verbalizar sus pensamientos.

—Lo cierto es que no —comentó el capitán. Después se puso en pie y pidió a los dos chicos que le acompañaran a cubierta. Se asomaron al puerto, al fondo podían verse las luces de Montevideo. Era un bello espectáculo que el capitán no quería que se perdieran.

—Esto es el Nuevo Mundo, pero no se engañen, muchachos, los hombres son los mismos que los del Viejo Mundo. La codicia, la envidia, el odio, la violencia y la injusticia también pueden verse en las calles de América. Somos españoles, portugueses, italianos, rusos, alemanes, polacos, ingleses o pueblos americanos, pero todos tenemos en el alma las mismas ambiciones y pasiones.

—Pero nos han contado que la Argentina es una tierra de oportunidades, que hay verdadera libertad —contestó Jacob, que durante todo ese tiempo había soñado con América.

—Es una tierra de oportunidades, sin duda. Hay mucho por hacer, la gente no tarda en integrarse, reciben el apoyo de sus comunidades, pero los políticos y los poderosos siempre se reparten la mejor parte del pastel.

—Eso es injusto —dijo Moisés.

—Sin duda, hijo, pero es la realidad de la vida. Cuando uno es joven desea con toda el alma construir un mundo mejor, terminar con las injusticias y la desigualdad, pero al final siempre nos conformamos con sobrevivir. No quiero que eso los desanime. ¡Ay del mundo si cada generación no tuviera el sueño de cambiarlo!

Jacob apoyó la barbilla en el hierro frío de la baranda. Entendía lo que decía el capitán, pero estaba seguro de que su generación lo conseguiría. Todo el sufrimiento de la guerra, tanta muerte y desolación no podían quedarse en nada. Cuando los aliados derrotaran a los alemanes, debían construir una tierra más justa. Estos eran sus pensamientos, aunque no se atrevió a expresar sus ideas al capitán.

—Lo importante es que mañana verán a sus padres. Ya saben dónde vivo, si tienen algún problema, pueden venir a mi casa o escribirme. Si no estoy yo, mi familia los ayudará.

—Muchas gracias —dijo Jacob.

—Muchas gracias, capitán —repitió Moisés.

—Hablas un perfecto español —elogió el capitán, acariciando el rostro del niño.

—Le echaremos de menos —dijo Jacob, mientras volvía a erguirse. Parecía mucho más alto que unos meses antes.

El hombre extendió la mano para saludarlos, después hizo un saludo militar que ellos imitaron con gracia.

—Mañana habrán llegado a su destino. Deseo que sean felices. Aunque el mundo esté lleno de injusticia, no deben perder nunca la ilusión. Siempre hay un valle más frondoso tras una nueva montaña.

El capitán se alejó por la cubierta y los dos hermanos se quedaron unos momentos más observando la ciudad iluminada.

—¿Encontraremos a nuestros padres en la ciudad? —preguntó, temeroso, Moisés.

—No hemos atravesado medio mundo para nada. Claro que los encontraremos —dijo Jacob, pasando su brazo por la espalda del hermano.

Los ojos de los dos chicos brillaron con las luces del puerto, el olor del mar y la brisa fresca les hizo sentirse plenamente vivos. A veces dudaron, temieron no conseguirlo, pero estaban en el Río de la Plata, en América, ya no tendrían miedo jamás.

31

Buenos Aires, 10 de septiembre de 1943

EL BARCO ATRACÓ EN EL PUERTO DE BUENOS AIRES A LAS DIEZ de la mañana. El capitán se había despedido de ellos tras el desayuno. Los dos chicos guardaron su equipaje en las maletas antes de abandonar el camarote. Echaron un último vistazo y cerraron la puerta. Estaban tan emocionados y nerviosos que caminaron deprisa hacia la pasarela. Una larga fila esperaba el desembarco. Subieron unos policías a bordo acompañados por un hombre con una bata blanca. El sargento de la policía comenzó a dar instrucciones para que la gente presentara su documentación. Los ciudadanos argentinos, tras enseñar sus papeles, bajaban del barco, donde sus parientes y amigos los recibían con abrazos y besos.

Jacob y Moisés estaban en el lado de la quilla y observaban el espectáculo mil veces repetido. Un viajero cargado de maletas descendía por la pasarela mirando a un lado y al otro de la multitud que esperaba en el puerto. Cuando alguien comenzaba a gritar su nombre, sacudía los brazos, aceleraba el paso y, una vez en tierra, corría a abrazar a su familiar, soltando las maletas y besándole.

Mientras tanto, en el barco, cuando los ciudadanos argentinos ya hubieron descendido, el policía indicó a los inmigrantes que tuvieran a mano sus papeles. Los dos chicos esperaron con paciencia en la larga fila hasta que tocó su turno. El agente tomó sus papeles y los miró con detenimiento, después comprobó las fotos y se los devolvió:

—¿Origen? —preguntó, mientras rellenaba un listado.

—París, Francia —dijo Jacob.

—¿Filiación?

—¿Perdón, señor? —se excusó el chico, que no entendía la pregunta.

—¿Son familia? —preguntó con cara anodina el hombre.

—Sí, hermanos. Nuestros padres…

—Espere a que le pregunte —le cortó el funcionario.

—Perdón, señor.

— ¿Qué edad tienen?

—Yo tengo trece años, mi hermano tiene ocho —contestó, señalando a Moisés.

—¿Religión?

El chico se quedó pensativo un momento, creía que eso no importaba en América.

—¿Religión?

—Bueno, nuestros padres son judíos, pero…

—Está bien, judíos —dijo el hombre, después se chupó el dedo y dio la vuelta a la hoja. A continuación, escribió algo y continuó preguntando—. ¿Cuál es la razón de su visita a la Argentina?

—Reunirnos con nuestros padres, ellos llegaron hace unos meses a Buenos Aires.

—¿Conocen su dirección actual?

—Sí, señor —respondió el chico.

—¿Se harán cargo de ustedes?

El chico frunció el ceño. Entonces el policía le explicó:

—Muchos padres no se hacen cargo de sus hijos cuando estos llegan, pero no se preocupen, tenemos varias instituciones de acogida, también hay algunas judías. Les comunicaremos a sus padres su llegada, si no los localizamos, los desviaremos a una de estas instituciones, aunque no les puedo asegurar que puedan ir juntos.

—Mis padres nos acogerán —dijo, muy serio, Jacob.

Tras asignarles un número, el policía se dirigió al siguiente y el médico comenzó a hacerles más preguntas, después los examinó muy rápidamente y les pidió que bajaran al puerto.

Los inmigrantes estaban formados a un lado. Cuando había un grupo considerable, varios policías los llevaban hasta un gran edificio que se veía al fondo.

—¿Qué es ese lugar? —preguntó Jacob a un chico que había delante suyo.

—El Hotel del Inmigrante. Nos alojaremos allí hasta que nos reclamen o encontremos trabajo.

—No es una cárcel, ¿verdad? —preguntó Moisés.

—No, se come bien, está limpio, aunque hay poca intimidad, creo que en cada habitación duermen más de doscientas cincuenta personas, hombres y mujeres por separado. Además, puede salir a la ciudad dentro de un horario, pero regresar antes de la cena.

Los chicos respiraron aliviados. Su llegada a la Argentina no había sido tan emocionante como esperaban. Sabían que sus padres desconocían su llegada, pero, de alguna manera, en su mente lo habían imaginado de otra forma.

El Hotel del Inmigrante era un edificio colosal: un gran recibidor; un inmenso comedor con larguísimas mesas de mármol; un complejo sistema de cocinas, lavandería, lavaderos, baños, duchas y jardines.

Unos conserjes dividieron los grupos de recién llegados y los llevaron hasta las habitaciones. Jacob se impresionó al ver la enorme estancia con decenas de literas. Se pusieron en una al lado del chico con el que habían hablado en la fila.

—¿Cómo te llamas? —le preguntó Jacob.

—Andrea —dijo el chico.

—¿Eres italiano?

—Sí, mi padre me mandó a casa de un hermano suyo que vive en Rosario, las cosas en mi país se están poniendo complicadas. Imagino que vendrá pronto a por mí. Aquí únicamente puedes estar cinco días gratis, después tienes que pagar. Será mejor que busquéis a vuestros padres cuanto antes, me han dicho que los funcionarios aquí son tan lentos como en Italia.

Los chicos dejaron las maletas en sus literas. Luego se sentaron. El muchacho italiano sacó un cigarrillo y les ofreció.

—No fumamos —dijo Jacob.

—Vosotros os lo perdéis —bromeó.

—¿Crees que es seguro dejar aquí nuestras cosas?

El chico italiano encogió los hombros.

—En Italia no lo haría, y me han dicho que la mitad de los argentinos son italianos —ironizó el chico.

Jacob se tocó instintivamente el fajín interior en el que llevaba los papeles, el dinero y la dirección de sus padres.

—Yo me voy a ver Buenos Aires, después de tantos días en el océano, necesito pisar tierra firme.

—Te acompañamos —dijeron los dos hermanos, poniéndose una chaqueta y una gorra.

Cuando llegaron a la puerta, un policía apuntó sus números y salieron a la ampulosa calle, donde tomaron un tranvía que los llevaba al centro. Fueron sujetos de la barra exterior, para saltar en cuanto el revisor les pidiera el billete. El tranvía marchaba despacio, el tráfico era muy denso, más que en París, según juzgó Jacob. Unos autobuses de dos pisos circulaban por la ciudad y las aceras estaban abarrotadas de gente bien vestida.

—¿A dónde queréis ir? —les preguntó el italiano.

—Creo que la casa de nuestros padres está en el barrio Once o Balvanera —dijo Jacob.

—Déjame preguntar.

El chico italiano se informó; quince minutos más tarde se bajaron de un salto.

—Está mucho más al norte, tomaremos un colectivo hasta la plaza Miserere.

El italiano parecía moverse a sus anchas por la ciudad. Los dos chicos le seguían como dos ciegos guiados por un lazarillo. Al final, el colectivo los dejó en la plaza y comenzaron la búsqueda de la calle Moreno. Los edificios no eran muy altos, de dos o tres plantas, balcones engalanados, con terrazas de hierro forjado o balaustres. Algunos comercios bajos salpicaban la calle. Las fachadas estaban pintadas de los colores más diversos, pero las calles eran más tranquilas que las de la parte baja de la ciudad.

Los tres se pararon enfrente del número indicado y miraron la fachada. El edificio estaba algo viejo, le faltaba una buena mano de pintura, pero la puerta parecía nueva, con unos tragaluces de hermosos colores por encima. Se quedaron parados un buen rato; dudaban si llamar o no, como si tuvieran miedo de no encontrarlos tampoco allí.

Al final, el chico italiano tomó la iniciativa y tocó a la puerta. Esperaron unos minutos, después se escuchó cómo abrían unos cerrojos y una señora joven los miró intrigada.

—¿Qué quieren, muchachos? —preguntó la mujer.

—Estamos buscando a los señores Stein —dijo el italiano.

—¿Los señores Stein? —preguntó ella, extrañada.

—Eleazar y Jana, son un matrimonio alemán... —comenzó a explicar Jacob, que había logrado recuperar el control.

—Los ashkenazí, hace un mes que se mudaron. Vivían en la última planta, pero apenas hablábamos. No sabían mucho español, yo soy sefardita —contó la mujer.

—¿Conoce a alguien que pudiera saber dónde están? —preguntó el chico italiano, los dos hermanos estaban tan cabizbajos y deprimidos que no podían ni hablar.

—No tenían muchos amigos, o por lo menos no los traían a la casa. Creo que a veces tomaban algo en el Café Izmir. Está en la calle Gurruchaga, en el barrio de Villa Crespo —concluyó la mujer, que tenía prisa por cerrar.

—Gracias, señora —dijo el italiano.

En cuanto cerró la puerta, Moisés comenzó a llorar. Jacob le abrazó e intentó calmarle.

—Los encontraremos, seguramente se han trasladado por alguna razón.

—Es tarde, pero intentemos buscarlos en la cafetería. Después regresaremos al hotel —propuso el joven italiano para animar al más pequeño.

A pesar de su fachada de chico duro, sabía lo que era estar lejos de los padres. Los tres se acercaron a la avenida principal y tomaron otro colectivo. No tardaron mucho en dar con la calle. Aquel barrio era aún más peculiar que el que acababan de abandonar. Muchas tiendas tenían aspecto oriental, donde el aroma a té y especias lo invadía todo. Cuando se acercaron al café, comprendieron que no era la idea que ellos tenían preconcebida de un establecimiento así. Entraron en el local, una densa nube de humo de tabaco los recibió. Se escuchaba de fondo música turca y en las mesas la gente cenaba unos shishes, una especie de bocadillos de carne con pan de pita.

Los muchachos se dirigieron a la barra, un hombre moreno y corpulento los miró de soslayo, estaba acostumbrado a que algunos chicos entraran para robar a los clientes o llevarse algo de comida.

—¿Qué queréis? —preguntó bruscamente.

—Queremos preguntar a alguno de los clientes por unas personas —dijo el italiano.

—Lo siento espagueti, pero no vas a molestar a mis clientes.

—Estos chicos buscan a sus padres. Al parecer, venían mucho por aquí —contestó el chico, frunciendo el ceño.

El hombre miró a los tres mientras daba un sorbo a un intenso café negro. Juzgó que no parecían unos maleantes.

—¿Cómo se llaman vuestros padres? —preguntó, sin mucho interés.

—Eleazar y Jana Stein —respondió Jacob, con voz temblorosa.

—¿Los alemanes? No eran muy habladores, aquí la mayoría de los clientes son turcos y de Oriente Medio. Pero solían sentarse algunas veces con Juan Prados, un dramaturgo muy conocido. Le gusta nuestro café y viene algunas tardes, pero a esta hora ya está en su casa —dijo el hombre.

—¿Dónde vive? —preguntó Jacob.

—Cerca del Teatro Regio, pero no sé la dirección exacta. Si os pasáis cualquier día a las seis de la tarde, daréis con él. Es puntual como un reloj.

Los chicos le agradecieron la información y se dirigieron de regreso al Hotel del Inmigrante. Durante el trayecto apenas hablaron, tomaron un colectivo y después el tranvía. Cruzaron la calle amplia que los separaba de las vías y pasaron el control.

Fueron directamente al gigantesco salón. Era el último turno de cena, pero se encontraba completamente abarrotado. Casi mil personas se afanaban por ocupar su sitio. Cuando todos estuvieron sentados, unas mujeres que cargaban enormes ollas comenzaron a repartir patatas con carne. El olor era delicioso, pero los dos hermanos parecían inapetentes. Andrea tomó su plato y repitió. Después rebañó el plato con un trozo de pan.

—Mañana os acompañaré al café, encontraremos a ese hombre y seguro que os dice dónde están vuestros padres —dijo el italiano, para animar a los chicos.

—Llevamos tanto tiempo esperando…, hemos recorrido miles de kilómetros y muchas ciudades para verlos. No lo entiendo, parece que nunca lograremos encontrarlos —se lamentó Jacob, con la cabeza gacha y los hombros caídos.

Moisés comenzó a llorar, pero su hermano ya no tenía fuerzas para animarlo.

—Mañana sabréis dónde están. Mi tío no creo que venga hasta pasado, podré ayudaros a buscarlos. Buenos Aires es enorme, pero seguro que los encontramos —dijo el italiano.

—Gracias, Andrea. Tal vez será mejor desistir, nos dijeron que hay unos orfanatos para niños judíos. Nos quedaremos en alguno de ellos y esperaremos a que nos encuentren. Si se ponen en contacto con nuestro amigo en Francia, el señor Perrot, les dirá que estamos aquí —concluyó Jacob, al que ya no se le ocurría qué más hacer.

—Mañana iremos a ese café por la tarde —insistió Andrea; después tomó otro pedazo de pan y comenzó a mordisquearlo.

Pasaron por el baño antes de irse a dormir. Cuando entraron, la mayoría de las literas ya estaban ocupadas. Se escuchaba un murmullo de respiraciones, toses y ventosidades. Fueron hasta sus literas y se acostaron.

—Jacob, ¿puedo dormir contigo? —preguntó el pequeño.

El mayor bajó de la litera y se acostó junto a su hermano. Notaba su respiración fuerte y las lágrimas que le corrían por la cara.

—No puedo más, no puedo más —repetía el niño.

—Tiene razón Andrea, debemos intentarlo por última vez. Los Stein no se rinden nunca. Tú eres un Stein, ¿verdad?

—Sí, lo soy.

Se abrazaron, ya no estaban en altamar, pero seguían sintiendo la sensación de las olas meciendo el barco, como si el océano les sirviera de nodriza. Llevaban tanto tiempo solos que a veces Jacob pensaba que nunca más volverían a ver a sus padres. Hizo una breve oración aquella noche. No sabía si dirigirse al Dios de los judíos o al de los cristianos, apenas le habían enseñado a orar, pero le pidió que los ayudara a encontrarlos. Cuando terminó, supo de alguna manera que, durante aquel largo viaje, no habían estado nunca solos.

32

Buenos Aires, 11 de septiembre de 1943

LOS HERMANOS STEIN DEJARON CORRER LAS HORAS MIENTRAS paseaban por el jardín o se quedaban absortos contemplando el Río de La Plata. Su amigo Andrea apenas logró sacarlos del ensimismamiento, como si todo aquel esfuerzo no hubiera merecido la pena.

—No hay peor tropiezo que el del atleta que se derrumba justo antes de llegar a la meta, pero se levanta de nuevo y termina la carrera —les dijo el italiano para intentar animarlos.

Jacob recordó a tantas personas que se habían sacrificado por ellos, pensó también en la muerte del señor Vipond, por sacarlos de Francia. Se sentía un egoísta. ¿Por qué se había atrevido a enfrentarse a su destino? ¿Por qué no se había conformado con sobrevivir como el resto de los mortales?

Durante aquellos meses había sufrido la traición, el amor incondicional y el desprecio, se había enamorado y también había tenido que experimentar el vacío de la pérdida. Ya no era el niño que había salido de París con la esperanza de un futuro mejor, con el anhelo de reunir de nuevo a su familia, ahora era un adulto, aunque luchaba desesperadamente para no perder el último atisbo de inocencia y esperanza.

Después de la comida, se cambiaron de ropa y buscaron a Andrea por el hotel. No les costó mucho encontrarlo. Estaba jugando a las cartas con unos compatriotas. Al principio no les hizo mucho caso, pero, pasados unos minutos, dejó de jugar y los acompañó hasta el tranvía.

—No quería acompañaros, sé que estáis desesperados, por eso sois incapaces de ver la suerte que habéis tenido. Lograsteis escapar de los nazis, atravesasteis un país en guerra, lograsteis cruzar una frontera y el océano. Os tenéis el uno al otro y, además, tarde o temprano encontraréis a vuestros padres. Yo estoy solo, no sé si volveré a ver a mi familia o regresaré alguna vez a Italia —se lamentó Andrea, por primera vez triste, como si toda su vitalidad se hubiera esfumado de repente.

—Lo siento —dijo Jacob—, tienes razón. Aunque debes comprender lo duro que fue no encontrar a nuestros padres ayer. Estábamos tan deseosos, lo había imaginado de tantas maneras...

—Claro que lo comprendo, pero la vida no es la suma de nuestras expectativas, es más bien el resultado de nuestras decisiones. Si habéis decidido encontrarlos, nada os frenará. Estoy seguro de que lo conseguiréis. Si os rendís ahora, puede que os arrepintáis toda la vida por no haber persistido.

Llegó el tranvía y los tres chicos se subieron de un salto. Cruzaron por medio de una ciudad encapotada, repleta de paraguas negros y gabardinas grises. Parecía el día más triste del mundo, pero, cuando llegaron al café de Izmir, los primeros rayos de sol atravesaron las nubes negras.

La sala estaba más vacía que el día anterior. Seguramente por eso el dramaturgo prefería esa hora tranquila, antes de que la mayoría de los clientes llegaran para cenar. En cuanto miraron a las mesas, identificaron enseguida a Juan Prados. Era un hombre delgado, de piel amarillenta, barba corta, que leía un libro muy pegado a la cara, como si sus lentes ya no le sirvieran para mucho.

Los chicos se aproximaron despacio y se quedaron un rato de pie, sin decir nada, hasta que el señor apartó la vista del libro.

—¿Es usted don Juan Prados? —preguntó Jacob.

—Sí, mozalbete, ¿por qué lo preguntas? —dijo el hombre, arqueando las cejas, como si no estuviera acostumbrado a que unos desconocidos le abordaran en un lugar público.

—No queremos molestarle, pero buscamos a dos personas que creemos que conoce bien —respondió Jacob.

Andrea parecía impaciente por la actitud precavida de su amigo, se adelantó un paso y dijo:

—¿Sabe dónde viven los señores Stein? Estos son sus hijos, Jacob y Moisés, que han venido desde Francia para reunirse con ellos, pero no los encuentran en su antiguo domicilio.

El señor Prados dejó el libro sobre la mesa, lo cerró con cuidado y sonrió ligeramente.

—Los hijos de Eleazar y Jana. He oído hablar de vosotros. ¿Habéis venido desde Francia para encontraros con vuestros padres? Criaturas… ¡Rafael, pon unos cafés a estos críos! —gritó el hombre. Después los invitó a que se sentaran.

—Entonces, ¿sabe dónde están? —preguntó, impaciente, Moisés.

El dramaturgo puso su mano huesuda y con la piel salpicada de manchas marrones sobre el hombro del chico.

—Sí, hijo. No te preocupes.

El camarero llegó con los cafés y los puso sobre la mesa. Andrea lo tomó de un trago; él llevaba algún tiempo tomando café, pero los otros dos chicos miraron vacilantes a las tazas.

—El café es como la vida, querido mozalbete. Al principio parece ligeramente amarga, pero el último sorbo te deja con ganas de más.

Jacob se tomó el café; puso un gesto de desagrado, pero terminó la taza.

—Vuestro padre se encuentra en Rosario, una ciudad a orillas del río Paraná. Le conseguí un trabajo en el teatro El Círculo, aquí estaban en precario. A veces, Buenos Aires puede ser una buena madrastra, pero una mala madre.

—¿Rosario? —preguntó Moisés.

—La misma ciudad de mi tío —comentó el italiano.

—No está muy lejos, sobre todo para las distancias que hay en este país. Mañana mismo podemos tomar un tren para ir hasta allí. Pueden ir ustedes solos, pero me quedaría más tranquilo si los acompaño. Lo bueno de ser escritor es que la única riqueza que tienes es el tiempo, y ya es mucho, mozalbetes.

—¿Nos acompañaría hasta Rosario? —preguntó Jacob, emocionado.

—Sí, mañana hay un tren a las nueve de la mañana, llegaremos más o menos hacia las cinco de la tarde —calculó el hombre.

Los chicos comenzaron a gritar de alegría. Ya nada podía salir mal. Tras una breve charla con Juan Prados, dejaron el café para regresar al Hotel del Inmigrante.

Aquella noche decidieron caminar hasta el tranvía. Se sentían eufóricos, no paraban de charlar y reír. El cielo gris se había despejado y las estrellas invadían el firmamento, como si intentaran anunciarles el inminente encuentro con sus padres. Qué cerca estaban de ellos. Llegaron al tranvía, se sentaron por primera vez en uno de los bancos de madera y dejaron que la ciudad les acariciara el rostro con la brisa que llegaba desde el río. Cuando divisaron el gran edificio, saltaron del tranvía y corrieron hasta la entrada. Apenas probaron bocado en la cena, continuaban hablando y riendo. Se fueron a dormir tarde, como si quisieran agotar esas horas al reloj. Andrea parecía muy contento por ellos, pero, cuando llegó la hora de despedirse, justo antes de entrar en la habitación para dormir, los abrazó y, entre lágrimas, les pidió que no se olvidaran de él.

—No nos olvidaremos, Andrea. Nos has dado el último aliento para encontrar a nuestros padres, nos has regalado tu cordialidad y tu fuerza, nos volveremos a ver —dijo Jacob, contagiado de la tristeza de su amigo.

Aquella noche no durmieron nada. Los dos hermanos permanecieron abrazados hasta que los alcanzó la mañana. Debían tomar un tren muy temprano, antes de que el amanecer les recordara que aún estaban lejos de sus padres.

33

Camino a Rosario, 12 de septiembre de 1943

LA LUZ DE LA MAÑANA ILUMINÓ EL GIGANTESCO EDIFICIO DE la Estación Retiro. Su color grisáceo no desmerecía para nada su imponente aspecto. Entraron en el edificio como si lo hicieran en un templo. A pesar de la hora, una gran multitud ya corría de un lugar para otro. Los hermanos Stein se sintieron insignificantes en medio de la multitud, pero en cuanto llegaron al andén desde donde salía el tren para Rosario y vieron a don Juan Prados, respiraron tranquilos; temían que se hubiera producido cualquier contratiempo.

—Mozalbetes, me alegra que seáis tan puntuales. Ya tenemos los asientos —dijo el hombre mientras caminaba hacia el vagón. Vestía un traje anticuado, un abrigo ligero y una gorra de caza inglesa.

Entraron en el compartimento de segunda; no tenía muchos lujos, pero al menos era más cómodo que el de tercera. Moisés se sentó junto a la ventana para no perder detalle. A veces pensaba que había conocido tantas cosas en aquellos meses que llegaría un momento en que sus ojos se agotarían y se quedaría totalmente ciego, pero el ojo nunca se sacia de ver ni el oído, de oír.

En cuanto el tren se puso en marcha y sintieron el agradable traqueteo, don Juan Prados apoyó su brazo en el marco de la ventana y observó la ciudad.

—No puedo vivir en ella, pero no sé qué haría si Buenos Aires no existiera. Caótica, deshumanizada, a veces sucia y anárquica, pero es mi dama y mi amante. Me gusta pasear por las calles de las afueras, tranquilas, desconocidas, sin pretensiones. Pienso en la gente que habita esas casas, imagino de qué parte del mundo vendrán y qué dejaron atrás por conseguir un sueñito pequeño. Buenos Aires es la calle que no pisaré nunca, porque siempre queda algo que descubrir en el alma de un ser humano y en el corazón de una ciudad —dijo el hombre, con aire melancólico.

Después, el paisaje se volvió monótono, una interminable llanura de campos de cultivo, que anunciaban la riqueza de La Argentina, pero también la pobreza del paisaje humano, siempre transformado por el interés económico y el amor al dinero. El río quedaba algo distante, separando los humedales de los terrenos cultivados, como último vestigio de un paisaje que se extinguía a medida que el hombre avanzaba.

—¡Qué grande es la Argentina! —exclamó de repente Moisés.

—La grandeza de un país no se mide por hectáreas, mozalbete. Son las almas de los hombres y mujeres que la componen las que hacen grande a un país. Hay muchas almas buenas en la Argentina, pero también algunos especuladores que únicamente piensan en esquilmarla. No confundas a las banderas y los patriotas, no puedes amar un símbolo y odiar lo que representa. El pueblo es la nación, cada rostro moreno y pálido, cada catira y rubia, el ruso, el polaco, el italiano y el gallego. Para ser argentino solo hay que amar lo de todo el mundo y hacerlo nuestro. El ser argentino no es una nacionalidad, es un estado de ánimo.

El traqueteo del tren terminó por adormilar al dramaturgo y los hermanos disfrutaron en silencio de la interminable llanura hasta que Rosario apareció sin pretensiones delante de sus ojos. Muchos la veían como una ciudad de paso entre Córdoba y Buenos Aires, pero la cercanía de la gente y la sencillez de sus calles invitaban a los desconocidos a perderse entre sus habitantes.

Llegaron a la estación de trenes de Rosario, un sencillo edificio pintado de blanco y con un pequeño reloj en el centro. Salieron hasta el tranvía, los niños llevaban sus maletas en las manos y don Juan Prados un paraguas que hacía las veces de bastón.

Descendieron en la calle Mendoza y caminaron despacio hasta llegar a los pies de la bellísima fachada del Teatro El Círculo. Entraron por una de las puertas laterales hasta la platea y los palcos circulares de oro y sangre. Los chicos miraron a la cúpula circular, sin soltar sus maletas. Después bajaron la vista hasta el escenario: un pequeño grupo de actores leía en voz alta una obra de teatro titulada *La vida es sueño*. Un hombre de espaldas permanecía en pie; a su lado, una mujer rubia estaba inclinada tomando notas en los papeles.

Moisés soltó la maleta y comenzó a correr. Jacob le siguió, sus pasos sonaban sobre la alfombra roja. Subieron a saltos las escaleras hasta el escenario y se quedaron parados y en silencio.

El hombre que estaba en pie se giró al ver que todos los actores miraban algo a sus espaldas. La mujer levantó la cabeza y su dulce mirada se deslizó hasta contemplar las caras de los chicos. Por un segundo no pasó nada, como si la eternidad se hubiera concentrado en aquel escenario. El hombre soltó los papeles por los aires y corrió hasta los niños; la mujer se puso en pie, se tapó la cara con las manos y le siguió. Se lanzaron al suelo y comenzaron a abrazarlos, como si quisieran atravesarlos con sus brazos. Sus lágrimas de alegría brotaban de los ojos cerrados y se mezclaban en sus rostros felices. Después, los cuatro se fundieron en un abrazo, como si fueran un único cuerpo, hasta que sintieron que sus corazones latían al unísono. Todos los observaban emocionados y sorprendidos, nunca se puede contemplar la felicidad sin sentir de alguna manera que el mundo cobra sentido de repente, que el sufrimiento se hace más soportable y las penas no llegan a ahogar el alma.

—¡Dios mío! —gritó la madre, mientras sus hijos la besaban con desesperación, intentando recuperar los mil besos deseados y perdidos por la separación.

El padre parecía enloquecido, se golpeaba el pecho y suspiraba, como si se sintiera culpable de haberlos abandonado en el momento más amargo, pero los niños no les reprocharon nada, los amaban tan profundamente, los necesitaban tanto, que aquel encuentro fue el mejor momento de sus vidas. Bajo aquel escenario, rodeados por el público invisible de las personas que los habían ayudado aquellos meses, los niños se sintieron por primera vez seguros. Escucharon unos aplausos lejanos, pero no provenían del pequeño grupo de actores que lloraban al ser testigos del emocionante encuentro; su eco provenía de mucho más lejos, de las calles de París asoladas por la guerra, del infame Velódromo que tantas vidas segó en su cruel encierro, de los campos de concentración de Vichy, de los caminos polvorientos de Francia, de los trenes llenos de miedo de los refugiados, pero, sobre todo, de los verdes valles de Le Chambon-sur-Lignon, donde unos pocos hombres y mujeres decidieron plantar cara al horror y demostrar que, con las armas del Espíritu, los corazones más nobles son capaces de vencer siempre y que las sombras del mal terminan por disiparse, hasta que la luz lo invade todo otra vez, para que una nueva generación crea que puede cambiar el mundo, o al menos lo intente.

Epílogo

Rosario, Argentina, 15 de octubre de 1943

Estimados André y Magda.

Hemos llegado al final de nuestro viaje. Muchas veces dudamos si lo conseguiríamos, pero la esperanza nunca nos abandonó del todo. Malo es para el hombre perderla, pues es lo único que le une a sus sueños.

Mis padres les están muy agradecidos, les hemos contado sobre su valor y capacidad para amar. Sabemos que otros muchos han sacrificado sus vidas por completos desconocidos, pero ustedes entendieron hace tiempo que todos los seres humanos pertenecemos a la misma familia y que somos hermanos.

La guerra aquí parece un fantasma lejano, pero sabemos que en Francia sigue siendo un monstruo real. Ustedes me enseñaron a confiar, espero que esa confianza no les falte en estos momentos duros.

El cielo es igual de azul en la Argentina, los prados también son verdes y las mismas estrellas aparecen cada noche, pero no nos olvidamos de Le Chambon-sur-Lignon, de todos los niños que sueñan con alcanzar lo que nosotros ya hemos conseguido. Sigan alentándolos, para que sepan que pueden cambiar el mundo, si son capaces de cambiarse a ellos mismos primero.

Espero que puedan darme alguna nueva noticia de Anna, no la olvido.

Moisés se encuentra bien, todos los días pegado a las faldas de nuestra madre, no la deja ni ir al servicio sola. Yo uso pantalones largos, pero me niego a entrar en el mundo de los adultos. Creo que ser siempre como un niño me dará más felicidad y, sobre todo, más valor para enfrentar el futuro. El mundo está lleno de cobardes que renunciaron a sus sueños, pero yo nunca dejaré de soñar. Se lo debo a los que no lo consiguieron, a los que murieron en alguna cuneta, a los que los nazis les robaron las ganas de vivir y a los que se han convertido en fantasmas de sí mismos.

A veces hay palabras en el corazón que las letras se niegan a expresar en toda su belleza, pero caminaré siempre en el límite de lo imposible sin miedo a caerme, y, si tropiezo, me levantaré de nuevo. He comprendido que en el corazón del hombre hay un profundo deseo de eternidad y que algún día volveré a ver a todos aquellos que me ayudaron en este largo camino.

Les deseo lo mejor y les ofrezco mi amor incondicional, el mismo que ustedes supieron dar a este desconocido y a su pequeño hermano.

Su hijo para siempre.

Jacob Stein

Algunas aclaraciones históricas

JACOB Y MOISÉS STEIN SON PERSONAJES FICTICIOS, A PESAR DE haberme inspirado en las experiencias de muchos niños que recorrieron Europa en los oscuros años de la Segunda Guerra Mundial. En cierto modo, los dos hermanos son un homenaje a todos los que consiguieron escapar de las bombas y las crueles garras de los nazis, pero también a aquellos que no lo consiguieron, que perdieron sus inocentes vidas devoradas por el odio insaciable de aquellos fanáticos inhumanos.

Todo lo sucedido en el Velódromo de París es verídico. Allí, miles de personas estuvieron hacinadas durante días esperando viajar a un destino incierto en el norte. Miles de judíos residentes en Francia terminaron en las cámaras de gas o murieron por los maltratos y abusos de sus captores. Unos 76.000 judíos fueron deportados por Francia entre 1942 y 1944, y únicamente sobrevivió un 3% de ellos, aunque otras fuentes hablan del regreso de un 10% de los deportados.

La Resistencia Francesa y varios grupos de franceses anónimos ayudaron a miles de judíos a esconderse durante la guerra, dignificando la historia de un país sometido y rendido a los caprichos nazis.

La historia de Le Chambon-sur-Lignon y sus habitantes es verídica. Un sencillo pueblo en mitad de la nada fue el refugio para miles de personas. El pastor André Trocmé, su esposa Magda y la mayoría de los personajes de Le Chambon-sur-Lignon son reales. Tras la guerra, André y Magda ocuparon varios cargos en distintas organizaciones para fomentar la paz.

Daniel Trocmé, como la mayoría de los chicos apresados en el verano de 1943, murió en los campos de exterminio nazi.

La esperanza de muchos inmigrantes, sobre todo judíos, se centró en llegar a América. Nadie los quería en su país, por ello tuvieron que luchar por ser aceptados para poder escapar del horror nazi. Argentina fue uno de los países que más judíos acogió, convirtiéndose en una tierra de promisión para ellos.

Buenos Aires es mágica, un pedazo de cielo en la tierra. Acogió a millones de personas de todas las partes del mundo, devolviéndoles su dignidad perdida como seres humanos. Para mí, ser argentino es, como ya dije en boca de mis personajes, más que una nacionalidad, un estado de ánimo, por eso me siento un poco argentino.

Por último, quiero rendir el más sentido homenaje a todos aquellos que se quedaron en el camino, que nunca llegaron a ver realizados sus sueños, pero que lo intentaron.

Mario Escobar

Cronología

1 DE SEPTIEMBRE DE 1939

Alemania invade Polonia y comienza la Segunda Guerra Mundial en Europa.

3 DE SEPTIEMBRE DE 1939

En cumplimiento de su compromiso de garantizar la integridad de las fronteras de Polonia, Gran Bretaña y Francia le declaran la guerra a Alemania.

17 DE SEPTIEMBRE DE 1939

La Unión Soviética invade Polonia desde el este.

DEL 9 DE ABRIL DE 1940 AL 9 DE JUNIO DE 1940

Alemania invade Dinamarca y Noruega. Dinamarca se rinde el mismo día del ataque; Noruega resiste hasta el 9 de junio.

DEL 10 DE MAYO DE 1940 AL 22 DE JUNIO DE 1940

Alemania ataca a Europa Occidental: Francia y los Países Bajos, que eran neutrales; Luxemburgo es ocupado el 10 de mayo; Holanda se rinde el 14 de mayo; y Bélgica se rinde el 28 de ese mismo mes.

El 22 de junio, Francia firma un acuerdo de armisticio por el cual los alemanes ocupan la mitad norte del país y toda la costa atlántica. En el sur de Francia se establece un régimen colaboracionista con capital en Vichy.

10 DE JUNIO DE 1940

Italia entra en la guerra. Italia invade el sur de Francia el 21 de junio.

DEL 10 DE JULIO DE 1940 AL 31 DE OCTUBRE DE 1940

La guerra aérea conocida como Batalla de Gran Bretaña termina con la derrota de la Alemania nazi.

16 DE JUNIO DE 1940

El primer ministro francés, Paul Rynaud, presenta su dimisión y su sucesor, el mariscal Pétain, establece inmediatamente comunicaciones con Alemania.

22 DE JUNIO DE 1940

Mediante un acuerdo, Francia se divide en dos partes: una ocupada, gobernada por los alemanes; otra libre, gobernada por el Régimen de Vichy.

10 DE JULIO DE 1940

Se proclama la Tercera República de Francia y una nueva Constitución.

27 DE SEPTIEMBRE DE 1940

Alemania, Italia y Japón firman el Pacto Tripartito.

OCTUBRE DE 1940

Italia invade Grecia desde Albania el 28 de octubre.

3 DE OCTUBRE DE 1940

Leyes antisemitas.

Diciembre de 1940

Llegada de la primera mujer judía refugiada a Le Chambon-sur-Lignon.

Febrero de 1941

Los alemanes envían los *Afrika Korps* al norte de África para reforzar a los italianos, que estaban flaqueando.

Del 22 de junio de 1941 a noviembre de 1941

La Alemania nazi y sus socios del Eje (salvo Bulgaria) invaden la Unión Soviética. Finlandia, que buscaba desagraviar las pérdidas territoriales del armisticio que concluyó la Guerra de Invierno, se une al Eje justo antes de la invasión. Los alemanes rápidamente invaden los estados bálticos y, junto con los finlandeses, sitian Leningrado (San Petersburgo) en septiembre. En el centro, los alemanes toman Smolensk a comienzos de agosto y avanzan hacia Moscú en octubre. En el sur, las tropas alemanas y rumanas toman Kiev (Kyiv) en septiembre y toman Rostov, en el río Don, en noviembre.

6 de diciembre de 1941

Una contraofensiva soviética empuja a los alemanes de las afueras de Moscú en caótica retirada.

7 de diciembre de 1941

Japón bombardea Pearl Harbor.

8 de diciembre de 1941

Estados Unidos le declara la guerra a Japón y entra en la Segunda Guerra Mundial. Las tropas japonesas desembarcan en Filipinas, la Indochina francesa (Vietnam, Laos, Camboya) y el Singapur británico. En abril de 1942, Filipinas, Indochina y Singapur se encuentran bajo ocupación japonesa.

DEL 11 AL 13 DE DICIEMBRE DE 1941

La Alemania nazi y sus socios del Eje le declaran la guerra a Estados Unidos.

DEL 30 DE MAYO DE 1942 A MAYO DE 1945

Los británicos bombardean Köln (Colonia) y llevan por primera vez la guerra al interior de Alemania. Durante los tres años siguientes, los bombardeos angloestadounidenses reducen a escombros a las ciudades alemanas.

DEL 28 DE JUNIO DE 1942 A SEPTIEMBRE DE 1942

Alemania y sus socios del Eje lanzan una nueva ofensiva en la Unión Soviética. Las tropas alemanas luchan para entrar en Stalingrado (Volgogrado), sobre el río Volga, a mediados de septiembre y penetran en lo profundo del Cáucaso después de asegurarse la península de Crimea.

16 Y 17 DE JULIO DE 1942

Redada del Velódromo de Invierno en París.

10 DE AGOSTO DE 1942

Visita a Le Chambon-sur-Lignon del ministro de Juventud George Lamirand y el prefecto Robert Bach.

25 DE AGOSTO DE 1942

Comienzan las redadas en Le Chambon-sur-Lignon.

23 Y 24 DE OCTUBRE DE 1942

Las tropas británicas derrotan a los alemanes y a los italianos en El Alamein (Egipto) y empujan a las tropas del Eje en caótica retirada a través de Libia hacia la frontera este de Túnez.

8 DE NOVIEMBRE DE 1942

Las tropas estadounidenses y británicas desembarcan en varios puntos de las costas de Argelia y Marruecos en el norte francés de África. La fallida defensa de las tropas francesas de Vichy contra la invasión permite que los Aliados se trasladen rápidamente a la frontera oeste de Túnez y desencadena la ocupación alemana del sur de Francia el 11 de noviembre.

DEL 23 DE NOVIEMBRE DE 1942 AL 2 DE FEBRERO DE 1943

Las tropas soviéticas contraatacan, atraviesan las líneas de Hungría y Rumania al noroeste y sudoeste de Stalingrado y atrapan al Sexto Ejército alemán en la ciudad. Con la prohibición de Hitler de retirarse o escaparse del sitio soviético, los sobrevivientes del Sexto Ejército se rinden el 30 de enero y el 2 de febrero de 1943.

EN FEBRERO DE 1943

Se crea el Servicio de Trabajo Obligatorio, por el que 250.000 franceses fueron enviados a trabajar a Alemania.

13 DE FEBRERO DE 1943

Detención de Theis, Trocmé y Roger Darcissat en el campo de Saint Paul d´Eyjeaux.

13 DE MAYO DE 1943

Las fuerzas del Eje en Túnez se rinden ante los Aliados y finaliza la campaña en el norte de África.

JUNIO DE 1943

Se establece en Argelia un Comité Francés de Liberación Nacional, que mantiene contactos con las organizaciones resistentes en el interior.

29 DE JUNIO DE 1943

Se produce una redada en la Maison des Roches: dieciocho estudiantes y Daniel Trocmé son apresados por la Gestapo.

10 DE JULIO DE 1943

Las tropas estadounidenses y británicas desembarcan en Sicilia. A mediados de agosto, los Aliados controlan Sicilia.

5 DE JULIO DE 1943

Los alemanes lanzan una ofensiva masiva con tanques cerca de Kursk en la Unión Soviética. Los soviéticos debilitan el ataque en una semana y comienzan su propia ofensiva.

25 DE JULIO DE 1943

El Gran Consejo Fascista depone a Benito Mussolini y permite que el mariscal italiano Pietro Badoglio forme un nuevo gobierno.

8 DE SEPTIEMBRE DE 1943

El gobierno de Badoglio se rinde incondicionalmente ante los Aliados. Los alemanes inmediatamente toman el control de Roma y el norte de Italia, establecen un régimen fascista títere bajo el mando de Mussolini, quien es liberado de prisión por comandos alemanes el 12 de septiembre.

9 DE SEPTIEMBRE DE 1943

Las tropas aliadas desembarcan en las costas de Salerno, cerca de Nápoles.

6 DE NOVIEMBRE DE 1943

Las tropas soviéticas liberan Kiev.

26 DE AGOSTO DE 1944

Las tropas del general Leclerc desfilan por París, anunciando la liberación de Francia.

Agradecimientos

UN VIAJE EN EL VERANO DEL 2011 ME ACERCÓ POR PRIMERA VEZ a la increíble historia de Le Chambon-sur-Lignon. No fue el único pueblo de Francia que ayudó a refugiados y ocultó judíos, pero sí el que más hizo por devolver la dignidad a un país rendido a la fuerza perversa de los nazis.

El viaje en el verano del 2016 con mi familia a Le Chambon-sur-Lignon fue, sobre todo, un viaje interior, en el que aprendimos el valor de la vida humana y la necesidad de no rendirse jamás.

Quiero dar las gracias al Museo Lieu de Mémoire au Chambon-sur-Lignon por su amable acogida y la oportunidad de visitar la memoria de los que contribuyeron a luchar por los perseguidos durante la Segunda Guerra Mundial.

A las biografías sobre André Trocmé y su esposa Magda de Richard P. Unsworth y Pierre Boismorand. Los libros de Peter Gorse, Caroline Moorehead, Albin Michel, Patrick Gérard Henry, Bertrand Solet, Patric Cabanel y Patrick Henry me ayudaron a entender los hechos de Le Chambon-sur-Lignon y a sus protagonistas.

También quiero agradecer a Pierre Sauvage su magnífico documental *Les armes de l'esprit* (Las armas del espíritu), que recuperó la memoria de lo sucedido en Le Chambon-sur-Lignon, cuando la sociedad francesa prefería pasar página.

Deseo, por último, recordar la película *La Colline aux Mille Enfants* de Jean-Louis Lorenzi estrenada en 1994 y que narra algunos hechos sucedidos en Le Chambon.

Quiero agradecer a Elisabeth, Andrea y Alejandro que me acompañaran por los hermosos prados de Le Chambon-sur-Lignon y que se emocionaran como yo al ver viva la historia de aquellos valles.

No puedo olvidar a todos los que me llevaron por las tierras de América para presentar mi anterior novela *Canción de cuna de Auschwitz*. Mi gran amiga Ana Matonte, la entrañable y creativa Berenice Rojas, la alegre y amable Karla Nájera, el dinámico e infatigable Jorge Cota y la siempre dispuesta y sonriente Selene Covarrubias.

Conste mi gratitud a los editores de *El Nuevo Extremo*, Miguel Lambré y sus hermosos hijos, Martín y Tomás, que nos enseñaron Buenos Aires, nos ofrecieron su amistad y afecto y nos llevaron al Hotel del Inmigrante. Qué buena carne la argentina, y qué buena compañía.

A mi ya amigo, el escritor Eduardo Goldman, que me recibió con tanto cariño en su hermosa ciudad.

A todo el equipo de Harpercollins Español, que se deja la piel cada día para que este gran proyecto editorial salga adelante: Graciela, Lluvia, Carlos y muchos otros.

A mi buen amigo Roberto Rivas, por aquella noche de tangos y confesiones.

A mi gran amigo Larry Downs, que todavía cree que los libros pueden cambiar el mundo.

A las decenas de miles de lectores que se apasionan con mis libros y que devorarán estas páginas con sus ojos insaciables.

Cartel de la entrada del Museo de Le Chambon-sur-Lignon.

André Trocmé, pastor
protestante en
Le Chambon-sur-Lignon.*

Niños refugiados en Le Chambon-sur-Lignon en un momento de ocio.*

Refugiados judíos jugando.*

Niños y colaboradores de las escuelas y refugios.*

Carrera de sacos en juegos de primavera.*

Pie de foto con*, copyright "Fonds Darcissac – Commune du Chambon-sur-Lignon"

André Trocmé durante
su detención.*

Camas del Hotel del
Inmigrante en la Ciudad de
Buenos Aires (Argentina).

Mapa de Francia en 1940.

Pie de foto con*, copyright "Fonds Darcissac – Commune du Chambon-sur-Lignon"

Niños jugando con la nieve en Le Chambon-sur-Lignon.*

André Trocmé y su esposa Magda en los años cuarenta.*

Placa de reconocimiento al pueblo de Le Chambon-sur-Lignon como Justos entre las naciones.

Grupo de chicas judías.*

Pastor André Trocmé (izquierda,
Roger Darcissac (centro), y
pastor Edouard Theis (derecha).*

Museo.*

Pie de foto con*, copyright "Fonds Darcissac – Commune du Chambon-sur-Lignon"

Liberación de André Trocmé y sus colaboradores del centro de internamiento.*

Panel del museo que refleja el arresto de niños y adultos en junio de 1943.*

Foto del autor Mario Escobar en su visita a Le Chambon-sur-Lignon.

Desembarco de Normandía, principio del fin de la ocupación nazi en Francia.*

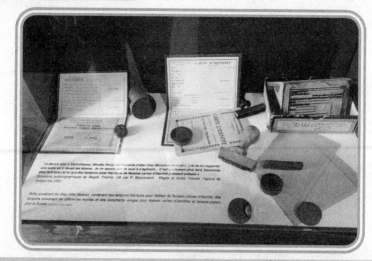

Material para falsificar documentos utilizado en Le Chambon-sur-Lignon.*

Pie de foto con*, copyright "Fonds Darcissac – Commune du Chambon-sur-Lignon"

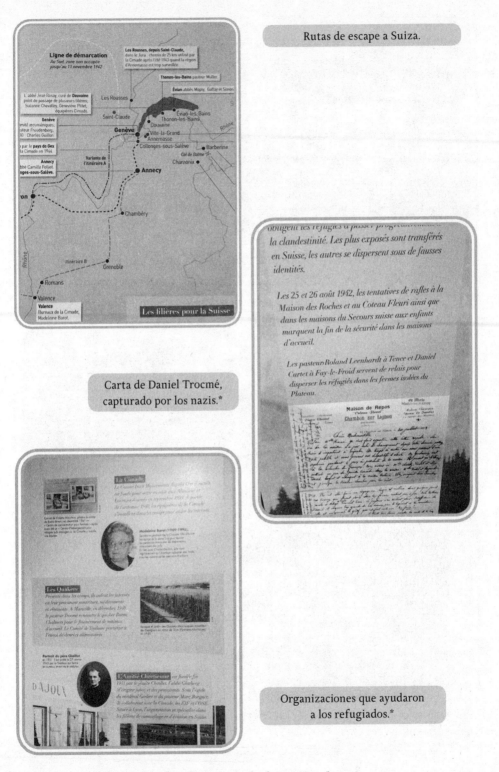

Rutas de escape a Suiza.

Carta de Daniel Trocmé, capturado por los nazis.*

Organizaciones que ayudaron a los refugiados.*

Pie de foto con*, copyright "Fonds Darcissac – Commune du Chambon-sur-Lignon"

La Guespy en mai 1941 reçoit des adolescents sortis de Gurs avec la collaboration de la Cimade. En octobre 1942, une maison plus grande est louée. Juliette Usach, réfugiée espagnole, dirige la maison.

Refugiados en una de las casas de acogida.*

Casa de acogida de niños.*

Octobre 1941, ouverture de L'Abric pour accueillir 30 à 35 enfants, entre 6 et 16 ans, dans une maison sur les hauteurs du village.

Faïdoli ouvre en novembre 1942 pour accueillir 40 enfants de 10 à 16 ans dans une grande maison à l'extérieur du Chambon, en bord de route, à proximité des bois.

Casa de acogida de adolescentes.*

Pie de foto con*, copyright "Fonds Darcissac – Commune du Chambon-sur-Lignon"

Daniel Trocmé (1912-1945)

a été professeur de mathématiques au lycée français de Rome, puis à l'école des Roches de Verneuil, dirigée par son père. Il arrive au Chambon en octobre 1942, sollicité par son cousin André Trocmé pour diriger Les Grillons. En mars 1943, il prend aussi la direction de la maison des Roches. Le 29 juin 1943, au cours de la rafle qui vise la maison, il refuse de s'enfuir, espérant faire libérer les étudiants. Il est déporté à Buchenwald, puis à Maïdanek où il meurt le 2 avril 1944.

Daniel Trocmé, víctima de la persecución nazi.*

Colaboradores en el refugio de niños y adultos.*

À Saint-Agrève, en décembre 1941, l'hôtel Beauséjour est réquisitionné pour regrouper des militaires polonais considérés comme inaptes au travail. L'effectif fluctue autour d'une centaine d'hommes. En janvier 1944, ils sont déportés en Allemagne.

Centro de refugio de adultos.*

Pie de foto con*, copyright "Fonds Darcissac – Commune du Chambon-sur-Lignon"

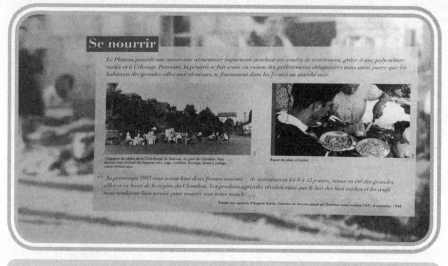

Alimentación y vida al aire libre de los refugiados.*

Estancia de Albert Camus en
Le Chambon-sur-Lignon.*

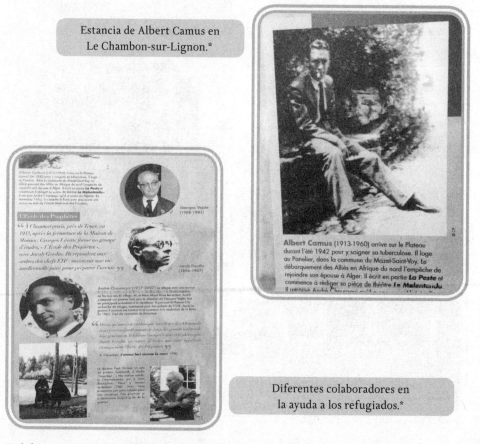

Diferentes colaboradores en
la ayuda a los refugiados.*

Pie de foto con*, copyright "Fonds Darcissac – Commune du Chambon-sur-Lignon"

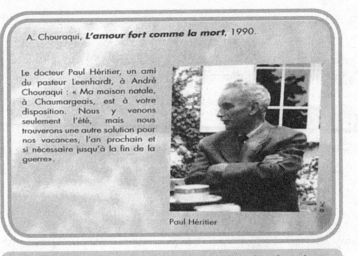

A. Chouraqui, *L'amour fort comme la mort*, 1990.

Le docteur Paul Héritier, un ami du pasteur Leenhardt, à André Chouraqui : « Ma maison natale, à Chaumargeais, est à votre disposition. Nous y venons seulement l'été, mais nous trouverons une autre solution pour nos vacances, l'an prochain et si nécessaire jusqu'à la fin de la guerre».

Paul Héritier

Doctor Paul Héritier colaborador en el cuidado de refugiados.*

Callejón que llevaba a la casa de André Trocmé.

Iglesia en la zona de Le Chambon-sur-Lignon.

Iglesia protestante.

Iglesia protestante de
Le Chambon-sur-Lignon.

Foto de la familia Escobar frente a la fachada del Museo de Le Chambon-sur-Lignon.

Acerca del autor

MARIO ESCOBAR, LICENCIADO EN HISTORIA Y DIPLOMADO EN Estudios Avanzados en la especialidad de Historia Moderna, ha escrito numerosos artículos y libros sobre la época de la Inquisición, la Iglesia Católica, la era de la Reforma Protestante y las sectas religiosas. Apasionado por la historia y sus enigmas ha estudiado en profundidad la historia de la iglesia, los distintos grupos sectarios que han luchado en su seno, y el descubrimiento y la colonización de las Américas.

@EscobarGolderos y www.marioescobar.es